Sofía de los presagios

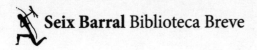
Seix Barral Biblioteca Breve

Gioconda Belli
Sofía de los presagios

Obra editada en colaboración con Grupo Editorial Planeta S.A.I.C. – Argentina

Diseño de portada: Departamento de Arte y Diseño, Área Editorial Grupo Planeta
Diseño original de la colección: Josep Bagà Associats
Ilustración de portada: © Conrad Roset

© 1997, Gioconda Belli
c/o Guillermo Schavelzon & Asoc., Agencia Literaria
www.schavelzongraham.com

© 2009, Grupo Editorial Planeta S.A.I.C. – Buenos Aires, Argentina

Derechos reservados

© 2017, Editorial Planeta Mexicana, S.A. de C.V.
Bajo el sello editorial SEIX BARRAL M.R.
Avenida Presidente Masarik núm. 111, Piso 2
Colonia Polanco V Sección
Delegación Miguel Hidalgo
C.P. 11560, Ciudad de México.
www.planetadelibros.com.mx

Primera edición impresa en Argentina: 2007
6ª. edición impresa en Argentina en este formato: agosto de 2014
ISBN: 978-950-731-548-0

Primera edición impresa en México: julio de 2013
Primera edición impresa en México en Booket: abril de 2015
Primera edición impresa en México en este formato: julio de 2017
ISBN: 978-607-07-4239-2

Impreso en los talleres de Litográfica Ingramex, S.A. de C.V.
Centeno núm. 162-1, colonia Granjas Esmeralda, Ciudad de México
Impreso en México - *Printed in Mexico*

A Gisella y Sofía,
a Carlos y mis hijos,
a la magia.

Una parte de cada vida, y aun de cada vida insignificante, transcurre en buscar las razones de ser, los puntos de partida, las fuentes.

MARGUERITE YOURCENAR,
Memorias de Adriano

Nunca cesaremos de explorar y el fin de todas nuestras exploraciones será llegar al lugar de donde empezamos y conocerlo por primera vez.

T. S. ELIOT

CAPÍTULO 1

Es de noche y el mundo está quieto. Hay que entrar de puntillas al Diriá, pueblo de brujos, pueblo que crece sobre el cerro que en lo alto se quiebra y baja hacia la inmensa laguna de Apoyo. Las luces están apagadas. El pueblo duerme apoyado en el reflejo del agua. Han callado los ruidos de feria del domingo. Los cirqueros han doblado sus carpas. Las marimbas se han marchado. Las puertas están cerradas y en el parque acampan los gitanos que vienen de la América del Sur, que vinieron antes de Europa, de Egipto y de la India y mucho antes del Paraíso Terrenal donde una gitana anterior a Eva encantó a Adán y parió una raza de hombres sin pecado original. Se hace el silencio en los carromatos. Los niños sueñan y las mujeres cansadas terminan de apagar el fuego, mientras los hombres fuman encendiendo los cigarros con los tizones aún rojos. Cerca de uno de los carromatos, una mujer y un hombre discuten como si contaran secretos. Dicen odiarse. Se irá, dice la mujer, no quiere verle más, no quiere oírle, se irá con los suyos, con los que no son gitanos, no quiere más la familia, los detesta a todos. El gitano fuma despacio y no le contesta. La mujer se levanta,

11

entra al carromato, mira a la niña dormida dentro y sale sin que el gitano, de espaldas, se vuelva. La niña no está dormida, ha escuchado la discusión acobardada, con miedo. Ve la silueta de la madre desaparecer y se inclina, se pone los zapatos y decide seguirla. Sale al viento oscuro que sopla desde la laguna.

Las casas del pueblo tienen paredes anchas. La calle principal sube hacia la iglesia, una calle de piedras y lodo. Nada de asfalto en este lugar perdido. Frente a la iglesia, hay un círculo de madera, un estadio rudimentario donde los domingos hay peleas de gallos y corridas de toros sin muertes, ni sangre; corridas de toros donde se monta al toro solamente y gana el que se queda montado más tiempo mientras el animal corcovea. Empieza a clarear y cantan las gallinas en los patios. En el campamento de los gitanos duermen todos menos el hombre que piensa dónde estarán la mujer y la hija. No se mueve. Lo piensa y le enfurece estarse preocupando por los arranques de ella. No la irá a buscar. Aparecerá. No duda de que regresarán las dos, hasta que amanece y los hombres salen de los carromatos, las otras mujeres se levantan y él sabe que llegó la hora de partir. Los gitanos no esperan. No pueden esperar. Tienen que seguir camino. Él, remolón, atrasa la partida. Los tíos ancianos vienen y le preguntan por la mujer y la hija, pero él no sabe y dice que no importa; ella decidió irse con los suyos, buscarlos. Se llevó a la niña. ¿Qué hacemos?, le preguntan, y él contesta: ¿y qué vamos a hacer? En el camino las buscaremos. Hay que partir. Yo no atraso.

En los vericuetos del amor se pierde la niña; para siempre él creerá que se fue con ella; ella pensará que está con él.

El pueblo recién despierto ve pasar a los gitanos con sus carromatos. Ya ninguno es tan viejo para recordar los

12

relatos de perdidos abuelos que hablaban del paso de los «húngaros» por Nicaragua. Piensan que son cosas nuevas que trajo la Revolución, cosas raras que trajo la Revolución, como el circo ruso y los cantantes búlgaros y los rubios que no son gringos. Los hombres y las mujeres del pueblo ven pasar a los hombres y mujeres gitanos. Temen las leyendas y la ausencia de raíces. «Son como el judío errante —dice Patrocinio y se persigna—; pongámosle candelas a la Virgen —dice—, vamos a la iglesia.» Y salen las mujeres del pueblo a rezar en el sereno de la mañana. Caminan despacio sobre el polvo que dejan las carretas que pasan por la calle principal. Van en fila caminando por la acera, volteando la cabeza para mirar los carromatos que se alejan, ven al hombre que va en el último carromato, volteando también la cabeza, mirando, buscando con la mirada, permitiéndose por fin la expresión de angustia, el dolor por la hija, y allá, apenas esbozada, la tristeza por la mujer que ama odiando.

Xintal, la bruja vieja que habita en el Mombacho, siente un aire de presagios en el ambiente y pone rajas de canela en la puerta de su casa.

CAPÍTULO II

En la mañana del Diriá se abren las pulperías, las mujeres entran con las manos vacías y salen con las bolsas de leche, el bollo de pan envuelto en hoja de periódico. Pasan las carretas con la leña y el hombre arriando los bueyes sube por la vereda más allá de la iglesia a dejar leña en el patio de Julio que tiene un horno donde cocina ollas que vende en Managua para que la gente pueda sembrar plantas en jardines interiores. Los niños de la Lola, de la Nidia, de la Verónica salen para la escuela con sus pantalones y faldas azules y camisas blancas, llega el periódico en la bicicleta de Fermín, salen los hombres a trabajar en la cantera, se acomoda el día entre las casas del Diriá y el sol va subiendo al cenit. La niña viene bajando de la ermita en lo alto del mirador donde se durmió llorando porque no pudo encontrar a la madre. Viene con la mudada que tenía puesta cuando despertó por el pleito de los padres: la ajada y larguirucha falda roja, la camisa de flores heredada de su madre, y sus únicos zapatos negros. En lo alto de la vereda se detiene. Ya no se ve nada del campamento. No hay nadie. Sólo payos; sólo gente que no es gitana, gente que no conoce, gente que sólo vio el

14

día anterior de lejos, mujeres a quienes las de la tribu les leyeron la suerte en la palma de la mano. Su madre no era gitana. De noche, cuando estaban solas y el padre no podía oírlas, le contaba cómo ella se había ido de su casa detrás de él por amor. Era por no ser gitana, le explicaba, que la tribu no le permitía leer las manos, ni decir la suerte como hacían las otras mujeres. Para ella, su madre era un personaje que siempre parecía estarla protegiendo de peligros inminentes, y que a menudo lloraba mientras decía quererla mucho. La niña la busca, pensando que ella debe andar por allí buscándola también. Camina y sigue bajando por la vereda y pasa al lado del taller de Julio, junto al hombre que empuja la carreta de bueyes. Se asoma a la iglesia de puertas cerradas donde ya no hay nadie y baja y mira dentro del redondel de madera donde se hacen las corridas de toros y sigue bajando hacia la calle principal del pueblo hasta que Eulalia, que está asomada a la ventana esperando al chavalito que vende tortillas, le ve la angustia en la cara, se acuerda que andaba con los gitanos, sale a la calle y le dice: «Eh, muchachita, vení para acá.»

La Eulalia le da tiste, le da una tortilla grande, redonda y caliente y le pregunta cómo se llama.

—Sofía —dice ella, y se pone a llorar.

—¿Cuántos años tenés?

—Siete.

Entre sollozos dice que su padre es Sabino y su madre Demetria. No sabe de dónde vienen, ni para dónde van. Eulalia la mira. La niña tiene ojos de almendra, nariz recta y un pelo negro tupido y crespo. Es morena lavada. Bonita, la muchachita, piensa, pobrecita. De la mano de Eulalia, Sofía recorre el pueblo, pero ni su madre ni su padre están por ninguna parte. Ella no puede entender que la madre la haya dejado. Su padre es otra cosa, pero su madre siempre se ha preocupado por ella. Regresan a la casa de Eulalia y la niña llora y está cansada.

Habrá que llamar a la policía, piensa la vieja, avisar que busquen a los gitanos. La niña se duerme al rato sobre la tijera de lona.

Eulalia sale sin hacer ruido y se cruza a la casa del alcalde, al otro lado de la calle. El alcalde está con don Ramón, el hacendado más rico de la zona. Cafetalero de altas polainas. Viudo. Todos lo quieren; su riqueza no inspira resentimientos porque es un hombre justo. Avisarán a Managua, dicen, y al poco rato todo el pueblo sabe lo de la niña. Se comenta en todas las casas: desnaturalizados, dicen, malos padres esos que abandonaron a su hija y pobrecita la muchachita y la quieren ver, la miran y le ofrecen hojuelas, dulce de alfeñique, elotes cocidos cuando la niña sale por la tarde y camina por el pueblo asomándose a las puertas de las casas.

Algunos se apartan y apartan a sus hijos de las puertas, les prohíben acercarse a la niña. Mal agüero, presagio extraño esa gitana apareciendo de la nada entre ellos. Parece cosa del diablo.

A la semana, el alcalde llama a Eulalia. Se hace concejo con los más viejos del pueblo, los más sabios. Los padres no han aparecido. En Masaya hay rumores de que se ha vuelto a ver la Carreta Nagua —la mujer fantasma que llora a los hijos perdidos—; en Chinandega se tuvo noticias del paso de los gitanos hacia El Salvador. Dicen que un gitano borracho se quiso robar una niña en el parque. Eso es todo.

—Pusimos anuncios en el periódico —dice don Ramón—, anuncios en los radios, avisamos a los bomberos por si llegaba alguien a buscar una niña perdida... Nada.

—Nunca volverán —afirma misteriosa doña Carmen, cuyas predicciones mágicas respetan.

Se miran todos en silencio. Se mecen en las altas butacas de balancines de la casa del alcalde. La Eulalia no sabe por qué está contenta. Finge preocupación, pena, pero siente que la presión le está subiendo de pura excitación. Si no fuera porque sería incorrecto alegrarse, hasta podría subir al mirador y darle gracias a la Virgen de la Ermita; besarle los piececitos romos de tanta caricia devota. Pero en el círculo de silencio, alguien más se alegra: el viudo don Ramón piensa que él podrá educarla, tener al fin la hija que tanto deseó, darle todo. Su corazón es muy grande para él sólo.

—¿Qué hacemos? —dice por fin el alcalde.

—Yo me puedo hacer cargo de ella —dicen la Eulalia y don Ramón al mismo tiempo.

Los demás callan. Se hace un silencio difícil. De reojo, unos a otros se miran. Piensan que la Eulalia es una buena mujer, pero todos conocen la estrechez de su vida, sus manías de vieja sola, las lloraderas que le agarran cuando se acuerda de sus dos hijos muertos en la guerra. Por días, la Eulalia se encierra y nadie la ve, a la fuerza la tienen que ir a sacar del cuarto... Aunque la Eulalia la encontró, la vio primero; pero don Ramón es solo, nunca tuvo hijos y con él la niña podría tener una buena educación, hasta podría ir al colegio si quisiera. Don Ramón tiene una casa amplia y hermosa con jardines y loras y lapas y vacas que dan leche y la Sofía se pondría gorda y hermosa y sería una mujer alta. Se olvidaría que era gitana. Casi puede oírse el zumbido de los pensamientos. La Eulalia los siente y siente que la presión se le baja. Don Ramón no quiere mirarla. Él también sabe por dónde va la cosa y le da pena la Eulalia.

Los balancines de las sillas marcan el tiempo, el silencio de los que se mecen y piensan. Nadie habla.

—La Eulalia la podría cuidar en mi casa —dice por fin don Ramón—, después de todo es cerca.

—Sí —dicen los demás, aliviados. La Eulalia la puede cuidar, porque la Sofía es mujer y necesitará una mujer que haya tenido experiencia.

Las caras recobran su expresión. Se aflojan los músculos del alcalde, que se seca el sudor con un gran pañuelo a cuadros rojos y verdes.

No le toma mucho tiempo a la Eulalia reconciliarse con la idea. Hay que reconocer que es una buena idea. Una idea justa, igual que don Ramón.

—Pero hay que seguir poniendo anuncios en el periódico —dice el alcalde—, a ver si aparecen los verdaderos padres.

Don Ramón asiente con la cabeza. Se agacha para ajustarse las polainas. Hacía tiempo que no le daban ganas de llorar y no quiere que le vean los ojos húmedos.

La niña, callada, se alegra porque va a andar de camino otra vez. No está acostumbrada a la oscuridad de las casas. La Eulalia es buena y se ha preocupado porque nada le falte, pero ella echa de menos el carromato y la tribu. Su vida entera la ha pasado de un lugar al otro. Su vida es lo provisorio, los juegos en las calles, las ferias de los pueblos, el círculo alrededor de hogueras en las noches, la gran familia y su madre obligándola a acostarse temprano porque si no se quedará pequeña y nunca crecerá. Salen a la carretera y el *jeep* da tumbos sobre los hoyos en el pavimento mal mantenido. Es mayo y florecen los malinches, hay fuego de flores a orillas del camino.

La Eulalia va bien bañada y vestida. Se le ven los círculos de talco en el cuello y bajo los brazos. Hace tanto que no le daban ganas de arreglarse, piensa, ni talco se echaba ya, y esta mañana sacó el vestido café, el pañuelo floreado de cabeza y hasta se pintó los labios. El chofer se llama Danubio. Danubio como el río, como *El Danubio azul*, el vals con el que el papá y la mamá se enamoraron. Platica con la Eulalia sobre las primeras lluvias del invierno. Va a ser bueno, se esperan buenas cosechas, se van a mejorar las cosas, dice. Ojalá, contesta la Eulalia. La niña mira los carros, mira las caras en los carros, se fija en los caminos de tierra que salen a la carretera, todavía espera que la vengan a buscar, aunque recuerda lo que le decía Sabino, su padre, que para los gitanos era cuestión de vivir cada día sin pensar para atrás, ni para adelante. Eso era ser gitano, le decía, ésa era la diferencia con los payos que tenían que estar siempre en un lugar porque eran esclavos de lo que había pasado y lo que debía suceder. Ellos no, nada los ataba.

Entran bajo el arco que anuncia el nombre de la hacienda. Sofía lo mira todo; mira los cafetales que se extienden lado a lado, los grandes árboles que les hacen sombra, mira los pastizales donde pacen las vacas y al fondo la casa hacienda grande, de techo de tejas rojo y paredes celestes.

Don Ramón está esperando en la puerta de la hacienda El Encanto.

CAPÍTULO III

Al principio, Sofía demuestra con largos silencios su desconfianza, pero a medida que pasan los días, se acomoda a su situación y aprovecha el deseo de don Ramón y Eulalia de conquistarla para conseguir cuanto quiere.

Los gitanos no regresan, ni se vuelve a saber de ellos. La niña nunca comprende por qué su madre no volvió a buscarla si decía quererla tanto. Tenía razón su padre al decir que los payos no eran gente de confiar, pero tampoco él había vuelto. Crece con la identidad extraviada. A veces tiene sueños largos y detallados en los que se ve gitana bailando en un círculo o leyendo fortunas y de los que se despierta llorando porque no logra jamás verle la cara a la madre, pero la mayor parte del tiempo sueña que los gitanos la rechazan porque tiene sangre de payos. No puede decidir qué es y en los juegos infantiles cambia de rol con gran facilidad asimilándose a los demás o amenazándolos con los poderes mágicos de su oscura raza de origen que podrían convertirlos en sapos o en príncipes encantados según cumplan o no con sus deseos.

Sus memorias de antes del Diriá se compactan en un

agujero negro que le deja para siempre horadado el corazón.

En el pueblo hay tres bandos: el que acepta su infortunio, el que sigue augurando desgracias para cuando ella crezca y las que, acostumbradas a la magia, deciden tomarla bajo su protección.

Don Ramón y Eulalia se dividen las responsabilidades de su crianza. Actuando como pareja, sin serlo, se ocupan de que a la niña no le falte nada. Cada uno se encariña con ella a su modo, y en poco tiempo, Sofía les cambia la vida y se les vuelve indispensable. Ella los quiere a su manera y juega el juego de ser la hija de ambos, aprovechando la silenciosa competencia de los viejos por su amor para lograr la mayor ventaja. Da muestras de cualidades femeninas y hacendosas en las largas tardes en que Eulalia le enseña a coser y cocinar; pero también hace la fiesta de don Ramón demostrando su capacidad de jinete en briosos caballos purasangre y acompañándolo en las rondas del pago de planillas y en excursiones al Mombacho, el volcán trunco que es un mundo contenido en sí mismo.

La niña los seduce y los acompaña. Para ellos no importan sus incontables travesuras en las que se esconde, se disfraza y miente a más no poder, ni el hecho de que el primer año escolar que pasa en la hacienda, cuando don Ramón la lleva al internado de monjas más prestigioso de la zona —el colegio de María Auxiliadora en Granada—, las monjas mandan a llamar al finquero a los tres meses y se declaran incompetentes para administrar la educación de la niña, argumentando que no tienen juicio para interpretar los problemas que se han presentado: Sofía parece tener doble personalidad, le dicen, es inteligente y hace las tareas, pero las normas y las reglas de la escuela no existen para ella. Llega tarde a las clases, se viste como le da la gana, furtivamente saca de la biblioteca libros que no son para su edad y no guarda en el baño las muestras de recato que se exigen de las internas.

—¡Viejas llenas de prejuicios! —maldice don Ramón, llevándosela e inscribiéndola en la escuela del Diriá.

La educación de Sofía es complementada por maestros privados traídos de Managua quienes se encargan de elevar sus conocimientos. Resulta una alumna aceptable y don Ramón y Eulalia concluyen que el internado no le asentaba, y cada uno para sus adentros lo interpreta como una muestra de amor de la muchacha, que no quiere estar separada de ellos. Así envejecen felices creyendo cuidarla.

Sin ruido ha transcurrido el tiempo. Sofía está por terminar el bachillerato, ya es una mujer de diecisiete años y don Ramón dice que pronto tendrá que pensar en casarse. Quiere que se case con alguien que pueda manejar la hacienda, heredar junto con ella El Encanto.

—No esté pensando en morirse, papá —le dice Sofía.

Pero él sabe que la muerte se acerca. De noche la siente pasar arrastrando las faldas bajo su ventana. Él la espanta, le grita que se vaya, que aún tiene asuntos pendientes y no le está abriendo la puerta. Siente la urgencia de ver el futuro, arreglar las cosas para que la Sofía quede segura y feliz como él ha logrado mantenerla todos estos años. A la Eulalia la ha compensado de sus cuidados. Ya están altos los árboles de la casa que le construyó en la propiedad, para evitar que tuviera que viajar todos los días a cuidar a la muchacha.

Los dos, como un matrimonio distante, la han visto tomar estatura en las piernas, engrosar las caderas. La Eulalia le ha trenzado el rebelde pelo negro, don Ramón se ha encargado de los libros y de traerle los maestros especiales de Managua; le han consolado las pesadillas y le han abrazado los silencios hoscos de la adolescencia.

Sofía los llama padre y madre, aunque siempre que puede, pide que le vuelvan a contar cómo eran los gitanos que acamparon aquella noche en el Diriá.

«Son los fantasmas más vivos de mi vida», suele decirle Eulalia a su amiga Engracia. Quizá don Ramón y ella se equivocaron manteniendo vivo el recuerdo tenue en la niña, dice. Hubiera sido mejor que se olvidara de gitanos y carromatos. Pero ¡qué va! La muchachita lo llevaba en la sangre. Y para colmo, nunca más se había vuelto a ver gitanos por allí. Si hasta a ella le parecía estar hablando de un sueño cuando la muchacha, cada tantos meses, volvía a pedirle otra vez que le hablara de los gitanos. «Ya está grande, ¿verdad?», decía la Eulalia; ahora don Ramón andaba con la obsesión de casarla. En un mes más se bachilleraba y él había decidido hacerle una gran fiesta. No paraba de llegar gente de Masaya y de Managua con encargos, que si las gallinas, los cerdos, los dulces de Diriomo, la orquesta de Managua, las sillas, la costurera midiéndole el vestido.

Sofía tiene un cuarto grande a la orilla del jardín. Las dos puertas de madera sólida, altas y pintadas de rojo color sarro se abren hacia el corredor y el espacio de luz y flores al medio de la casa. Su cama es de bronce con capiteles de reina y mosquitero. Para verse de cuerpo entero, su papá don Ramón le regaló en sus quince años un espejo de luna con arabescos y ángeles que buscan el techo por falta de cielo. A la orilla del espejo hay un ropero de tres cuerpos de donde Eulalia saca el vestido de organza amarilla. Sofía, sentada en la cama, la mira y se mira de reojo en el espejo.

—Qué lindo quedó —dice la Eulalia, acariciando la

falda de volantes—, vamos, mijita, no seas mala, ponételo, quiero ver cómo te queda...

—Va pues —dice la Sofía, y lo toma de los brazos de Eulalia y entra con él al baño, dando una voltereta.

En el baño se lo pone. Se mira al espejo y se acomoda el pelo hacia atrás para que se le vean los hombros. Le gusta cómo se ve. Está excitada con la idea de la fiesta, la idea de crecer y entrar al mundo real, el mundo de los adultos, atisbado apenas a través de la curiosidad de sus ojos oscuros. No tiene modales finos. Ella misma se pone las manos en la boca e imita el sonido de trompetas antes de salir del baño, caminando despacio como ha visto hacer a las mujeres espléndidas de las películas en el cine de Diriambo.

Eulalia deja ir un silbido imitando a cualquier mozo cortador de café. Sofía no ríe. Se contiene la risa y sigue caminando hasta llegar al centro, frente al espejo, y hacer una reverencia a su propia imagen que se inclina. Luego se vuelve y responde al nuevo silbido de Eulalia con una carcajada.

«Ay, tenías que haberla visto, Engracia —diría la Eulalia a su amiga—, se veía tan vaporosa, tan fina, y sin embargo, cuando se rió, fue como si toda la infancia hubiera desaparecido; era toda una gitana morena, con los ojos esos y aquel pelo ensortijado, el pelambre crespo cayéndole sobre media cara... Me dio miedo, Engracia. Nunca hemos visto nosotros nadie así. Parecía una artista de cine... ¿Cómo es que se llama una que es toda voluptuosa y que tiene cara de pecadora?... Lo tengo en la punta de la lengua... Sí, sí. La Sofía Loren. Esa misma. Esa misma.»

Don Ramón también tiene miedo de la Sofía. Hubiera preferido que fuera como Gertrudis, su mejor amiga: que tuviera la placidez ingrávida y mansa de una virgen morena. Últimamente, ya ni le gusta llevarla a recorrer a caballo las hondonadas donde crece el café o pedirle que lo acompañe los días de pago a la hacienda vecina que ahora le pertenece. Las miradas de los mozos no podrían ser más claras y eso que las disimulan por él. Hay que casarla pronto. De eso está convencido. Incluso tiene ya varios candidatos, muchachos jóvenes y trabajadores. No son muchas las opciones; el país, con tantos años de guerra de por medio, no abunda en hombres casaderos, pero hay unos cuantos y él se ha encargado de invitarlos a todos a la fiesta.

Con el almanaque Bristol fijan la fecha de la celebración del bachillerato, para asegurar que haya luna llena.

Los patios donde se seca el café, convertidos en escenario festivo, relumbran bajo la luz blanca y las ristras de bujías. A caballo, en *jeep* y a pie, van llegando los invitados de guayaberas de colores. La Nidia, la Lola y la Verónica brillan en sus vestidos satinados y espolvoreados de escarcha, otras llevan los guantes largos con que amadrinaron más de un casamiento. Hasta Fermín, el más humilde, se ha comprado ropa nueva para el bachillerato de la Sofía. La orquesta tiene violín, bajo, guitarras y trompetas. Intercala rancheras con merengues y cumbias. Hay cerveza de sifón y una mesa larga donde se ven en fila botellas de ron, platos de limones, picheles de agua, coca-colas y panas de aluminio colmadas de hielo. Del fondo del patio se viene el olor dulcete de la carne asada y el chivo que se asa enterrado entre piedras y carbones. La Eulalia no se da abasto saludando a sus comadres, al alcalde, a todos los que han venido del Diriá a celebrar. Sentado bajo el gran chilamate, don Ramón preside la mesa de honor donde la muchacha sonríe a todos mientras bebe coca-cola.

No avanza mucho la noche cuando el baile se pone en lo fino. La orquesta, ya entonada, suelta merengue tras merengue y ya en la mesa de honor sólo quedan los viejos que miran a los jóvenes bailando.

Baila Sofía y los hombres no pierden la ocasión de mirarla bailar. Sitúan a sus parejas de manera que puedan enfocar a la Sofía con los ojos entre vuelta y vuelta. El vestido amarillo de organza se convierte en vestido rojo de bailaora de flamenco. Nunca ha dejado de fascinarles la historia de la muchacha. Todos la conocen porque desde los juegos infantiles no dejaron de buscarle a la Sofía la magia de su nacimiento. Ahora creen comprenderla y los que pueden la asedian para que les conceda el don de tocarle la cintura menuda y ver si ella se deja apretar más que las otras. Las muchachas están inquietas y sienten que pierden la competencia. Se empeñan en demostrar sus habilidades y hay meneos violentos de hombros y movimientos de palo de mayo en medio de las cumbias. Las más osadas regañan a los novios; ¿y qué es lo que ves para allá?, ¿estás bailando conmigo o qué? Se carga la pista de murmullos y pisotones mal disimulados, pero Sofía no se da cuenta de nada. Para ella sólo existe ese momento triunfal e imagina que con las caderas y los brazos está lanzando al aire los libros y los cuadernos, los lápices y los maestros.

René deja de bailar y no le quita los ojos de encima. Se hace a un lado y la queda viendo dar vueltas con Rogelio. Aprieta los puños de celos y se seca el sudor. Es con él que se va a casar la Sofía, se promete a sí mismo. Y cuando sea su mujer, nadie más le va a tocar ni un pelo de la cabeza. Él mismo la va a acompañar a la iglesia los domingos y la va a mantener cargada como escopeta de hacienda, preñada, hasta que se le acabe la cinturita y se le pongan dulces y maternales esos ojos oscuros que brillan demasiado, que son un peligro para ella que ni cuenta se da de cómo queda viendo a los idiotas que se derriten cuando ella los mira.

Bota el cigarrillo, lo apaga duro con el pie y, aprovechando el instante entre pieza y pieza, se acerca a Rogelio y le dice que lo deje bailar con Sofía. Rogelio intuye su determinación y se aparta, se aleja en busca de la mesa donde se diezma el ron.

—Sólo conmigo no has bailado —le dice René.

Y ella sonríe y le hace un gesto con el pelo y la cintura indicando que eso pronto se remedia porque la música empieza a sonar de nuevo.

René es un gran bailarín. En las fiestas en Jinotepe le hacen rueda los amigos y las muchachas se mueren por bailar con él. Con Sofía, se desata en sus mejores pasos. Le hace dar vueltas complicadas y pronto los dos bailan como pareja de competencia. Los demás se detienen a mirarlos. René fija los ojos en los de ella y la hace moverse a su ritmo. Hasta don Ramón, la Eulalia y los mayores de la mesa de honor se acercan a la pista del patio de secar café a mirar qué bien bailan los muchachos. Sofía se siente eufórica porque René la lleva como ella habría llevado a su pareja si le hubiera tocado ser hombre. Le gustan los ojos intensos que no dejan de mirarla, igual que se miran las parejas que bailan en las portadas de los *long-plays*. Cuando el baile termina, siente que René le gusta. Se va con él a acompañarlo al ron con coca-cola bajo el mango y cuando la fiesta termina y todos se van, sabe que muy pronto tendrá novio.

CAPÍTULO IV

El noviazgo no dura mucho tiempo. Seis meses y ya empiezan los preparativos para la boda. Hay urgencia de casar a Sofía en la última semana de abril, antes de las primeras lluvias.

Sofía quiere casarse porque el matrimonio para ella marcará el inicio de su vida adulta en la que ya no será necesaria la inocencia ni la sumisión. No sabe si está enamorada de René, pero desde niña sabe que el amor es engañoso y que lo importante es poder hacer lo que uno quiere.

Fausto, el único sobrino de don Ramón, llega de visita a la hacienda. Hace años que vive en París. El Gobierno lo envió con una beca poco después del triunfo de la Revolución, cuando sobraban becas para estudiar cualquier cosa, y él decidió quedarse trabajando en un estudio de cine.

Le fue bien como realizador y ahora regresa a la patria pequeña, hecho un francés de pantalones blancos y camisetas de lagartito pegadas al cuerpo. Sentada al lado de su papá Ramón, Sofía lo escucha hablar de Europa, Los Campos Elíseos, el boulevard Saint-Germain, el Louvre, las estatuas, los museos, la historia de la Revolución

28

francesa, la guerra de los Cien Años. Fausto tiene gracia para contar la historia. Mueve las manos acompañando las palabras con delicados gestos de aire.

—Me hubiera gustado ser historiador —dice.

Sofía no necesita prestar atención a los chismes para percatarse de que Fausto tiene el sexo equivocado.

Sabe que por eso don Ramón lo deja hablar con ella hora tras hora por las tardes hasta que da la hora de la visita y René llega en su *jeep* y queda viendo a Fausto con desprecio, pero sin celos.

En las noches, Sofía sueña con Europa y el cuento que le contó Fausto de quién era Europa, la mujer raptada por Zeus disfrazado de toro.

Le pide a René que la lleve a Europa de luna de miel y René le dice que es muy lejos, muy caro y ninguno de los dos habla francés, inglés o cualquiera de esos idiomas raros. Sofía argumenta que mirá a Fausto, él no sabía francés y lo aprendió y mirá todo lo que sabe, lo bien que habla, las cosas interesantes que cuenta. René no quiere oír hablar de «mariconadas» y le cambia el tema, le pregunta cómo le fue en Managua, si ya encontró la tela para el vestido de novia.

Sofía se deja llevar por el novio hacia los detalles del casamiento. No le gusta discutir con él, verlo encenderse, verle los nudillos apretados; siente un eco en ella, un doblez de furia asomando en su cara, escurriéndosele entre los dientes que se envilan disimulando espectros iracundos en sonrisas. Es terrible René cuando se enoja y ella prefiere verlo contento, verlo reírse, verlo cuando la mira con cara de adoración, no vaya ella también a enfurecerse y estropear todos los planes.

—Así son todos los hombres, mijita —le dice Eulalia—, no hay que andarlos contrariando. Cuando están viejos se amansan, pero sólo hasta que están viejos. Entonces se vuelven como hijos de uno. Pero cuando están como René son dominantes. Ésa es su naturaleza y ni con candelas a la Virgen se la cambiás.

René es cariñoso y le lleva regalos de Managua. Un día la llevó a la ciudad a almorzar a un restaurante grande y elegante. Ella casi no comió por estar viendo a la gente que entraba, las mujeres de minifaldas, bien arregladas, con las uñas rojas. René casi no comió de lo molesto que estaba porque decía que todos los hombres, en vez de almorzar, se la estaban almorzando a ella con los ojos. Era celosísimo René.

—Es que te quiere mucho —le dice Eulalia—, así son ellos cuando están enamorados.

Sofía le cree porque es más fácil. Está ilusionada con la boda, con las caras de niños que ponen ella y el papá Ramón. Los dos parecen haber recobrado la juventud ocupados en los preparativos. Andan con la espalda más recta y el día se les hace corto para surcarlo de un lado al otro, disponiendo dónde poner las mesas, qué comida servir, el alquiler de las sillas y manteles, la ropa de las damas de honor. Sofía disfruta la atención y sólo insiste sobre su entrada al Diriá: quiere entrar a caballo con don Ramón, en su caballo que se llama *Gitano*.

—Va a ser un poco escandaloso, hijita —trató de disuadirla don Ramón—, aquí nadie hace esas cosas.

—Pero va a ser lindo, papá Ramón; qué importa que nunca se haya hecho. Siempre hay una primera vez.

Y él la consiente porque, en fin, uno sólo se casa una vez en la vida.

Los preparativos siguen. Sofía no piensa más que en el momento en que bajará del caballo, y René la recibirá en la iglesia bajo el olor de los sacuanjoches que formarán arcos en todo el camino al altar. Imagina que el padre Pío le cerrará un ojo porque se acordará de las cosas que ella le ha dicho en la confesión, cosas de sus pensamientos, de cuando imagina el amor y se ríe sola.

Las últimas noches, Sofía se desvela tratando de dormir, moviéndose en la cama con el cuerpo preso de una mezcla de excitación y miedo. Sólo con Gertrudis ha hablado de la famosa «noche de bodas». Han intercambiado nociones de anatomía y fragmentos de conversaciones dichas a media voz. En los juegos con los hijos de los mozos de la hacienda, la muchacha se ha iniciado hace tiempo en el conocimiento de los órganos sexuales. Ha visto el pene de los muchachos y se ha dejado tocar los senos, pero nada ha atravesado aún el velo de su virginidad.

Le han dicho que el cuerpo de la mujer es un pasaje cerrado que se abre a la fuerza y con sangre, pero de lo que le cuentan no sabe qué creer, no puede distinguir la realidad de los relatos y la fantasía. Cada uno de los que han vivido la experiencia, lo cuenta de forma diferente y le enreda aún más la imaginación.

Como regalo de boda, don Ramón le ha dado a René una casa a cinco kilómetros de la hacienda, para que ellos la remodelen a su gusto. René ha llevado arquitectos de Managua y una decoradora italiana, pero a la novia no la ha dejado ni acercarse. Dice que quiere darle una sorpresa. Sofía —asesorada por Fausto— ha insistido sobre la importancia de participar en el arreglo del lugar donde le tocará vivir, pero René no entiende razones.

—Que más querés —le dice—, yo me estoy encargando de eso. Confía en mí.

Y así, cómodamente convencida, en nombre del amor, de no meterse en los preparativos de su boda, Sofía despierta a la mañana del día señalado.

Eulalia la espera a la salida del baño, le ayuda con el vestido, el tocado, que si tiene poco o mucho colorete en las mejillas. Sofía está nerviosa y le tiemblan las manos cuando se arregla la diadema con el velo sobre los ojos. Se siente extraña en el traje de novia. El satén la acalora. Tantos días deseando este momento y ahora que llega siente miedo y ganas de montarse en *Gitano* y no llegar a la iglesia; se pregunta qué va a hacer ella viviendo con René, pero don Ramón la espera con los dos caballos ensillados.

La despiden los mozos y el servicio de la hacienda; la despide Eulalia, quien viajará en el *jeep* con Danubio. Don Ramón hunde las espuelas, le advierte de no ir al galope y los dos empiezan a caminar hasta salir a la carretera.

Se le hace difícil a Sofía aquel recorrido a caballo. *Gitano* mueve la cabeza para que ella le suelte las riendas, adivinándola, pero ella se contiene para no alborotar a la bestia del padre adoptivo, que marcha despacio, con una lentitud desesperante.

—Déjeme ir adelante, papá Ramón —insiste.

Él dice que no; debían llegar juntos y juntos llegan a la puerta, pero no bajan juntos porque no bien las riendas del caballo de don Ramón quedan en manos del alcalde, que los espera en la puerta de la iglesia, ella no puede más, aprieta las espuelas y sale al galope rumbo a Nandaime. La concurrencia no puede creer lo que está viendo. Algunas mujeres se persignan y los que estaban dentro de la iglesia salen y alcanzan a ver el velo de la novia perdiéndose en el recodo de la carretera. René oye que la Sofía se fue y corre a unirse al grupo que habla y especula sin entender lo que está pasando, sintiéndose protagonista de un drama. Nadie se atreve a mirar a los ojos al novio. Se quedan, desconcertados, esperando, porque la

Eulalia y don Ramón no aceptan que se diga que la novia se marchó, y tratan de tranquilizar a los invitados.

Sofía galopa y galopa hasta que se siente más tranquila. Entonces endereza las riendas y todos la ven aparecer entre la polvareda, cuando ya creen que habrá que suspender la boda porque al fin ha podido más la sangre gitana.

Nunca en el Diriá se han visto cosas semejantes, ni una novia más tierrosa. Sofía se baja del caballo, abraza a don Ramón y a Eulalia que casi no pueden hablar, se sacude el velo, lo vuelve a encajar sobre la cabeza, pide un pañuelo para sacudirse el vestido e indicando con la barbilla que ahora sí está lista para casarse marca el inicio de la ceremonia aferrando el brazo de don Ramón y obligándolo a caminar sin despejar el asombro por el medio del pasillo con olor a sacuanjoches.

En silencio, los invitados, que han vuelto al interior de la iglesia, la ven pasar. Sofía lleva la espalda recta y sobre el vestido blanquísimo se ven las manchas del polvo. El sudor de las ancas del caballo ha ensuciado el ruedo y un lado de la ancha falda de satén; el pelo de la muchacha está desordenado.

Las mujeres piensan en cosas de mal agüero. Los hombres, que han envidiado a René todos estos meses, ahora tienen ánimos para sonreír porque piensan que se ha cumplido aquello de que quien ríe por último, ríe mejor.

A través del velo y de los sonidos de tambor de su pecho, Sofía ve a René junto al altar. Su cara de hombre guapo está aún alterada por la furia. No le perdonará jamás que ella se haya atrevido a provocar las dudas de los demás. La domará. Ya verá ella cómo se le acaban rápido esos bríos de yegua salvaje.

La doma empieza no bien termina la ceremonia y salen los novios oliendo a incienso y a candelas olorosas. René la toma del brazo y rotundamente se niega al regreso a caballo. Irán en *jeep*. Ahora manda él.

Por la noche, en el camino al hotel en San Juan del Sur, donde pasarán la luna de miel, René no habla. Ella trata de explicarle que no pudo controlar el deseo de galopar después de haber tenido que viajar tan despacio con el papá Ramón, pero él no oye nada. No olvida la humillación que sintió cuando la vio entrar sucia de polvo y viento a la iglesia, él, que quería una novia blanca e impecable para esponjarse de orgullo.

—Lo llevas en la sangre —le dice por fin—. Todas las gitanas son putas.

Y esa noche encima de ella, como animal salvaje, la hace gritar y le jura que tendrá que pagarle muy caro lo mal nacida que es.

Sofía resiste la embestida del miembro enorme de René, hunde las uñas en las sábanas y siente furia por los gitanos que la abandonaron y por haberse casado con un hombre como aquél.

CAPÍTULO V

Lo primero que Sofía quiere hacer cuando llega a su hogar de recién casada y la luna de miel termina es llamar a Eulalia y, otra vez, como cuando era niña y ella la encontró asoleada en la plaza, decirle su nombre y ponerse a llorar.

Apenas si le habla al marido. Frente a él no se permite un momento de debilidad, descartando su cara de asombro cuando, en las mañanas, él ha despertado para encontrarla durmiendo en posición fetal con el pulgar en la boca.

René la lleva por la casa mostrándole cómo la decoró para ella, los muebles de mimbre que mandó a traer de Granada, la cama enorme que compró a unos diplomáticos que se iban del país, las ventanas estilo francés que son lo mejor que se puede conseguir desde que, por los costos de importación, es imposible traer persianas o ventanas de paletas de vidrio del extranjero. Le va enseñando la cocina forrada de formica traída de El Salvador, la loza que encargó a Miami, las toallas Cannon... Le va enseñando a Sofía la nueva casa con lujo de despecho, desglosando detalladamente lo que le costó conseguir esto o aquello, la cantidad de viajes a Managua que tuvo que hacer, las once cartas que tuvo que mandar para poder proceder conforme lo determinaba la burocracia de ciertas oficinas. Finalmente, en la apoteosis de la rabia que parece no abandonarlo ni de día ni de noche, desde la mañana de la boda, abre las puertas dobles de celosía del dormitorio y le enseña la enorme cama, la pared y medio techo forrado de espejos desde donde la habitación se multiplica infinitamente, y luego el baño con la tina redonda hundida en el piso.

—Y ahora te dejo y me voy a trabajar —le dice—. Me hacés el favor de no salir. De esta casa no volvés a salir si no es conmigo.

Por la tarde llegan Eulalia y don Ramón. Sofía los recibe en el corredor que da al patio de la casa. Les ofrece refrescos servidos en los vasos nuevos que le regalara el alcalde del Diriá. Finge alegría y les cuenta del hotel en San Juan del Sur, el paseo en el barco de vela donde fueron atendidos por un matrimonio inglés, que viene viajando desde hace seis años en ruta a Oregón donde comprarán caballos pintos para mejorar el número acrobático con el que se ganaban la vida en las ferias de pueblo en Gran Bretaña. Los padres adoptivos la miran con adoración y ríen entre dientes, un poco avergonzados, cuando ella les enseña la casa y la habitación con los espejos.

Eulalia no deja de mirarla a los ojos adivinando con su sabiduría de mujer vieja que algo no anda bien, pero claro, la niña no lo va a decir delante de don Ramón. Está segura de que se trata de asuntos de mujeres y le dice a Sofía que regresará a la mañana siguiente y todas las mañanas hasta que ella aprenda a manejar la casa. Se abrazan los tres en el atardecer. Don Ramón también siente un rumor extraño en la manera en que Sofía lo abraza, pero lo descarta; seguro son los nervios de recién casada, se dice.

Sofía los ve alejarse. Se queda sentada un largo rato en el corredor pensando cuán feliz fue con ellos en el mundo primigenio y claro que le hicieron a su medida, cediendo a todos sus caprichos. Se limpia las lágrimas porque pronto llegará René y no quiere que la vea llorando. Ya ha empezado a odiarlo.

Dentro de la casa, hay tres habitaciones. Aparte de la de los espejos, las demás tienen muy pocos muebles. Una de ellas tiene un par de ventanales hermosos desde donde se ve la carretera a través de las limonarias del jardín. Con la ayuda de Petrona, la doméstica, Sofía se pasa el resto de la tarde jalando mesitas y mecedoras de los otros cuartos y se hace un lugar para ella sola. Le dirá a René que es su cuarto de costura, piensa, y lo arreglará con plantas y con sus cosas para tener al menos una parte de la casa donde se sienta ella misma; un lugar para esconderse de la infelicidad y de René.

En la cena, mientras comen los dos callados, se lo dice. Él se encoge de hombros.

—Es tu casa —le dice—, aquí dentro podés hacer lo que querrás.

Eulalia llega a la mañana siguiente como lo ha prometido. Ya René ha salido a los negocios del día. Sofía la lleva a la cocina a saludar a Petrona. Se sirven café en pocillos esmaltados y hablan del manejo de la casa, los mejores días para hacer las compras en el mercado, la comida, cómo organizar la planchada y lavada de la ropa.

—Quiero aprender a bordar —dice Sofía.

Lleva a Eulalia a su cuarto y allí, finalmente, detrás de la puerta cerrada, mirando al jardín y llorando, le cuenta sus desgracias.

—Cómo vas a creer, hija, cómo vas a creer —repite Eulalia, escuchándola—, yo pensé que te ibas a meter en problemas con lo que hiciste. A mí casi me matas del corazón cuando te vi salir en guinda con el caballo, pero no es para tanto, no es para tanto... Por lo menos no te ha pegado... —Y como cayendo en cuenta que no está segura de esto, pregunta—: No te ha pegado, ¿verdad?

—No —llora Sofía—, pero es peor. Si me pegara podría hasta matarlo...

—No digás eso, mi hija, no digás eso. La verdad es que el matrimonio no es ninguna ganga, pero, si no te pega, podés aprender a sobrellevarlo. Con el tiempo, se le va a pasar esto a René.

Nada podía hacer. Ni ella, ni Eulalia, piensa Sofía, eso era lo más triste. No había nada que hacer, a menos que fuera salir corriendo a caballo como el famoso día de su condenación, pero esta vez sin volver para atrás. Pero ¿qué pasaría con Eulalia y el papá Ramón? No podrían soportarlo. La Eulalia sentiría que se le volvían a morir los hijos y don Ramón sufriría callado y su espalda se doblaría con toda la vejez acumulada que se negaba a aceptar. Por ellos, tendría que esperar.

—¿Crees que doña Engracia me puede enseñar a bordar? —pregunta por fin Sofía, levantando la cabeza.

Por días, Sofía anda por la casa poniendo plantas aquí y allá. René se ve más tranquilo y menos agresivo. Conversa con ella sobre trivialidades de su trabajo. La trata como vieja conocida, sin permitirse un instante de enamoramiento o pasión. Por las noches, con callada determinación, se da vuelta hacia ella y copula como si se tratase de una parte impostergable del contrato matrimonial. Cuando termina, le da la espalda deseándole buenas noches, y duerme.

Ella, inmóvil, sigue pensando lo que piensa todo el día: cómo organizar su vida sin amor y sin perderse en marasmos de tristeza y lo que debió haber sido, y hay otro pensamiento que viene a su mente cuando René la ocupa: no le tendrá hijos. Si ya es demasiado tarde para evitarlo, visitará a las curanderas del Diriá, que conocen hierbas especiales. Si es más afortunada, logrará que Gertrudis le traiga de Masaya las famosas píldoras donadas por las Naciones Unidas y que, según el periódico, están en venta en todas las farmacias.

El problema principal, si está embarazada, será salir. Desde el regreso de la luna de miel, no ha salido sola. René la ha llevado dos veces a visitar a don Ramón e insiste en acompañarla las pocas veces que ella ha expresado deseos de ir de visita. Sin embargo, Sofía no ha intentado probar los límites de su encierro. Decide hacerlo la semana siguiente, cuando ya esté más acomodada en la casa.

Espera a que René se vaya. Lo ve perderse en el polvo del camino de tierra que desemboca en la carretera. Luego, con parsimonia que no logra disfrazar el nerviosismo que siente, se mete al baño, se baña despacio y se viste. Ha decidido cabalgar hasta la hacienda El Encanto. No quiere tentar su suerte más allá de la casa de su padre adoptivo.

Sale al patio y manda a Petrona a llamar a Fernando, el mandador.

Fernando aparece con su camisa de cuadros y el sombrero tejano. Se lo quita frente a ella respetuoso.

—Sí, doña Sofía, ¿qué se le ofrece?

—Fernando —dice ella, calma y segura—, me ensilla por favor un caballo. Voy a ir a El Encanto.

El hombre baja los ojos y traza líneas con la bota derecha en la tierra.

—No hay caballos, doñita —dice.

—¿Cómo que no hay caballos? —dice Sofía—. Mi papá Ramón dijo que me mandó a *Gitano* para acá...

—¿Usted no sabe, doñita? —dice el mandador sin levantar los ojos—, *Gitano* se desbocó recién regresó usted. Se quebró la pata y el propio patrón tuvo que matarlo. Los otros caballos se los llevaron lejos de aquí, a la otra hacienda. Aquí no queda más que un caballo y el patrón dio orden que nadie lo toque. Nadie. Ni yo. Sólo que él me lo autorice.

Sofía regresa a la casa y se encierra en el cuarto de costura.

—Allí ha estado desde hace horas —dice Petrona a Eulalia cuando ésta llega—. Yo me quedé oyendo detrás de la puerta cuando se metió allí y la oí llorando un buen rato a la pobrecita, pero ya se calló. Hace rato que ya no se oye nada. Yo le golpeé en la puerta pero no me abrió, ni me contestó. ¡Pobrecita! ¡Tanto que quería a su caballo! Y ella no sabe pero el patrón nos mata si la dejamos salir sola. Eso mismo nos dijo cuando regresaron: «Los mato si me doy cuenta que mi mujer salió sola.»

La Petrona arruga y desarruga el delantal. Está muerta de nervios y Eulalia tiene que calmarla y con su autoridad de vieja hacerla que le cuente si verdaderamente *Gitano* se desbocó y se quebró la pata, y la mujer por fin le dice lo que ya ella sospechaba desde que vio cuando pasaron de la hacienda los mozos de René arrastrando el caballo muerto por toda la carretera y ella hasta se persignó, pero no quiso decirle nada a Sofía.

—Él lo mató, ¿verdad?

—Sí, doña Eulalia. A mí me contó Fernando que lo agarró a balazos al pobre caballo. Lo dejó como pascón al pobrecito, todo lleno de hoyos. ¡Ni quiera Dios ese señor! Hasta que lo mató tuvo calma.

—Abrime, Sofía, abrime, mi muchachita. —Golpea Eulalia la puerta.

Sofía no abre. Llega la noche y no abre. René golpea la puerta dos veces y luego da la vuelta. Se encoge de hombros y se va a acostar.

—Ahí se le va a pasar —le dice a Eulalia—. Y usted no se preocupe y váyase a su casa, que éstas son cosas entre marido y mujer.

Al otro día, cuando llega don Ramón, ya Sofía está vestida y cosiendo en el corredor. No fue nada, le dice, *Gitano* se quebró la pata y René tuvo que matarlo. A ella le afectó pero ya está bien, dice, no se preocupe, papá. Y don Ramón se tranquiliza porque ella sonríe y le cuenta de sus clases de costura y lo invita a almorzar con ellos el domingo siguiente. «Exagerada, la Eulalia», piensa don Ramón, cuando se va de regreso con Danubio a El Encanto.

Sofía sigue cosiendo callada. Está calma porque la noche anterior, cuando lloraba de rabia, le bajó la menstruación.

Gertrudis no entiende por qué la Sofía no quiere quedar embarazada.

—Cuando estés embarazada te va a tratar mejor —le dice.

Sofía la convence de que no; ella tiene un plan para que se le olvide lo del caballo el día del casamiento, pero no puede quedar embarazada todavía. Quiere que le compre doce sobrecitos de pastillas.

—¡Eso es un año! —se asusta Gertrudis.

—Por favor, confiá en mí, Gertrudis, yo sé lo que hago —le dice Sofía.

Cuando Gertrudis regresa con las pastillas se encuentra la casa rodeada por un muro. En tres días, René mandó levantar un muro para proteger a su mujer de los ladrones.

CAPÍTULO VI

Ya no le caben dudas a Sofía de que vivirá encerrada buena parte de su vida, su juventud entera quizá, pero nunca toda su existencia. Algún día, se dice, cruzará las puertas de metal del muro y saldrá de allí sin volver siquiera la cabeza. Mientras tanto no perderá su tiempo en llantos y lamentaciones. Ella no podrá tener lo que quiere, pero tampoco lo tendrá René.

René la observa y piensa que es orgullosa la mujercita, pero que el orgullo se le vencerá con el tiempo y con los hijos que tendrán que llegar porque él cumple religiosamente con su parte de hombre preñador, copulando con ella todas las noches aunque esté cansado, aunque ella no haga ningún ruido y sólo se quede inmóvil debajo de él con los ojos abiertos viendo para el techo como una estatua fría y bella.

Don Ramón acepta también la situación de la hija, resignado a que ya ella no le pertenece; es del marido celoso que tanto la cuida y al que él, en el fondo, comprende. No puede reprocharle a René el momento de pánico del día de la boda y la forma en que el miedo lo marcó y le hace ver fantasmas y temer que ella se le vaya. Él vivió ese mismo miedo cuando la Sofía crecía; el miedo del posible regreso de las caravanas de gitanos y la Sofía saliendo detrás de ellos, siguiéndoles con ese brillo de los ojos que a él le preocupaba cuando la llevaba a Managua y la veía quedarse extasiada con las luces y el movimiento de la ciudad. Ahora sólo puede ayudarle a soportar mejor su encierro y rezar para que pronto quede preñada y tenga hijos que le hagan más llevaderos los días iguales de la hacienda.

—Dígale a Fausto que venga con usted y me traiga libros, papá —dice la muchacha.

Fausto llega con don Ramón a media mañana, cuando René no está. Le lleva una caja llena de libros de todo tamaño y una enciclopedia.

—Esta enciclopedia es *El Tesoro de la Juventud* —le dice—. Es para adolescentes, pero enseña muchas cosas.

Ella abre los libros blancos de marco dorado y mira el libro de los por qué, los personajes, los cuentos, y abre la caja donde hay novelas de misterio, novelas de amor, revistas.

—Me hubiera gustado traerte mejores libros —dice Fausto—, pero esto es todo lo que pude conseguir por el momento.

Ella está contenta y lo abraza. Le da un beso en la mejilla, mientras don Ramón les dice que se queden platicando un momento porque él tiene que arreglar el traslado de unos cortadores de café con Fernando, el mandador.

—Así que te tiene encerrada ese cavernícola —dice Fausto cuando don Ramón desaparece.

Sofía le cuenta con rabia lo de *Gitano*, y cómo todos los empleados de la casa y de la hacienda la vigilan con temor porque René los tiene amenazados si ella sale sola; le cuenta lo del muro que el marido mandó construir, la gran televisión que compró para tenerla entretenida después que ella intentó salir, la lleva a enseñar su cuarto de costura y está a punto de contarle lo de las pastillas anticonceptivas, pero se contiene.

—¿Y qué vas a hacer? —pregunta Fausto.

—Leer y ver novelas en la televisión —dice ella.

Fausto la mira con tristeza. Le ha tomado cariño y hasta ha pensado que quizá con ella él podría intentar enderezar sus atracciones hacia el otro sexo, pero no tiene ninguna intención de complicarle más la vida.

—Lo importante es que no te dejés vencer —le dice—, que busqués cómo entretenerte.

—Sí —dice Sofía.

—Decile que te mande a poner un teléfono —aconseja Fausto—, así te voy a poder llamar desde Managua para platicar, porque seguro que no va a dejar que me acerque por aquí muy a menudo.

Sofía domina la soledad, se encierra con ella en su cuarto de costura y le habla. A ratos cose y a ratos lee. Varias horas al día se las pasa en el jardín dentro del muro. Con la ayuda de Florencio, el jardinero, ha plantado rosales, buganvillas y cercos de helechos a la orilla de palmeras enanas. Aprende de botánica y limpia en la parte de atrás, entre la casa y el muro, una huerta donde cosecha tomates, zanahorias y lechugas. René está contento con las inclinaciones agricultoras de su mujer. La lleva en las tardes, cuando regresa, a caminar fuera del muro para que vea los cafetales y los árboles centenarios que les dan sombra, le cuenta de sus actividades del día y comenta sobre la crisis económica del país después de guerras y huracanes.

Sofía lo escucha y habla de sus siembros y las clases con Engracia. Está bordando cotonas para vender en el mercado de Masaya.

Le dice que echa de menos a Gertrudis, quien se fue a trabajar a Managua como secretaria de una línea aérea.

—¿Por qué no ponés un teléfono en la casa? —pregunta. Ha trabajado silenciosamente para que él diga que sí.

CAPÍTULO VII

Toma más de un mes instalar la línea telefónica, pero finalmente el aparato rojo timbra en la sala de la casa y Petrona, Sofía, Eulalia y Engracia se miran y ríen y contestan el teléfono entre risas.

Sofía marca el número de Gertrudis y casi no lo puede creer cuando momentos después la voz de su amiga suena tan cercana.

Cuando René llega por la tarde, sonríe al ver a las mujeres tan deslumbradas por un invento tan viejo.

Esa noche, por primera vez, trata de ser tierno y hablar con Sofía antes de cumplir con el rito, que es ya rutina, de la cópula.

—Ya ves que no soy tan malo —le dice, acariciándole la cabeza.

Sofía calla y respira profundo tratando de relajarse. Todas las noches, cuando él la toca, trata de desaparecer en su cuerpo. Sólo no estando, imaginándose lejos, puede soportar aquella violación cotidiana. No le ha sido tan difícil no estar allí. Ya el mecanismo le funciona casi automáticamente. Mira a René desde la lejanía y asiente con la cabeza antes de cerrar los ojos y sentirlo otra vez jadean-

46

do, mientras ella se entrega a fantasías macabras de castración que la librarían de soportar aquella pieza gigantesca que parece querer romperle el corazón.

Sin embargo, esa noche René no le da la espalda ni duerme. Quiere hablar, quiere que hablen sobre la dificultad que ella parece tener para quedar embarazada. Son ya seis meses de casados, le dice. Seis meses en que él no ha dejado de hacer lo que le corresponde más que algunos pocos días en que el agotamiento ha podido más que la obligación. Era ya hora de que ella estuviera encinta.

—A mí también me preocupa —miente ella, y le cuenta que Engracia ha ofrecido traer a doña Carmen, la famosa curandera de Catarina.

—Probá —dice él—. Si no, va a haber que llevarte a Managua donde un doctor.

Doña Carmen es una mujer alta y clara —«moreno lavado», llama la gente a su color—. En su juventud fue famosa por la hermosura y porque era dueña de una cantina, conocida popularmente como «El Ganchazo», en una alusión vulgar y cariñosa al tamaño de las piernas y la entrepierna de la dueña. Allí llegaban desde Managua los artistas los sábados en la tarde a beber tragos y a entretener amores clandestinos bajo la enredadera de campanitas azules del patio de tierra. Doña Carmen era aún más conocida porque echaba las cartas y leía el futuro y también preparaba pócimas para los males de amor y las enfermedades incurables. Según se decía, tenía inmejorables conexiones con el más allá.

—Léame las cartas —le dice Sofía cuando Engracia sale y las deja solas en el cuarto de costura.

En su cartera de palma tejida, doña Carmen tiene un mazo de cartas envueltas en un pañuelo de seda azul. Las cartas son viejas y desteñidas, pero doña Carmen las trata con todo el respeto que el futuro se merece.

—Barájalas bien —le dice—. Las cortás en tres mazos con la mano izquierda y luego las juntás y me las pasás con la misma mano.

En el cuarto hace calor. Sofía está sudando y el corazón le late deprisa. Hace lo que doña Carmen dice y le pasa el manojo de cartas.

Doña Carmen las extiende sobre la mesa formando un diseño extraño.

Tira diez cartas. Una especie de cruz al medio y al lado, cuatro cartas en fila ascendente. Luego se las queda mirando en silencio. Mira a Sofía y las cartas.

—Vas a tener una hija —dice—, pero no ahora. La vas a tener dentro de algunos años.

—¿Con René? —pregunta Sofía.

—No. Con otro hombre.

—Y esa calavera que sale allí, ¿qué es? —pregunta Sofía.

—Te salen la Muerte y la Torre —dice doña Carmen—. Alguien tendrá que morir y muchas cosas serán destruidas. Es la purificación a través del fuego... Vas a sufrir mucho. Está en tu destino. Pero vas a conocer el amor.

—¿Y qué más dicen las cartas?

—No tendrás problemas de dinero. Dice el Tarot que debés tener cuidado con tus impulsos. Déjame ver —dice doña Carmen, inclinándose sobre las cartas, mirándolas fijamente—. Vas a perder algo muy precioso. Se te soltará de las manos.

Doña Carmen levanta los ojos de la mesa y la mira dulcemente. Le toma las manos.

—Puede ser que las cartas hayan sido influidas por tu estado de ánimo. —Trata de confortarla—: No sos feliz, ¿verdad?

—No —dice Sofía.

—Otro día te las leeré de nuevo.

Y doña Carmen las vuelve a leer otros días. Y las cartas siguen repitiendo lo mismo. Sofía quiere que doña Carmen le enseñe a leer las cartas. Después de todo, ella viene de una raza que se considera guardiana de los secretos del Tarot. Sin embargo, recuerda la prohibición que le mencionara su madre cuando niña y el problema de su sangre mezclada. «Pero doña Carmen no es gitana —se dice— y las lee. Yo tendría más derechos que ella.»

—Pobrecita, la Sofía —dice doña Carmen a la Engracia, mientras caminan por la carretera de regreso a Diriá—. Va a tener un destino bien extraño. Ya ves, parecía que se había casado bien y ahora el hombre no le perdona lo del día de la boda y la mantiene encerrada. Además, a mí que no me diga; si no queda embarazada no es porque mis remedios no funcionen, sino porque, de seguro, ella ni se los bebe. Pero, en fin, tiene razón. Yo tampoco le tendría hijos a un hombre así, a menos que supiera que me va a dejar y que voy a poder yo tranquila, sola, criar al chavalo como yo quiera. Pero ella, ¡qué sabe! No sabe ni quién la parió, la pobre...

—Cose muy bien —dice la Engracia.

Doña Carmen se convierte en asidua visitante de la hacienda. Sofía la convence de que le enseñe a tirar las cartas. Largas horas se encierran ambas en el cuarto de costura, donde Sofía ya pocas veces cose y más bien se dedica a tratar de entender los misteriosos dibujos de los arcanos mayores y los significados particulares de los cincuenta y seis arcanos menores. Doña Carmen le ha regalado una baraja nueva y reluciente y, a través de ella, Sofía intenta persuadir al futuro de que le entregue sus claves. En poco tiempo descubre las mágicas cualidades sociales del Tarot porque Petrona se encarga de regar la voz de sus habilidades por la hacienda y pronto las mujeres de los mozos empiezan a aparecerse por la casa a indagar el favor de sus oráculos. Sofía predice, sin preocuparse mucho, fortunas o desgracias, y sus largas horas de soledad se ven atenuadas por el conocimiento de las vidas ajenas. En cuanto a su propia vida, las cartas parecen sólo producir augurios confusos que ella atribuye a la rutina y al vacío de su existencia. Doña Carmen insiste en que debe meditar las tiradas y sacudirse el miedo de intuir su destino, pero Sofía prefiere ignorar los consejos, mientras experimenta con la suerte de otros y siente un mágico poder bailarle en la sangre cuando voltea las cartas y anuncia nacimientos o amores desafortunados, frente a la mirada expectante y muda de sus interlocutoras.

Varios meses después de obligarla a tomar las pócimas de doña Carmen en su presencia, René decide llevar a Sofía a Managua, donde un ginecólogo que le recomienda la esposa de un amigo.

Con las manos enfundadas en guantes plásticos, el doctor revisa a Sofía de atrás para adelante, bajo la mirada tensa de René, quien como marido consciente de sus deberes no la deja entrar sola al consultorio. El examen físico no indica ningún problema. Así es a veces con las primerizas, sentencia el médico, les cuesta salir embarazadas. Es cuestión de seguir «a Dios rogando y con el mazo dando».

—Ya ves, yo estoy bien —dice Sofía a René, cuando van de regreso a la hacienda—. Seguramente el machorro sos vos. Deberías ir a examinarte.

René no vuelve a mencionar el asunto.

CAPÍTULO VIII

A los cuatro años de casada Sofía, muere Eulalia.

—Quién iba a pensarlo, hija —dice don Ramón en el entierro—, ¡quién iba a pensar que yo iba a durar más que ella!

El cortejo fúnebre se aglomera alrededor del cementerio pequeño y colorido del Diriá. No hay quien no llore a la Eulalia. No hay quien no vea pasar por la mente imágenes vivas de la mujer cuyos restos yacen cubiertos por el velo de novia de Sofía, en el catafalco de madera de pino.

René toma del brazo a su mujer y trata de consolarle las lágrimas.

Sofía se suelta con violencia y camina hasta quedarse sola en un extremo de la fosa que cavan los mozos de la hacienda.

Desde que se casó, se ha puesto más alta e imponente. Durante el entierro, llora, sintiéndose por primera vez infinitamente huérfana.

Después de la muerte de Eulalia, René la deja salir todas las tardes a visitar a don Ramón. Pero no sale sola. Fernando, el mandador, le lleva el caballo de las bridas todo el camino de ida y vuelta.

La muerte de Eulalia tiene un efecto extraño sobre Sofía. Don Ramón lo nota. Anda nerviosa e irritable. Parece un pájaro enjaulado brincando de un lado al otro contra los barrotes. Don Ramón teme que se acabe golpeando, y en las noches en que siente la muerte rondándole, la echa a gritos, porque no puede dejar sola a la Sofía. Sin embargo, la muerte le hace cada vez menos caso y él lo sabe. Últimamente le ha visto la cara.

La ha visto asomarse impúdica, sin velo, por la ventana de su cuarto.

—Tenés que calmarte, hijita —le dice a la Sofía, viéndola golpear el suelo con la punta del pie, sin parar.

Sofía se mece en la butaca de respaldar alto del corredor.

Se mece y se mueve en la silla. Asiente con la cabeza, pero sigue moviéndose.

—¿Has hablado con Fausto?

—Fausto dice lo mismo que usted. Dice que me calme. No sé por qué me dicen eso. Yo estoy igual.

Pero no está igual y ella lo sabe. Cuando va de regreso a la hacienda, odia a Fernando, quien camina despacio llevando las bridas del caballo.

La tentación de fugarse e irse a rodar mundo en vez de pretender la pasividad de esposa «decente» que se espera de ella la acosa, y de no ser por don Ramón, ya estaría lejos de allí sin saber muy bien dónde. Sus habilidades de agorera le han ganado fama en los alrededores y le permiten una distracción que René no impide por considerarla intrascendente. Últimamente, sin embargo, está distraída y los significados de los arcanos se le escapan. No encuentra paz ni sosiego en la costura; ni siquiera en la lectura, que durante algún tiempo la entretuvo y la sacó de los muros de la casa llevándola a lugares remotos y extraños. Por las noches se queda fija viendo la televisión, hipnotizada y ausente. Cuando Fausto la llama, habla y habla con él y luego olvida qué le dijo.

—Parece una sonámbula caminando por la casa —dice Petrona a Engracia—. Yo creo que no se le pasa la muerte de Eulalia. Y don René se está poniendo cada día más furioso. Un día de éstos la va a agarrar del pelo y la va a zarandear. Ya le he visto la intención en los ojos varias veces.

El día de la misa de mes de la Eulalia, Sofía va a la iglesia con René. Don Ramón la nota más tranquila. Nota, incluso, un brillo de novedad y alegría en sus ojos y piensa que ya se le está pasando la desesperación de la muerte.

Sentada en la banca de la iglesia, Sofía no oye los rezos del cura.

Piensa en la voz del hombre desconocido con el que habló por teléfono la tarde anterior. El mismo que hacía cuatro días llamó a la casa marcando un número equivocado y que, desde entonces, no ha dejado de llamarla todos los días.

—Aló. ¿Es el 4022 de Masaya?

—No, está equivocado. Llamó al Diriá.

—¿Qué número?

—El 4122.

—Perdóneme, pero tiene una voz muy bonita. ¿Cómo se llama?

—Sofía.

—También su nombre es bonito. ¿Y qué hace usted?

—Soy gitana. Leo la buena fortuna.

—Tiene una voz muy joven para ser pitonisa.

—Soy joven. ¿Y usted quién es?

—Me llamo Esteban. Soy abogado.

—Mucho gusto.

—Bueno, perdone la interrupción, pero me alegra haber hablado con usted. Tal vez me puede leer la fortuna por teléfono...

—¿No me podría llamar mañana?

—Claro que sí —y la voz del hombre suena entre divertida y cómplice.

—Me llama mañana, ¿de verdad?

—Sí, Sofía, con mucho gusto la voy a llamar.

Así se lo cuenta a Eulalia en la iglesia. Por si acaso, en algún lugar, Eulalia puede oírla. No ha podido reconciliarse con su muerte tan imprevista. Siente que Eulalia, igual que su madre, la abandonó sin darle ninguna explicación. Se refuta a sí misma argumentando la ceguera de la muerte, pero en el fondo resiente y duele la pérdida de su madre adoptiva y entre los dos sentimientos se establece un balance que pone al hecho de su muerte a una respetable distancia.

René piensa que su mujer está rezando y agacha la cabeza intentando rezar, intentando no distraerse mirando a todos los demás, que parecen absortos en el recuerdo de Eulalia que flota en medio del humo de los cirios y el cántico del sacerdote que entona el «Cordero que quita los pecados del mundo. Ten piedad de nosotros».

Después de la misa, los del pueblo se reúnen en El Encanto y comen cerdo asado y plátanos, bajo la sombra de los chilamates.

Las matronas no cesan de recordar a Eulalia, como es tradicional en esas celebraciones fúnebres; mientras, los hombres discuten de precios y fertilizantes en una esquina del patio de secar café.

Sofía habla con Engracia y doña Carmen, soplándose la cara con un abanico de palma.

El vacío que la muerte de Eulalia le hiciera aflorar ha

ido cediendo a la novedad de las llamadas telefónicas, la excitación de tener un amigo que le ayude a transgredir el espacio de su encierro, otro secreto que ahora sólo ella conoce.

—Estoy segura que la Eulalia murió feliz —dice Engracia.

—Por lo menos, murió sin darse cuenta —responde doña Carmen—. En eso tuvo suerte. Yo si algo le pido a Dios es que me lleve así también, en el sueño. Acostarme un día y ya está; pasar dormida al otro mundo.

—A mí me hubiera gustado despedirme de ella —dice Sofía—. Nunca se me va a quitar esa sensación extraña de no haberme despedido de ella. Lo último que le dije fue «nos vemos mañana» y ahora ese «mañana» ya no va a existir jamás.

—Sí, mijita. Para los que nos quedamos es triste —dice Engracia—. Pero para el que se muere, es mejor no tener que despedirse. Yo me acuerdo cuando se murió mi mamita... Aquel desfile interminable frente a la cama y la pobre señora, afligida de saber que ya se iba de viaje... Para mí que eso es crueldad. Hasta ahora que estoy vieja comprendo el miedo que ella tenía; ¡cómo lloraba! Nosotros creíamos que lloraba por la despedida. Ahora me doy cuenta que lloraba de puro miedo.

Sofía no entiende por qué tendría uno que llorar de miedo a la hora de morirse. La muerte era algo tan remoto. Se le viene a la mente el recuerdo de un carromato en llamas. Apenas si tiene recuerdos de antes del Diriá; pero oyendo hablar a Engracia y doña Carmen, tiene la visión instantánea de la ceremonia fúnebre de su abuelo gitano. Los gitanos quemaban el carromato del difunto con todas sus posesiones.

—¿Y qué irá a pasar con sus cosas? —pregunta distraída—. Los gitanos las queman. Queman todas las cosas de los difuntos.

Engracia se contiene el impulso de persignarse. Jamás antes escuchó a Sofía referirse a su origen. Doña Carmen la mira curiosa.

—¿Cómo decís? —le pregunta.

—Acabo de recordar el entierro de mi abuelo gitano. No me acuerdo de su cara, ni nada. Sólo recuerdo que le prendieron fuego a su casa, a la carreta donde él vivía. Yo debía ser muy chiquita; pero recuerdo las llamaradas y todas las mujeres gritando.

—Santo Dios —dice Engracia—. Mejor que ni te acordés de esas cosas, hijita, vos ya no sos de esa gente. Acordate que esa gente te dejó botada.

«Me dejaron botada», piensa Sofía. Desde niña se lo han repetido tantas veces, casi de forma inmisericorde, sin percatarse de la desolación, el agujero en el pecho que le abrían cada vez que le recordaban el inexplicable abandono de los suyos. Ella siempre ha querido entender su destino torcido. A veces culpa a los gitanos de que la madre no haya vuelto. Quizá no la dejaron regresar a buscarla. Frecuentemente pensó que Eulalia esperaba el momento para revelarle el misterio. Más de una vez la imaginó en su lecho de muerte, dándole a conocer el oscuro secreto de su origen. Pero Eulalia murió mientras dormía. Ya nadie podría responderle.

—Me hubiera gustado despedir a Eulalia —dice, y se levanta. Camina despacio, abanicándose con el abanico de palma, hasta acercarse a don Ramón y quedarse sentada, en silencio, al lado del viejo.

La mano de don Ramón acaricia la espalda de Sofía. Cae la noche y las luciérnagas aparecen y desaparecen, las bujías en los postes se encienden alumbrando a los concurrentes; sus voces con la oscuridad se hacen más altas, intercalándose con risotadas. En una esquina, René ríe con sus amigos finqueros. «Nadie me conoce —piensa Sofía—, todos me han visto desde niña y, sin embargo, nadie me conoce.» ¿Qué pensarían aquellas gentes de ella?, se pregunta, ¿qué pensarían si supieran, por ejemplo, las veces que ha deseado que Fernando, al llevarla de regreso a la hacienda jalando la brida del caballo, haga un acto de locura, la meta en los cafetales y le haga un amor apasionado como el leñador de una novela que leyó, o las veces que ha planeado envenenar a René con estricnina desde que leyó *Castigo divino*, la novela de Sergio Ramírez, que ha sido tan celebrada en los periódicos y en la televisión? No quiere admitir —le parece perverso— que también ha deseado la muerte de don Ramón, la muerte de esa obligación que le condena a estar allí fingiendo ser una apacible mujer casada.

«Debería ser mala e irme de una vez», piensa, y se arrepiente de inmediato cuando don Ramón vuelve a pasarle la mano por la espalda.

—¿Aló? ¿Sofía?

—Sí.

—Es Esteban.

—¿Qué tal?

—Aquí trabajando, pensando en vos.

Silencio.

—¿Estás bien?

—Más o menos.

—¿Estás triste?

—Aburrida más bien.

Sofía se deja llevar por el tono de voz de Esteban. Lo imagina guapo y dulce, aunque no pocas veces le ha entrado la duda de estar equivocada y que más bien puede tratarse de un hombre barrigón y repulsivo. Descarta la idea sin embargo; ya que está jugando a la fantasía, se dice, lo puede imaginar tan hermoso como le parezca, al menos su voz es ronca y pastosa, agradable. Hablan de sus vidas respectivas: él le cuenta de sus frustraciones cotidianas en los juzgados, los papeleos, los casos innumerables de divorcio que, desde que se cambió la legislación y el divorcio es unilateral, tiene que atender casi a diario. «Los males de amor van a acabar conmigo», le dice. Sofía pregunta y pregunta. «Pareciera que te querés divorciar», dice Esteban. «Algún día lo voy a hacer», contesta Sofía. Él no entiende cómo una mujer como ella soporta un matrimonio sin amor, dejando que se le pase el tiempo. No puede conciliar al personaje rebelde de sus fantasías con la mujer que argumenta responsabilidades filiales para continuar aquel contrato. Sofía lo desconcierta y le fascina.

—Fausto te ha estado llamando bastante —comenta Engracia como quien no quiere la cosa.

Sofía la mira, no dice nada y al otro día llama a Fausto y le pide que vaya a visitarla.

Fausto llega en su carro blanco medio destartalado. Se ha dejado crecer los bigotes y lleva unos *blue jeans* apretados y su eterna camiseta de lagartito.

Sofía ríe al verlo acercarse. Fausto siempre le provoca una sensación extraña, más que un amigo lo considera una amiga. Puede fácilmente imaginarlo vestido con indumentaria femenina. «Es maricón», le dice René, y a ella le parece muy bien que lo sea. Por lo menos René la deja en paz con él.

Sofía lo lleva a su cuarto de costura. Ya allí, abre las ventanas para que el viento disipe el denso calor de las tres de la tarde.

—Creo que estoy enamorada —le dice.

—Ay, muchacha, no me soltés algo así tan de repente —dice él—. ¿Se puede saber quién es el afortunado mortal?

—No lo conozco. Sólo he hablado por teléfono con él.

Fausto mueve la cabeza incrédulo.

—Quiero que lo busqués para que me digás cómo es, porque en cuanto pueda me escapo con él.

—Ay, mamita, no seas tan desesperada. No vas a terminar de haber salido de uno cuando ya te vas a enredar con otro...

—¿Y qué importa? De todas maneras, uno necesita pareja.

Fausto calla y luego dice que sí, tiene razón; toda persona necesita una pareja. Piensa que si a ella él le gustara un poquito, podría reconsiderar sus inclinaciones. Ser homosexual en una sociedad como la nicaragüense es un martirio. Ser homosexual en Nicaragua es ser un íncubo, hijo del diablo, hombre de tres patas, payaso, encarnación de la antinaturaleza. Ah, desgracia de haber nacido con aquella cosa entre las piernas y no como Sofía, con la elegante hendidura, las curvas, nada tosco en su construcción de instrumento musical. Él a diario se arrepiente de haber dejado Francia. Todos sus esfuerzos por que le gusten las mujeres han terminado en rotundos fracasos.

—¿Y dónde trabaja este señor? ¿Cómo se llama?

Sofía le da los datos y le pide que jure no decirle nada a nadie, sólo él y ella conocen el secreto.

—Y, además, si la Engracia te comenta que mucho me estás llamando, invéntale cualquier cosa pero convéncela de que sos vos el que me llama. Creo que tiene sus sospechas.

Engracia reza en las noches. Tiene la casa llena de candelas, ya no encuentra dónde ponerlas. Desde que se murió la Eulalia, la vida de Sofía le cayó del Cielo como una responsabilidad que nadie sino ella misma se confió para su desgracia. Y desde hace días sospecha algo extraño, algo le huele a pecado, a cosa encerrada, escondida; suficientes cosas ha visto ella en su vida para que se le pase el cutis rosado de la muchacha, sus sobresaltos cuando suena el teléfono, aquello de estarse viendo en el espejo todo el día. Se comporta igual que cualquier mujer que se enamora del hombre que no le toca. Y sin embargo, Sofía nunca sale. ¿Cómo pudo haberlo conocido? ¿A través de las tapias?, pero ya Engracia las revisó todas y no hay hendiduras; ¿en la iglesia?, sólo mujeres van a la iglesia estos días. La Engracia hasta recuerda el cuento de la mujer aquella de Catarina que se enamoró de un fantasma; la gente decía que la oía gritar de placer en las noches pero nadie vio jamás nada en esa casa. Hasta hablaba con él, tía, le decía una sobrina que vivía en el vecindario... En fin, que Sofía podía estar enamorada. A lo mejor hasta de Fausto. ¿Y si no era marica Fausto y sólo se hacía? A lo mejor fingía para que René no le tuviera celos. Inteligente el señor ese. Seguro que era eso. Seguro que era Fausto. Y ella, ¿qué podía hacer sino rezar? Después de todo, la pobre muchacha se merecía que alguien la quisiera. Bien ganado tendría René que otro se la llevara si nunca tenía un gesto para con ella, la trataba con una indiferencia que a ella le helaba la sangre en las venas.

—¿Sabés, Fausto, que me he estado acordando de cosas de cuando yo era niña?

Fausto la mira con curiosidad.

—Es como que la muerte de Eulalia despejara un área de mi memoria. O tal vez es que tenía pereza de recordar porque pensaba que ella me guardaba los recuerdos, o no sé si ella me los devolvería en sueños después de muerta...

No sé, pero poco después que murió recordé el entierro de mi abuelo y más recientemente recordé otros países donde anduvimos, países con montañas altas y nieve, países donde tuve frío. Hasta recordé ciertas palabras de la noche en que me perdí. Mi padre y mi madre se pelearon...

CAPÍTULO IX

—Mi mujer es machorra —llora René borracho en la cantina de Crescencio.

El piso de tierra despide olor a tierra mojada; de la enredadera de campánulas azules que sirve de techo a las cuatro mesas de madera que componen el «bar restaurante», se desprenden veloces gotas de agua. Patrocinio, la esposa de Crescencio, riega todas las tardes sin piedad de los clientes, segura de que los efluvios del agua tienen un efecto benéfico sobre el ardor que el alcohol produce en la sangre.

Desde el mostrador, Patrocinio mira a René con lástima. Observa cómo últimamente el hombre ha perdido la compostura, lamentándose abiertamente de su paternidad frustrada. Todos los viernes hace lo mismo: llega a las cuatro y bebe sin detenerse hasta las nueve o diez de la noche, alternando la soledad con paréntesis en que decide ser sociable y beber con amigos borrachos de otras mesas.

«Pobrecito», piensa Patrocinio comunicándose por telepatía con Crescencio, quien la mira y asiente. A ella nunca le gustó la tal Sofía. Era absurdo creer que un ser tan extraño, venido de la profundidad de la noche, podía ser igual que ellos. A pesar de lo acostumbrados que estaban todos en el Diriá a convivir con hechizos y sortilegios, a ella desde niña, la «gitana» le produjo repelos. «No es de este mundo», solía afirmar cuando algún comentario se hacía sobre la muchacha. Ella no se creía ese cuento de que los padres la hubieran abandonado. ¡Qué va! ¡Quién va a andar abandonando así una criatura! Fácil le había salido al diablo meterles una hija de las tinieblas en el pueblo con aquel cuento de que los gitanos la habían dejado botada. ¡Y el pobre René haberse casado con ella! Patrocinio recordaba muy bien las historias del día de la boda. A Crescencio y a ella no los habían invitado gracias a Dios, pero toda la gente había compadecido al pobre René teniéndose que casar con aquella mujer sucia. A quién se le iba a pasar desapercibido el designio satánico de que no se casara de blanco, sino llena de tierra, con polvo hasta en las pestañas. Y no es que René fuera la gran maravilla, pero era un buen muchacho, ni peor ni mejor que todos los demás. Y ¡claro que no le iba a tener un hijo a él esa mujer! Seguro que el diablo subiría cualquier noche a preñarla. No debían ser casualidades todas las desgracias que habían pasado en el país durante tantos años y, para colmo, aquella cosa arisca de la tierra que le agarraba por estar temblando o dejándose arrasar por huracanes. ¡Seguro que de Nicaragua iba a salir el Anticristo! Por eso ella se alegraba de que la mujer de René no pariera. Él era el único que no se daba cuenta de que era una bendición que su mujer fuera machorra, de que mientras más tarde la preñara Satanás, mejor para todos. Él sólo pensaba en que la gente iba a creer que para nada ocupaba su virilidad, aquel miembro grandote que se le repintaba en los pantalones y que lo había hecho famoso en la escuela donde le apodaban «el Turcudo», porque decían que podía lanzar el chorro de orines más largo que cualquier otro chavalo por el tamaño de manguera que le salía entre las piernas. Con lo bien dotado que era debería dejar de lamentarse y encontrar cómo alumbrarle las entrañas a alguna mujer. Sobraba quien lo deseara. Hasta se rumoreaba que Gertrudis, la mejor amiga de la Sofía esa, estaba secretamente enamorada de René y por eso se había ido a trabajar a Managua para no caer en la tentación.

Patrocinio se seca las manos en el delantal, se baja del banco rústico de tres patas del bar y, ajustándose las chinelas plásticas entre los dedos de los pies, camina hacia la mesa de René, acerca una silla y se sienta.

—No te estés quejando, Renecito —le dice—, no te luce.

René la mira desde el espacio quebradizo y acuoso de su borrachera.

—Mi mujer es machorra, doña Patrocinio —dice, arrastrando la voz que parece quedársele atascada entre los dientes.

—Y qué, pues, ¡qué perdés vos que sea machorra! Vos no sos el culpable. Si tanto querés tener un hijo, tenélo con otra mujer. ¡Sobra quien quiera tener hijos en este país!

Ya él lo ha pensado. Tiene incluso vistas varias perspectivas, pero en el fondo teme comprobar la acusación de Sofía de que es él y no ella la razón de que no lleguen los hijos. Además, él se había jurado no andar dejando hijos regados por el mundo, tener los suyos, propios, tener una familia decente. Y qué bonitos le hubieran salido los chavalos con Sofía, piensa mientras se echa otro trago, pero es la jodida la que tiene el vientre cerrado, aunque mil doctores opinen lo contrario; ni siquiera parpadear la ha visto cuando su miembro enorme la penetra, es como hacer el amor con una muerta.

—Es que yo no quiero andar dejando hijos regados, doña Patrocinio, no quiero. —Y golpea un puño sobre la mesa—. No quiero, ¡pero por Dios que no me va a quedar de otra!

—Una cosa es tenerlos y otra dejarlos regados —dice doña Patrocinio—. Vos los podés tener y no desconocerlos; les das tu nombre, los criás... Y, además, la Sofía, ¿qué te va a poder decir? Vos estás en tu derecho. No es tu culpa que ella sea machorra.

—Tráigame otra media de ron y no me esté dando consejos que no soy ningún niño —le dice René con los ojos como vidrio cortado.

Patrocinio se levanta de la mesa. No se ofende. Desde hace cuánto que ha querido decirle a René lo que acaba de atreverse a pronunciar. Ella sabe que la semilla de sus palabras no se sofocará ni quedará estéril en el alcohol de sus venas. La vio entrar directo a su corazón. No es lo mismo que se lo digan los hombres. Su palabra de mujer, en estas cosas, vale mucho más que las de todos sus amigos. Y es que las otras mujeres, hasta algunas de las que dominan las hierbas, son unas timoratas. Tienen miedo de que la Sofía se dé cuenta y las hechice, porque alguien inventó que no hay contraconjuros contra los hechizos poderosos de su raza. Hasta la Engracia, que es tan beata y que se ha echado encima la maternidad de la gitana desde la muerte de Eulalia, le tiene miedo.

Pero ella ya se cansó de estar jugando el juego del diablo. Por miedo, resulta que todos le están guardando las espaldas a la Sofía esa. Total, que la acaban protegiendo. ¿Y al pobre René? ¿Quién protege al pobre René?

Crescencio regresa de traer leña y Patrocinio se mete

a su habitación en la parte de atrás de la casa de tablas. Saca de debajo de la cama de lona unas candelas que tiene guardadas para cuando se va la luz. Son dos candelas largas y blancas de sebo fino. Arrima un banco de madera al calendario de la pared con la imagen coloreada de la Virgen Santísima que les llevara de regalo de Navidad el repartidor de *La Prensa,* y enciende las candelas, por si acaso.

CAPÍTULO X

En el camino de regreso a la hacienda, mientras Fernando lleva el caballo de las bridas, Sofía tiene la visión de René borracho, y una luz de las candelas de Patrocinio se filtra entre las hojas de los chilamates.

Parpadea y la visión se va. Respira hondo. ¿Qué es lo extraño, después de todo? Es viernes. Ella ya sabe que René llegará borracho, sabe que bebe en la cantina de Crescencio y Patrocinio, la pareja que, desde que ella recuerda, se encarga de todos los borrachos del pueblo; de emborracharlos y de hacerlos llegar sanos y salvos a sus casas. Se despreocupa y vuelve a respirar. Mira las hojas de los árboles ir perdiendo la luz. La sombra de Fernando empieza a aparecer, pequeña, a sus pies. Se ven juntas en el suelo la sombra pequeña de ella sobre el caballo y la de él. Le gusta observar a Fernando, el brazo recio con que agarra las bridas, las manos de mandador de hacienda, toscas pero sin perder su gracia de agarraderas morenas. Las imagina tocándola, ya se le ha hecho costumbre inventar posibilidades diferentes en cada recorrido de El Encanto a su casa. Desde que leyó el libro aquel del leñador y la señora con el marido inválido, dispuso encarnar en Fernando la figura del leñador. Ahora se entretiene y el viaje a caballo se le hace placentero a su cuerpo que sólo placeres solitarios conoce. Lo que más le gusta es imaginar que hace calor y el sudor se desliza por su nuca, moja los rizos del pelo que lleva recogido atrás, moja el borde de sus pechos. Fernando se seca el sudor de la cara con el antebrazo. Ella ordena a Fernando que se detenga, él obediente se detiene; ella se mete detrás de unos arbustos, se quita la ropa y sale desnuda, el pelo sin poder detener los pezones sobresaliendo entre las hebras negras, se dirige al caballo y monta mostrándole a él, en el impulso de subirse a la montura, la redondez de sus nalgas y la hendidura oscura de su sexo. Él tiene la cabeza baja y ella le ordena desviar la marcha hacia el río. Va desnuda sobre el caballo y el movimiento de la bestia le produce un bienestar cálido entre las piernas, goza de sentir la turbación del hombre, su estado de asombro e impotencia, goza de sentir la misteriosa seducción de su cuerpo actuando sobre la espalda de Fernando, reducido a condición de servidumbre. Llegan al río y ella baja del caballo, se aparta el pelo de los pechos sudados, se despereza, se toca el sudor del cuerpo con las manos para acariciarse y luego se tira al agua, flota boca arriba sostenida por dos globos ingrávidos. Fernando levanta de vez en cuando la cabeza y la vuelve a bajar, hace círculos con el caite sobre el suelo, está rojo y ella puede oír los golpes de su corazón atronándole los huesos, haciéndolo temblar de algo que ni él mismo sabe si es rabia o excitación dominada a punta de miedo, de que el patrón no le crea nada cuando ella diga que fue él quien la obligó. Se imagina salir del agua y volver a subir desnuda sobre el caballo, pasar al lado del hombre como si él no existiera, pero dejándole caer el rocío de su cuerpo mojado, de su pelo empapado, y ahora me vas a esperar a que me seque, Fernando, me vas a llevar a un lugar donde me pueda acostar en la hierba y secarme y vos te vas a sentar a esperar.

Están mojadas las piernas de Sofía sólo de imaginar todo esto a espaldas de Fernando que sigue andando, conduciendo el caballo de las bridas. Ya se ve la silueta de la casa cuando ella decide que quiere incitarlo, prepararlo como un acólito para la celebración del santo sacramento y le dice:

—¿Sabés qué, Fernando? Te voy a prestar un libro que siempre recuerdo cuando me traés a la hacienda...

Le prestará el libro, él comerá la manzana y ella podrá actuar sus fantasías.

—No sé leer, doña Sofía —contesta Fernando.

Se baja rabiosa. Le da rabia René, que tiene un mandador que ni siquiera sabe leer. Le ordena a Petrona que le prepare el agua tibia del baño y se baña como desaforada, intentando hacer ella de hombre consigo misma, pero el placer no viene, se lo lleva la cólera.

CAPÍTULO XI

—Niña Sofía, niña Sofía, la busca Gertrudis —la voz de Petrona rompe el sueño ligero de Sofía, quien se ha quedado dormida con el libro abierto sobre las piernas, sentada en la mecedora.

Hace tiempo que no ve a su amiga y se alegra de saberla allí. Se levanta, se acomoda el pelo y grita que pase.

El cuarto de costura se ha ido transformando en agradable celda de reclusa, oficina de menesteres invisibles. Hay dos sillas mecedoras de madera de cedro, repisas con libros en las paredes, plantas en las esquinas, una mesa entre las dos sillas, otra al lado de una de las mecedoras con canastos llenos de hilos de tejer, una caja de madera donde guarda la baraja del Tarot para protegerla de las malas vibraciones y una vieja cómoda sobre la que hay un florero con rosas que Sofía corta todas las mañanas. En una esquina se ve la máquina de coser y un perchero donde ella coloca las camisas que va bordando.

Gertrudis abre la puerta donde ya está de pie Sofía, esperándola.

Se ve bien Gertrudis, con su falda azul, la camisa

blanca y el pañuelo de colores sobre los hombros. Las amigas se abrazan.

—¿Y cómo te va en Managua?

Managua es una ciudad sin padres, dice Gertrudis, un engendro de los cataclismos, una ciudad que se repite en ciudades pequeñas y desoladas a lo largo y ancho de las rutas de buses, es una ciudad donde falta la luz y la laguna que da agua no entiende que no debe secarse, es una ciudad con cuevas de Alí Babá, barrios donde habitan los cuarenta ladrones, una ciudad que podría haber sido linda, lindísima, como una postal de esas que venden en los países donde hemos ido, con un lago que se ve a lo lejos y volcanes, pero la ciudad les da la espalda, no les ve a ellos, ni a las lagunas que tiene en el medio de su corazón donde desaguan cauces de lodo, es una ciudad con carreteras que parecen anchas pero que no lo son porque los hoyos en el pavimento obligan a los conductores a viajar en estrechos precipicios de asfalto, es una ciudad de locura...

—Vos me hablas de Managua y yo apenas ni conozco ese lugar. La verdad es que, a veces, pienso que me gustaría irme de aquí, pero no sé dónde. Fausto dice que París es bellísimo.

—Debe ser —dice Gertrudis—, pero éste es mi país.

—Bueno, vos sabés que éste es tu país, pero yo no. Yo no tengo país.

¿Quién dijo eso? ¿A quién le oyó decir eso? La memoria de Sofía suelta un menudo candado y una escena de feria se ilumina en el proscenio de su mente. Ve la enorme rueda giratoria con los pasajeros viajando en círculos perpetuos, escucha los sonidos tristes de organillos lamentando su suerte callejera, ve los caballos de sonrisas perennes cruzar una y otra vez en su galope estático, las torres rosadas de algodón de azúcar, el blanco al que disparan los jóvenes, la mujer con cuerpo de serpiente dibujada en el dintel de una tienda color rosa viejo. Se ve ella observando desde una menuda estatura al joven bien vestido y de anteojos que pregunta a la mujer de falda floreada: ¿De dónde son ustedes? No tenemos país, contesta la mano que la jala y la lleva cerca de la mesa de mantel colorido donde las gitanas adivinan la buena fortuna.

Sofía comenta con la amiga cómo desde que murió Eulalia, los recuerdos le están volviendo. Lo malo es que son como los sueños, le dice, uno los ve claros en la mente, pero luego no existen las palabras ni siquiera para contárselos una misma. ¿Cómo hablar, por ejemplo, de un tiempo espeso como melcocha de dulce que uno estira de un lado al otro o lo anda detrás como perro? Cómo hablar de casas con el techo en el piso, ventanas en el colchón de la cama, lavamanos-almohadas, mesas que se doblan como sábanas... Si te lo digo y no te estoy diciendo nada porque además nada es como te lo dije, a lo mejor apenas se parece... Pero yo sé que son recuerdos, que estoy recuperando los ojos de la infancia.

—Es desesperante —prosigue Sofía—. A veces me quedo horas con los ojos cerrados para ver si veo las caras. Si veo, por ejemplo, la cara de la mano a la que oí decir lo de que los gitanos no tenemos país... Sé que es la cara de mi madre, Gertrudis, pero por más que trato, no puedo verla.

En eso están cuando llega René. Abre la puerta y cuando ve a Gertrudis, se quita el sombrero de granjero y se mira las botas sucias. Se saludan y ni la presencia de su mejor amiga le permite a Gertrudis evitar el calor de las mejillas y el nerviosismo con que afirma con insistencia que no se puede quedar a cenar, que debe irse. Sale apresurada tras despedirse de la amiga y mientras cruza el portón de la hacienda se pregunta por qué no habrá podido olvidar ese imposible amor por René y el ardor que siente desde que él escogió a Sofía como esposa.

CAPÍTULO XII

Hace días que Fausto la llamó para darle el reporte de su efímera visión de Esteban. «Nada extraordinario —le dijo—. No es ni feo, ni guapo, ni alto, ni bajo, ni gordo, ni flaco, ni blanco, ni moreno. Es normal, corriente. Tiene una cara amable.» Ella le insistió en más detalles, pero él persistió en la vaguedad. Por fin, le dijo: «¿Para qué querés saber cómo es? Seguí soñando.»

Y siguen. Las conversaciones telefónicas se hacen cada día más apasionadas e íntimas. Hablan de lo que harán cuando se vean. Sofía le describe su cuerpo y los sueños que tiene por la noche; él le dice que se levanta mojado en las mañanas y que no puede soportar más tiempo sin verla. Varias veces Sofía ha estado tentada de citarlo en su ruta desde El Encanto hasta su casa, indicarle un quiebre del camino desde donde él podrá verla pasar a caballo, pero no se decide a hacerlo. Hay algo excitante en el hecho de no haberse visto nunca, un espacio donde su fantasía puede andar sin riendas, describiéndole a él paisajes inexistentes, fisonomías imaginadas de sí misma. Con él, mientras no la vea, puede despojarse de todos los pequeños defectos que le molestan de su anatomía, el pelo

74

demasiado crespo, los hombros anchos, las pantorrillas un poco delgadas... Y él ¿hará lo mismo?, se pregunta, sin que le importe mucho, porque es parte del juego, del acuerdo tácito de engañarse un poco para alimentar sus sueños.

Entre los recuerdos de infancia que afloran en visiones repentinas, sus planes de envenenar a René y seducir a Fernando, los futuros que teje para los demás y para sí misma alrededor de Esteban, Sofía se pasa el día sumida en un marasmo de invenciones. La realidad se mezcla con los sonidos de su mundo imaginario. Sentada en su cuarto de costura, constantemente tiene la sensación de oír el teléfono, imagina la muerte de René entre estertores, envenenado, se ve libre en un paisaje incompleto trazado con retazos de memorias de la infancia...

—Está como en la luna, doña Carmen —le dice Petrona a la adivina—. Parece que estuviera posesionada por los espíritus. Cuando duerme la siesta en su cuarto, grita.

Esa noche, doña Carmen espera que se apaguen las luces, que todas las puertas de las casas encierren el sueño pesado de sus moradores, para salir con su rebozo de bruja y las sandalias de suela de hule que no hacen ruido. No hay luna, pero ella conoce las calles de memoria y las puede caminar hasta con los ojos cerrados si quisiera. Hace un frío húmedo y doña Carmen mira, al pasar por la ventana de la cantina, el fantasma de Moncho con su palo de billar jugando en la mesa de *pool* una partida con bolas invisibles. No podía fallar, piensa. Moncho siempre salía en las noches húmedas. Ni muerto aguantaba el reumatismo que lo martirizara en vida.

Se persigna y sigue caminando. El sendero hacia la casa de Samuel, maestro de brujerías, el hechicero más famoso del Diriá, deja atrás el pueblo y sigue por un cauce donde crecen huele-noches venenosas, blancas y bellas. Al paso de doña Carmen, levantan el vuelo las pocoyas como gigantescos lazos nocturnos atravesando el espacio verde de las luciérnagas. Samuel la está esperando. Desde el camino, doña Carmen ve a lo lejos la luz del candil encendida en el rancho. Aprieta la vara que lleva en la mano para espantar a los perros necios y apresura el paso. A pesar de su dominio sobre los fantasmas y los misterios de la oscuridad, hay siempre un lado de la noche que le inspira temeroso respeto por lo mucho que se parece a la muerte, a la ceguera, al tiempo en que la vida no existía y se incubaba apenas en lodazales hirvientes.

Samuel la ve acercarse. Toma el candil y se asoma para alumbrarle el último trecho del camino.

—Buenas noches, hermana —saluda Samuel, extendiendo la mano para ayudarla a subir la vereda empinada que asciende del cauce hasta el rancho. Es un mestizo de cara impertérrita y facciones de barro cocido. Tiene puesto un pantalón caqui amarrado con un trozo de mecate a manera de cinturón. No lleva camisa. Su pecho muestra espacios de piel flácida debajo de las tetillas y en el doblez de la cintura. Va descalzo y sus uñas se ven blanquecinas en contraste con los pies de tierra, anchos y de piel endurecida por los siglos de andar descalzo. Se mueve con parsimonia, y lo envuelve el olor del puro chilcagre que lleva entre los labios.

—Buenas noches, hermano —contesta doña Carmen, jadeando un poco por el esfuerzo de la subida.

—Pasa adentro —dice Samuel—. ¿Qué te trae por aquí? Hace rato que no te veo.

—Regáleme un poquito de café y déjeme tomar aire —contesta doña Carmen, sentándose en un tosco trípode de madera.

La luz de la cocina de leña donde se calienta el café alumbra el interior de la choza. Del techo cuelgan mazos de ajos y hierbas secas. En un lado hay un catre de lona con una almohada raída y maloliente, y en las repisas al lado del fogón se ven botes de aluminio, rumeros de plátanos y dos o tres tomates. En el suelo hay tres sacos: granos de maíz, arroz y frijoles.

En la pared de palma, sobre la cama, formando un altar insólito, hay una imagen de calendario de la Virgen de los Dolores, con el corazón atravesado de espadas, hojas de Domingo de Ramos, veladoras y trozos de jengibre con formas humanas, vestidos con pedazos de trapo amarrados al descuido.

—Vengo a pedirle consejo —dice, por fin, doña Carmen, sorbiendo el café frente a Samuel, que la mira mientras inhala el humo acre del puro.

—¿Sobre la gitana?

—Sí.

—¡Pobre mujer! Hay gente en el pueblo que no vacilaría en volver al tiempo de las hogueras y el potro de los españoles. La quemarían sin remordimiento, persignándose y entonándole cantos a la Virgen —rezonga Samuel—. Ya hasta me han venido a pedir que la enferme para que el diablo se la lleve de una vez. Vos, a estas alturas, ya deberías saber que no hay nada que podamos hacer. Ella vino aquí con el destino escrito.

—Tengo una responsabilidad con el espíritu de la Eulalia —dice doña Carmen—. La Eulalia está queriendo hablar con ella. Le ha hecho recordar escenas perdidas. Es como si su fantasma le estuviera abriendo a la Sofía la memoria. Alguna razón debe haber en esto.

—¿Me pedís que invoquemos a la Eulalia?

Doña Carmen calla. Nunca ha invocado fantasmas

de muertos recientes y conocidos. Desde que se inició en el espiritismo con Samuel, ha hablado con fantasmas de épocas remotas, pero ni al mismo Moncho, a quien ha visto montones de veces jugando billar, se atreve a dirigirle la palabra. Cómo será oír a la pobre Eulalia desde el aire espeso de otro tiempo, se pregunta. ¿Cómo será oír la voz de un muerto que uno ha querido?

—¿No crees que le podamos causar algún mal a la Eulalia? ¿No será peligroso que se quede penando después?

—Si lo que decís de que está devolviéndole memorias a la gitana es cierto, quiere decir que anda levantada por alguna razón. No creo que le hagamos daño. Más bien puede ser que descanse de una vez, después que diga lo que le aflige.

—¿Y quién podrá hacer de médium?

—Yo no veo más alternativa que la gitana.

CAPÍTULO XIII

Sofía escucha con la cabeza baja lo que dice doña Carmen y también siente miedo. Está a punto de decir que no, cuando doña Carmen empieza a esbozar el plan de cómo harán para sacarla escondida de la casa sin que nadie se entere. Eso sí le interesa. Oye con los ojos bien abiertos que existe una receta de té de floripón que haría dormir a René y Fernando un sueño pesado del que nada podría despertarlos hasta el amanecer. Cuando duerman, le sacarán a René de la camisa las llaves del portón y saldrán. Samuel las estará esperando con unas bestias detrás del muro para llevarlas a su rancho. Nadie se enterará de nada, le dice. La Petrona será su cómplice.

La posibilidad de poseer la receta del té de floripón convence a Sofía. Lo que le interesa es la fórmula del somnífero que hará dormir a René.

Eso sí puede cambiarle la vida.

Faltan pocos días para hacer descender a Eulalia al ámbito de los vivos. Sofía ahuyenta las imágenes. Llama a Esteban por teléfono más que de costumbre, obligando a la secretaria a sacarlo de las sesiones del juzgado bajo cualquier pretexto. Esteban no entiende, pero regresa a la sala de sesión con la mirada brillante de amor y hace defensas vehementes de casos en los que ni él mismo cree.

Eulalia anda flotando alrededor de Sofía y ella le huye por los corredores de la casa, escondiéndose en el huerto, deshierbando las plantas de tomate y arrancando antes de tiempo las lechugas. Petrona anda nerviosa quebrando copas y vasos. Sólo doña Carmen llega tranquila por las tardes a sentarse con Sofía y explicarle lo que se requiere para servir de médium de un espíritu en pena. A Sofía ya le parece verse sentada al lado de Samuel con los ojos cerrados, «dejando que la mente se ponga en blanco» para que el espíritu de Eulalia entre en ella y hable por su boca. En la semana de los preparativos, apenas si puede comer por el nerviosismo, y un día antes de la noche señalada, René la encuentra vomitando en el baño después de la cena y le ayuda a sostener la cabeza y se comporta muy tierno con ella, creyendo que, por fin, está embarazada.

Sofía sonríe fingiendo agradecimiento. Se deja secar la cara con la toalla, todo el tiempo pensando en las hojas de floripón que tiene escondidas entre la ropa interior.

A las cuatro de la tarde del miércoles empiezan los preparativos. Petrona, doña Carmen y Sofía se encierran en la cocina. El cuarto de cocina es amplio y en él conviven lo antiguo y lo moderno. René insistió en construir una cocina de leña para estar prevenido en las épocas en que, por las guerras o los desastres, escaseaba el gas butano en el país.

Petrona usa la cocina de gas para hornear pasteles bajo la supervisión de Sofía, a quien le da de vez en cuando por probar un libro de recetas españolas que le regalara Fausto; el resto del tiempo, la doméstica teme las historias de explosiones y prefiere la leña que abunda en la casa. Hay una mesa de formica en el medio, con taburetes de trípode que se conocen como «patas de gallina» y dos sillas de asiento enjuncado, herencia de la Eulalia. De clavos acomodados a lo largo de la pared, cuelgan cacharros y ollas de todos los tamaños. Una mata de bananos madura en una esquina, cerca de la refrigeradora que sobresale en el ambiente con un aire esbelto de blanca aristocracia.

Hay dos ventanas en la cocina; una da al frente de la casa y la otra mira hacia el jardín donde Sofía cosecha legumbres. Petrona cierra la que da al frente y se sacude las manos en el delantal sin saber por qué.

—No cerrés la ventana —le dice doña Carmen—. Nadie tiene que pensar que estamos haciendo algo a escondidas.

La muchacha, obediente, la abre de nuevo.

Sofía está sentada en una de las butacas enjuncadas, mirando con ojos fijos los preparativos de doña Carmen, quien, sobre un trozo de madera, machaca suavemente las hojas de floripón. Levanta los ojos y le dice a Petrona que no se preocupe. «Mandé a Fernando a traerme unas naranjas a El Encanto. Estamos solas.» Petrona se tranquiliza y se ocupa de las galletas de jengibre, la cajeta de coco y los caramelos de limón. Servirán a René postres después de la cena, acompañados por té de hierbabuena. Ya Sofía lleva días ensayando a darle té antes de la hora de dormir, con el cuento de que las infusiones ayudan al descanso y al buen funcionamiento de los riñones. René asiente porque sabe que es conveniente estimular los cultivos caseros de su mujer.

Doña Carmen pone a hervir agua en una cacerola renegrida.

—Con dos hojas es suficiente —dice, espolvoreando en el agua las hojas machacadas—, el té de floripón puede hacer dormir, pero también puede matar si se nos pasa la dosis.

Sofía le ayuda a Petrona a enrollar las bolitas de caramelo de limón en el azúcar. Las tres mujeres guardan silencio. Se escucha el sonido del agua, el hervor de la miel, el raspar del caramelo sobre los gránulos de dulce. En la cocina, las tres semejan brujas antiguas, brujas sin espanto, ni escobas, brujas blancas, diosas ocupadas en la fragua del sueño de los hombres. Oficio antiguo, de mujer.

Petrona, de vez en cuando, levanta los ojos y mira a Sofía. No sabe qué tiene ella que le produce miedo. La quiere pero le teme. Nunca ha querido creer los cuentos de algunas mujeres del pueblo como Patrocinio y otras que a pesar de esto, no dejan de llegar a que les lea las cartas; piensan que la gitana es hija del demonio o que el diablo sólo espera el momento para llevársela por los aires, poseerla y dejarla preñada del Anticristo. Sofía es buena con ella, le regala ropa y zapatos viejos, pero no tan viejos que ella no pueda usarlos y verse mejor que muchas otras en la misa de los domingos. Además, Eulalia la crió y todos saben lo buena que era Eulalia a pesar de su manía de encerrarse a llorar a los hijos. Doña Carmen le inspira respeto. No estaría ayudándole a Sofía si creyera que ella mantenía vínculos con el diablo. Ella tampoco lo creía. Sólo porque era huérfana hablaban mal de ella; y por aquella ocurrencia del caballo el día que se casó.

Petrona levanta los ojos y mira a Sofía, sus dedos largos dando forma a la melcocha de limón, rodando y volviendo a rodar sobre el azúcar como si estuviese tocando otra cosa con expresión perdida, ida, hipnotizada.

Petrona se frota los brazos para que no le suba el escalofrío.

Doña Carmen espera que haya buena luna; que el floripón haga efecto, que todo salga bien y Eulalia se manifieste. Esta mañana se bañó con agua de canela para ahuyentar los malos espíritus y las envidias que irradian malas vibraciones. No puede negar que tiene el estómago algo jugado, la misma sensación que la invade un momento antes de voltear las cartas, cuando les lee el Tarot a los hijos y no sabe si al voltear los naipes alguna mala desgracia aparecerá en los arcanos y ella no sabrá qué decir.

Pero nada tiene que temer de Eulalia, se dice. Hay muertos cuyo conjuro puede traer hasta disturbios en el clima por lo rabioso de sus aflicciones, pero está segura que las señales de Eulalia no son problema de remordimientos, ni de culpas ocultas que haya dejado sin resolver. Sabe que la forma en que se le manifiesta a la Sofía es una de las maneras en que el amor sigue manteniendo la energía después de la muerte, porque de seguro no tuvo tiempo de revelarle a la muchacha misterios que, quizá, le harían la vida más llevadera.

Sofía no quiere aceptar que tiene miedo. El miedo no es para ella. Ella es diferente. Aunque nunca ha dejado de humillarle la manera en que los ojos silenciosos de los demás le esgrimen el abandono de su oscura y errante procedencia, desde que empezaron a asomársele los recuerdos se siente indomable, dueña de otra noción del tiempo y el espacio, de un conocimiento distinto de la muerte y del origen de la vida. Los gitanos eran portadores de misterios arcanos y desde siempre pudieron aprisionar el futuro y el pasado en luminosas bolas de cristal. Para ellos la muerte era sólo otra dimensión, una curva de la esfera moviéndose a otra velocidad. Eulalia estaría allí, retenida con sus secretos. Su sangre gitana la encontraría. No tenía por qué tener miedo.

Si tan sólo Eulalia pudiera darle indicios, rumbos, latitudes o longitudes. El mundo es enorme y desconocido. Si tan sólo pudiera abrazarla una vez más, volver por un instante a sentirse Sofía de trenzas y lazos en la mecedora del corredor de la tarde, pequeña como para acomodarse en el pecho de Eulalia. Ella sí quiso a esa mujer. A ella y a don Ramón. Por eso está aún allí esperando que muera don Ramón, que la muerte la libere de ese amor para siempre.

El té está preparado. Doña Carmen revuelve el agua incolora donde hay un leve perfume a sueños prohibidos. Las tres mujeres se asoman al agua y ven el reflejo de sus ojos como si se asomaran al umbral de una dimensión ignota donde réplicas fieles de sí mismas viven y las miran.

Arreglan los dulces en la bandeja. Petrona saca el mantel bordado que René le trajo de regalo a Sofía en un viaje que hizo a Panamá y lo extiende sobre la mesa. Doña Carmen se acerca al espejo que hay en el corredor sobre el lavamanos esmaltado. Se mira, se echa agua en la cara, se humedece las manos para alisarse las hebras de pelo que se le han salido del moño que ajusta, volviendo a ensartar las peinetas.

—Bueno, hija —dice a Sofía—. Ahora ya sabés lo que tenés que hacer. A las once te espero con Samuel detrás del muro.

Y se despide.

Sofía pone a cocer el té de hierbabuena para que cuando René llegue sienta el olor desde la puerta. Mueve la cuchara de palo en el agua, lentamente, sin poder evitar la sensación que ha experimentado toda la tarde de estar flotando, de observar los objetos, la luz que cae sobre el jardín deshilachando azules y malvas, como si estuviera muy lejos, como si ella misma fuera un espíritu. Sólo la presencia de Petrona con su nerviosismo haciendo tintinear los cacharros de la cocina mientras los lava en el fregadero mantiene estático el tiempo de la realidad.

Las dos se miran y se llevan los dedos a los labios como si estuvieran jugando, cuando se escucha el sonido del *jeep* de René, la voz de Fernando que abre las trancas del portón.

Sofía sale de la cocina, secándose las manos en el delantal. Sonríe con sonrisa de esposa haciendo que René se pregunte de nuevo si es que su mujer no estará embarazada. Está cambiada desde hace días, anda como sin hacer ruido, hundida en sí misma como ha visto que sucede a las mujeres cuando tienen un ser escondido en las entrañas con quien parecen estar hablando secretos. La abraza, pasándole afectuoso el brazo por los hombros, llevándosela para adentro de la casa, hacia la sombra del interior que huele a hierbabuena. Ya está harto del nuevo experimento de ella, esto de servirle infusiones y darle galletas y dulces después de la cena. Vaya a saber, se dice, de qué novela habrá sacado estas ideas refinadas que no van con él; pero en fin, tratará de decírselo con delicadeza, no vaya a ser que esté realmente en estado y el disgusto pueda afectarla. Se tomará el té y fingirá que le halaga aquel ridículo escenario de cenar con mantel bordado, con los platos acomodados como para una comida de señoritos de ciudad. A quién se le habrá ocurrido sugerirle esa excentricidad, cuando a él lo que le gusta es comer sin camisa, sin formalidades, con sus buenas tortillas y plátanos cocidos, la cuajada en su hoja de chagüite, el chilero con su tapa de madera. Así ha cenado hasta hace pocos días, cuando Sofía le pidió que la dejara «atenderlo», «fingir» que estaban en un restaurante. Y él, por halagarla, porque se divirtió con la ocurrencia los dos primeros días, le dijo que sí, pero ahora ya se está aburriendo de las infusiones, de la ceremonia. Y le pregunta, al final de la cena, si no le importa que se quite la camisa, para tomarse el té que ella le ofrece ahora en la taza de loza floreada.

Como advirtiera doña Carmen, el sueño llega relativamente rápido. René no sabe por qué de golpe siente el cansancio ablandarle los huesos. Sofía lo ayuda a llegar a la cama. Lo desviste como si estuviese borracho. Él la oye moviéndose para quitarle la ropa, las botas; la ve sobre él y le parece que su cara se ha vuelto traslúcida, que puede ver a través de la piel de ella la figura de una mujer desvistiendo a un hombre repetido hasta el infinito en los espejos.

Mientras René sueña con parejas copulando y niños que lloran bajo tupidos mosquiteros, Sofía, acompañada por Petrona, que le ha aplicado la misma receta a Fernando, se anuda en el cuello el rebozo celeste que le cubre la cabeza y sale por el portón que la doméstica vuelve a cerrar con las llaves incautadas.

El cielo está oscuro. Nubes zoomorfas semejando monstruos que guardarán el rumbo circular de la luna dan a la noche una atmósfera espectral. Sofía camina deprisa al lado del muro que circunda la casa, hasta llegar a la parte de atrás donde ya la esperan Samuel y doña Carmen montados en sendos caballos. Samuel la ayuda a subir detrás de su montura. Sofía se sujeta de la cintura del hombre y pronto los animales avanzan a trote rápido, cortando por veredas la ruta hacia la casa del hechicero.

Samuel siente el calor del pecho de la muchacha sobre su espalda, el roce de sus piernas cerca de la parte baja de las caderas. No hay nada suave en ella, piensa. No puede siquiera percibir miedo. Le parece verla oteando la noche del campo, territorio ignoto desde sus encierros. Sofía mira las sombras de los elequemes, la figura retorcida de los troncos de los chilamates, las ramas de donde cuelgan, como harapos, manojos de raíces, el intermitente aleteo plateado de las luciérnagas. Sus ojos, sus poros, absorben la densa oscuridad, respirándola, gustándola. Aprieta más fuerte la cintura de Samuel cuando los caballos, ya en el cauce más alejado que desemboca en el sendero hacia el rancho del hombre, rompen en un galope cadencioso, que mueve sus caderas haciéndolas oscilar rítmicamente. El hombre escucha la respiración agitada de ella, siente la euforia de la mujer metiéndosele por la camisa y por el pantalón.

Al llegar y detenerse los caballos, le ayuda a bajar en un roce de alientos alterados y piensa que los demonios de la gitana no huelen a azufre, sino a reseda y a ninfas bañadas en las pozas oscuras donde la luna cada noche sumerge sus misterios.

Doña Carmen mira a todos lados cerciorándose de que nadie merodea cerca del rancho, antes de entrar al recinto apretado de la única habitación de Samuel.

Después del aroma enloquecedor de la noche, Sofía no puede evitar un gesto de repulsa al entrar en la estancia donde habrá de tener lugar la ceremonia: candelas de sebo amarillentas están dispuestas en círculo, despidiendo efluvios rancios que se mezclan con olores a sudores viejos, a la palma ahumada de las paredes y al polvo acumulado en los sacos de granos que Samuel guarda en una de las esquinas. El hombre ha puesto frente al círculo de candelas gruesas y cortas el catre a manera de asiento para los tres. Frente al catre, al otro lado del círculo, hay una banqueta dispuesta para que el fantasma de Eulalia pueda sentarse y descansar del largo viaje que están a punto de obligarla a emprender con los antiguos conjuros.

Sobre la cocina de leña, hay más candelas y unos cacharros de barro donde arden hierbas despidiendo humos negruzcos y acres.

—Faltan quince minutos para las doce —dice Samuel—. Guardaremos silencio, pensaremos en Eulalia y a las doce empezaremos.

Sientan a Sofía en el medio. Samuel se acomoda a su lado izquierdo y doña Carmen a su derecha. Se toman las manos. Sofía los ve cerrar los ojos y los cierra a su vez. Los abre de nuevo y recorre la vivienda del brujo, el desorden de su pobreza, el altar con la Virgen de las espadas. Lo mira de reojo a su izquierda, sin camisa, brillándole el sudor en el fondo cobrizo de la piel que pareciera metal bruñido a la luz de las candelas. La mano de él está inerme en la de ella. Ha dejado de ser hombre para convocar a los espíritus. No es muy viejo Samuel, piensa, tendrá cincuenta años seguramente bien vividos y fornicados. Recuerda que Gertrudis hacía algún tiempo le había contado que una amiga que le consultó sobre un mal de amor recibió la siguiente respuesta: «Mal de varón, sólo con varón se quita.» Y ella, de tanto estar encerrada, se está volviendo perversa: primero las fantasías que imagina con Fernando y ahora con Samuel. En el caballo, ha sentido lo mismo que cuando se encierra horas y horas en el baño a encontrarle razón a las pasiones de los libros y a los condenados placeres de la carne. Fue suficiente la cercanía del brujo para que el orgasmo le reventara entre las piernas, igual que cuando se toca hablando por teléfono con Esteban. «Todas las gitanas son putas.» Eso le había dicho René el día que se casaron. Quizá tenía razón. O era, como había leído Fausto, que su raza venía de una mujer que existió antes de Eva y que hizo el amor con Adán sin quedar marcada por el pecado original. Ella no entendía el pecado como parecían entenderlo Gertrudis,

Petrona y hasta Eulalia. Ella era diferente. Cerró los ojos, tratando de pensar en Eulalia, en la infancia remota, el día en que bajó del cerro y la vio por primera vez. Apenas lo recordaba. Su memoria era una serie de fotos fijas, nada fluido, nada como un cuento que uno pueda narrarle a otra persona: Eulalia cosiendo en la máquina haciéndole vestidos; Eulalia supervisando la construcción de la casa que don Ramón le mandó a construir para que Sofía la tuviera cerca de El Encanto; ella jugando entre los ripios, los bloques y las varillas, robándose mangos, con Eulalia visitando a doña Carmen y a las señoras que hacían cajetas en enormes peroles de barro en Diriomo. Eulalia detenida en una risa cuando le modeló el vestido de su bachillerato; la mirada de horror de Eulalia, cuando entró en la iglesia el día que se casó y la vieja se le acercó y le quitó la tierra de la cara con un pañuelo mojado en su propia saliva, y la expresión de angustia de Eulalia cuando regresó de la luna de miel, y después sus consejos para sobrellevar el encierro, las recetas de cocina, el planchado del quiebre de los pantalones de René, los cuellos de las camisas...

—Ya es hora —dice Samuel, y se levanta.

Doña Carmen también se levanta. Los dos se van al lado del círculo donde está el taburete que han dispuesto para Eulalia. Se arrodillan uno a cada lado de la banqueta. Samuel ha tomado uno de los cacharros de barro con las hierbas que sueltan humo acre y las dispersa formando un círculo alrededor del mueble, mientras ambos emiten un sonido sin palabras que suena a pechos huecos y lamento.

Sofía cierra los ojos, como le instruyera doña Carmen, trata de poner la mente en blanco, concentrarse en el sonido de los dos hasta que siente que los pulmones se le están llenando de ese sonido y que ella también se está convirtiendo en un lamento, en ansia de ser niña, niña corriendo detrás de las cometas en el mirador de Catarina, cometas de periódicos con papelillo en las colas, corriendo detrás de los garrobos, de las lagartijas a las que cortaban las colas para verlas moverse con vida propia ya despegadas del cuerpo...

—Eu, eu, eu, eu... —El sonido de dos vocales entonado por las voces lejanas del hombre y la mujer inclinados junto al taburete, entra en Sofía y se hace viento... «lalia, lalia, lalia», siente que dice y siente que la llama «Eulalia» con todo su ser; las lágrimas le corren por las mejillas y tiene frío: Eulalia, Eulalia, Eulalia, y sopla el viento las candelas, y cuando Sofía abre los ojos, sólo están encendidas las que estaban en el suelo y Eulalia está sentada sobre el taburete, fumándose su purito chilcagre de las tardes, como si nada.

—No te le acerqués —advierte Samuel a Sofía, adivinando el impulso de ella de abrazar a Eulalia—, ni crucés el círculo de las candelas.

El hechicero y doña Carmen se levantan despacio y caminan en cuclillas alrededor del círculo, hasta volver a sentarse al lado de Sofía en el catre y tomarse de las manos.

—Te hemos llamado por la Sofía —dice doña Carmen.

—La Sofía me llamó —dice Eulalia—. Quería que yo la abrazara. Lo sentí en todas las raíces de la tierra empujándome para fuera.

—¿Cómo estás, mamá Eulalia? —pregunta Sofía.

—Aburrida, hijita. La muerte es un largo aburrimiento. No hay días, ni noches; es un tiempo que no se mueve.

—Te fuiste sin decirme adiós...

—Y por eso no acabo de irme.

—¿Sufriste?

—No. Fue rápido. Fue como hundirse en un pantano

negro y lodoso y volver a encontrar a un montón de conocidos hablando todo lo que no dijeron en vida. Los muertos están llenos de palabras sin sonido.

—¿Y por qué me abriste la memoria?

—Desde donde yo estoy, el tiempo es una espiral. Es posible ver hacia abajo todos los días hasta el momento de la muerte. El pasado es de los muertos; en cambio, el futuro ya no lo vemos porque hemos dejado de movernos. Sin movimiento, el tiempo no existe. Viajé en la espiral hasta tu pasado, Sofía. Ahora lo conozco y era necesario que sintieras necesidad de conocerlo.

—¿De dónde soy, de dónde vengo, quién soy? —pregunta Sofía. Tantas preguntas y el temor de que Eulalia se esfume otra vez.

—Tu pueblo viene andando por siglos. No son de ninguna parte. Vos naciste en un lugar árido y sin volcanes en tiempo de calor, pero tu país no existe porque los gitanos no tienen país; venís de un hombre y una mujer igual que todos, de Sabino y Demetria, pero no sé sus apellidos porque no me atreví a bajar hasta el nacimiento de ellos, por miedo de perderme y no poder regresar; sos esto que sos, hijita, lo que tocás cada mañana al levantarte, lo que soñás despierta y dormida, lo que no sos aún...

—Ésas no son respuestas, mamá Eulalia... Eso no me dice nada. —La desesperación va enredándose en la voz de Sofía.

—Hay tiempos que suben en espiral, pero hay tiempos que giran en círculo. Eso pude ver en mi viaje hacia tu pasado. Tu tiempo es un círculo. Lo que se vivió antes de vos, lo volverás a vivir y eso es peligroso. Témele al amor y a sus arranques, témele a tus manos. Yo no sé cómo se rompen los círculos del tiempo. Soy muy vieja y los muertos ya nada podemos aprender, pero sé que hay círculos que se rompen. Los he visto desde las esquinas de la espiral donde muero, hay círculos que los vivos logran romper. Ojalá rompás el tuyo. Tenés que buscar los símbolos, Sofía; encontrando tu pasado, encontrarás tu futuro...

—¡No te vayás, mamá Eulalia...! —grita Sofía.

Pero ya Eulalia ha desaparecido. Apenas se ve el tizón de su puro chilcagre cruzando el aire hacia el espacio donde de nuevo seguirá estando, mirando las espirales y los círculos inmóviles.

Sofía se queda quieta un momento. Se levanta, cruza el círculo de las candelas, toca el taburete, mira a doña Carmen y a Samuel, manotea en el aire con ojos de loca, sale a la puerta y regresa.

La adivina y el hechicero no se mueven. Observan cómo la muchacha torna del profundo desconcierto con el cuerpo tenso. La ven pasar del estupor a la furia de todas las preguntas que dejara Eulalia sin respuesta. Sofía se desata en patadas y puñetazos. Patea candelas, patea la banqueta donde estuvo Eulalia, grita, jura, maldice, agarra la noche a manotazos.

—¡Esto fue todo! ¡Para esto me trajeron! ¡Para que no me dijera nada! ¡Para que me hablara del pasado en parábolas! ¡Para que se volviera a morir con sus secretos! ¡Para esto estuvimos como idiotas! ¡Para esto, para esto... Ni quince minutos se quedó! ¡Eulaliaaaaa! —grita.

Samuel es el primero que se mueve. Se le acerca esquivando los golpes de los multiplicados brazos de la muchacha, hasta que logra sujetarle una mano y con la otra la agarra limpiamente a bofetadas.

—¡Ya! —le dice—. ¡Ya! ¡Diabla de mierda, ya!

—¡Samuel! —grita doña Carmen, interviniendo—. ¡No le grités así! ¡No tenés derecho! ¡Déjala!

—¿No ves que está histérica? —grita Samuel—. ¿La voy a dejar que me desbarate toda la casa?

Doña Carmen arranca a Sofía de las manos de Samuel, que la tienen sujeta por los brazos. La acerca a su pecho abundante. Sofía los está mirando a los dos con cara de estupor. Se resiste al abrazo de la mujer y se toca el ardor de los golpes de Samuel en las mejillas.

—Llévenme a mi casa —casi escupe—. Ahora mismo. ¡Nada tengo que hacer aquí con ustedes!

Ciertamente, Eulalia habló poco esa noche. Ella sabía que, al día siguiente, Sofía sería libre, y lloró desde la muerte.

CAPÍTULO XIV

René está de bruces en la pila del baño, echándose agua fresca para borrar las pesadillas y la modorra de la noche anterior, cuando escucha el sonido de los caballos, los gritos de Petrona mezclados con la voz de José, el mandador de El Encanto.

Se anuda una toalla a la cintura y va a salir del cuarto a averiguar qué pasa, cuando Sofía abre la puerta de golpe y entra encendida y desafiante como si alguien la hubiera insultado.

—Me hacés el favor de ordenarle a Fernando que me ensille el caballo, ¿o es que no voy a poder ni ir a ver sola el cadáver de mi papá?

René la mira con absoluto desconcierto, tomado de sorpresa por la muerte y el reclamo de ella. Con las piernas peludas grotescas y los pies descalzos, va al corredor bajo la mirada lagrimosa de Petrona y ordena a Fernando que ensille el caballo.

Sofía mientras tanto se cambia de ropa. Se pone pantalones y camisa negra, se amarra el pelo en la nuca y se cruza, al salir, con René, que viene de regreso a la habitación.

—Cálmate —le dice él—. Andate a la casa y yo me voy a hacer cargo de la caja y todo eso. Allá nos vemos.

Ella no le contesta. Lo mira desde otra parte y apura el paso hasta el portón donde Fernando termina de ensillar el caballo.

No llora Sofía en el camino hacia la casa hacienda. La mañana es rala y húmeda, tiembla la luz en el follaje de la vegetación lavada por la lluvia de la noche anterior. Las lluvias de septiembre. Aprieta las espuelas en las ancas del caballo. Viaja en el aire sintiendo que otra vez la muerte no la esperó. Tampoco vio morir a don Ramón, el viejo se fue sin despedirse, igual que su madre, igual que Eulalia. El abandono rodeaba su vida sin que ella pareciera poder hacer nada por evitarlo. Seguro Eulalia convocó al viejo desde su asiento en la espiral del tiempo, para que ella quedara libre de las ataduras de la obligación, del deber, del agradecimiento.

Los resiente a los dos, a Eulalia y a don Ramón, repitiendo sin querer la desaparición de sus padres, los dos muriéndose como si no tuvieran familia, solos durante la noche, quizá hasta sin darse cuenta de la transición. Los dos quedándose instalados en el sueño, ya sin poder salir de su textura de neblina amarillenta, del sepia de los daguerrotipos antiguos, del tiempo inmóvil.

Antes de media hora, desciende frente a la entrada de la casa hacienda de paredes celestes y techo rojo. Las mujeres del mandador y de los trabajadores de la finca están ya moviéndose para organizar los ritos mortuorios. Figuras negras agitándose en un hormigueo de actividad la interrumpen en su camino hacia la habitación de don Ramón musitándole cuánto lo sienten, mostrándole sus lágrimas de dolor. Ella no se detiene ni siquiera ante Engracia que, hecha cargo de la situación, está al lado de la cama disponiendo el ajuar del muerto, que yace sobre el lecho enfundado tranquilamente en su pijama azul.

Engracia intenta abrazarla, pedirle su opinión sobre el traje y la camisa blanca que ha previsto como mortaja, pero Sofía ya está frente a la muerte y esos detalles le suenan demasiado a preocupaciones de vivos.

Don Ramón tiene las manos dobladas sobre el pecho y las mujeres le han anudado un pañuelo en la quijada. Sofía recuerda la risa del viejo cuando ella alguna vez le preguntó si la muerte daba dolor de muelas.

La cara del anciano luce amarilla y terrible. La piel parece pegada a los huesos y la boca muestra un rictus de dolor. Ella siente ganas de llorar. El hombre había sufrido. Seguramente le sobrevendría en la noche el ataque al corazón. Y había estado solo, igual que Eulalia.

Sofía se sienta en la cama y pasa la mano por la cabeza del viejo.

Ella conocía su rebelión contra la muerte. Él le hablaba de cómo intentaba burlarla, espantarla haciéndole muecas. Su boca mostraba la última mueca, una mueca que sabría fútil pero que el viejo habría hecho en señal de rebeldía, terco en oponerse al fin de la vida hasta el último aliento, porque don Ramón nunca estuvo de acuerdo con que la vida durara tan poco. «La naturaleza, tan sabia para otras cosas, no ha sido sabia con las personas», decía. Los árboles, argumentaba él, vivían hasta cuatrocientos años. Mientras más viejos eran, más fuertes y monumentales se alzaban en medio de la vegetación. Sus troncos enseñaban el paso de los inviernos y la solidez de las raíces.

En cambio, los seres humanos tenían que pasar un largo aprendizaje para llegar a la madurez y a la sabiduría, pero no bien la alcanzaban empezaban a declinar hacia la decrepitud y la muerte. No era justo.

Sobre el hombro de Sofía, Engracia insiste en que hay que vestir al difunto. Su voz la saca de la agridulce intimidad que sostiene con el cadáver.

—Yo no lo toco —dice—. Hágalo usted con las otras mujeres que tienen experiencia en estas cosas.

—Pero, hijita, es tu papá...

—Era mi papá. Ahora está muerto y ya no se entera de nada.

Dejando a Engracia conmovida y pensando que últimamente la muchacha se comporta más como hija del diablo que como hija de Dios, Sofía sale al patio y no se le ocurre nada mejor que montar en el caballo y, frente al duelo y la agitación de los que atienden los menesteres de la muerte, salir al galope, dejando tras de sí una estela de polvo, la rabia de Fernando y manos que hacen las cruces.

Sofía se interna por veredas, vadeando siembros de plátanos y depresiones donde se inician los cafetales que suben por las faldas del Mombacho. El cerro se va haciendo más palpable a medida que van quedando atrás los caseríos, las iglesias de ladrillos rojos, la gente mirándola sin saber qué pensar. Para entrar al camino que se abre paso hacia lo alto del volcán, Sofía tiene que salir a la carretera.

No bien sale, se topa con el carro de Fausto, quien simultáneamente frena y suena el claxon ruidosamente, obligándola a detenerse.

Terencia, que vive en la parte de atrás de la iglesia a medio construir situada en la esquina entre la carretera y el camino al cerro, contará después cómo Fausto bajó del automóvil y estuvo hablando largo rato con Sofía sin que ella bajara del caballo, hasta que el hombre volvió a poner en marcha el carro y la gitana se fue detrás de él, mansa.

El entierro es una mancha oscura regándose sobre el

asfalto de la carretera en el calor de las cuatro de la tarde. La carroza fúnebre, en un tiempo orgullo de la funeraria La Católica, muestra su color celeste desteñido de carrocería reparada una y otra vez. El chofer bosteza y se seca el sudor. Sofía se dedica a observarlo para ver si puede imitar la compostura con que su trabajo lo obliga, en las muchas caminatas postreras a las que cotidianamente debe servir de maestro de ceremonias. A su lado, René marcha con el cuerpo flojo, esperando sin duda que llegue la noche para imprecarla por haber salido otra vez a caballo. Casi la baja del animal agarrándola del pelo cuando apareció con Fausto frente a la casa hacienda. No lo hizo por consideración al cadáver del viejo, extendido rígido sobre el ataúd negro de metal. Jodida, la Sofía. Total que a él le tocaba respetar al muerto más que a ella y eso que don Ramón era su padre adoptivo, que tanto esfuerzo había puesto en la crianza de la mal nacida esa... Y él que creyó que se había compuesto. Sofía mira a René de reojo y piensa que poco falta ya para no tener que verlo más, para irse de allí y no volver. No logra que la muerte la conmueva. A tan poca distancia de su conversación con Eulalia, la partida de don Ramón parece sólo un tránsito necesario, un apartarse para dejar que la vida de ella fluya fuera del círculo de tiempo del que, según Eulalia, debe salir. Así lo interpreta ella: una señal para romper el tiempo igual de su vida con René, antes de que se vuelva circular y se estanque como agua de charca sucia y maloliente.

Nadie más que Petrona y Fausto caminan cerca de la «mal nacida», como la llaman los que frecuentan la cantina de Patrocinio. Doña Carmen y Engracia no tienen problemas con las lágrimas, más bien ante el silencio de los deudos principales se sienten en la obligación de balar como corderos, no vaya a ser que el espíritu de don Ramón malinterprete aquel silencio como desamor. Bajo la batuta sollozante de las dos mujeres, lloran la Lola, la Nidia, la Verónica; llora Terencia y caminan sobrios y adustos Julio, Fermín, Florencio, Fernando, el alcalde y todos cuantos son vecinos de El Encanto o conocieron en vida al difunto.

El padre Pío, vestido de morado, va a la cabeza de la procesión fúnebre, guiando el rebaño al que llamó en la misa de réquiem a imitar la honradez y el sentido de justicia de don Ramón. Lleva en la mano el crucifijo y el agua bendita que regará sobre la tierra donde para el fin de los tiempos descansará su ejemplar feligrés. Ni qué pensar que Sofía seguirá el ejemplo de Ramón de dar a la iglesia abundantes limosnas, a pesar de que con una mínima parte de lo que había heredado podrían concluirse la escuela y la sacristía que aún estaban sin techo. Esa muchacha nunca sabría dónde andaba el corazón, piensa el padre Pío. Él se rehúsa a seguirle la corriente a las que, como Patrocinio —que ahora caminaba remolona con el marido en el cortejo—, aducen que la muchacha es un engendro del diablo, atribuirle todo a la brujería, es un mal del pueblo. Las confesiones de la Sofía eran iguales que las de cualquiera a esa edad, aunque era cierto que hacía más de un año que no ponía pie en el confesionario. Tendría que apartar un tiempo e ir a hacerle una visita, se dice el sacerdote mientras se acercan al cementerio colorido ubicado en una falda del terreno al lado de la carretera.

¿Por qué pintarán las cruces y las tumbas de celeste, rosado y verde aguamarina?, se pregunta Sofía.

CAPÍTULO XV

Esa noche, después del entierro, Sofía se ha retirado temprano a su habitación, dejando a René en la sala con Gertrudis y Fausto, quien es el único que se percata del padecer de la amiga. Nunca se le ha escapado la manera desvalida con que mira a René, la fuerza con que proyecta su amor como un aire espeso y dulce, que hace que las moscas vuelen alrededor del hombre mareadas por un espejismo de miel. Pero ni René, ni Sofía lo han notado jamás. «Sos iluso, vos», le dijo Sofía una vez que él se atreviera a insinuárselo.

Fausto mira a Gertrudis con lástima. Está callada y confundida en el junco de los asientos. Lleva un vestido negro, simple, en su cuerpo sin demasiadas sinuosidades, el pelo le llega justo debajo de las orejas y se curva cayéndole sobre los ojos. Inclinada hacia adelante como está, tiene oculto el rostro, pero Fausto nota a través del pelo negro que los ojos de la mujer no pierden ni un gesto del objeto de su atención. «Les iría mucho mejor a los dos si Sofía no estuviera por el medio», piensa Fausto, y se levanta con la intención de dejarlos solos.

—Voy a dar una vuelta por el cafetal antes de irme —dice, y se pone de pie.

Gertrudis no atina a reaccionar para detenerlo. A René le tiene sin cuidado que se quede o se vaya, está echado para atrás en su asiento, fumando, con las piernas cruzadas, sus ojos fijos ausentes en las sombras que se reflejan en la parte superior de las botas, aún bruñidas por la lustrada que les diera aquella mañana, explayando su desconcierto de marido extrañado y yerno de luto en el betún y el cepillo. Lustrarse los zapatos siempre había sido para él una terapia.

Gertrudis también le mira las botas. Piensa con un escalofrío, porque desearle mal a nadie no es harina de su costal, que la Sofía debiera desaparecer, irse, para dejarla a ella con aquel hombre que nunca ha querido. No puede entender cómo marido y mujer se han soportado todos aquellos años. Ambos protagonizan una lucha de voluntades indoblegables y en el forcejeo parecen encontrar el estímulo que los mantiene unidos.

René deja ir una bocanada de humo. Ella se revuelve incómoda en el asiento. Está a punto de levantarse, buscar a Fausto y pedirle que la vaya a dejar a su casa en Diriomo, cuando él le habla.

—Estuvo bien el entierro, ¿no te parece, Gertrudis? Don Ramón debe estar tranquilo.

Ella asiente, dice que sí y habla de las coronas fúnebres, el discurso del padre Pío, la cantidad de dolientes. Habla de cualquier cosa, presa de un nerviosismo dicharachero en el que no se reconoce y que sólo después de un buen rato logra detener.

René la observa con una mirada entre seria y divertida.

—Se te soltó la lengua —le dice—. Nunca te había oído hablar tanto.

Y siguen hablando hasta que llega Fausto de regreso

de su caminata y le pregunta a Gertrudis si quiere que la lleve porque ya se va.

Ella se levanta y tiene que hacer un esfuerzo para no olvidar que cuando uno se despide de los familiares de un muerto recién enterrado no lo hace con una gran sonrisa.

CAPÍTULO XVI

Han pasado ya nueve días desde la muerte de don Ramón. René, a despecho de Sofía, ha insistido en la tradicional celebración fúnebre del novenario en la hacienda de ambos. No va a cargar él —le dice— con reputación de mal agradecido y mal hijo. Sofía, encogiendo los hombros, rehúsa involucrarse en los preparativos. Engracia, doña Carmen y Petrona han tratado de sacarla de su indiferencia sin resultado. Finalmente, ha sido Gertrudis quien, instalada en la casa, ha tomado las riendas de la celebración.

Figuras de negro, algunas genuinamente compungidas y otras por compromiso, invaden por la tarde, después de la misa de cinco, la casa del matrimonio doliente donde en largas mesas con manteles blancos se sirven los tragos, las bocas y los refrescos. Fernando, el mandador, anda ocupado en la asada del ternero y los chanchos sacrificados para agasajar a los asistentes. En el Diriá, los nueve días católicos son un sincretismo de antiguas religiones indígenas, que por tradición obligan a celebrar magníficamente la despedida final del muerto, una vez rezado el novenario.

Sentada en el cuarto de costura, vestida de negro y sola, Sofía habla con el muerto y se rebela contra aquella costumbre, rehusándose al banquete en su memoria. No ha querido salir de allí, a pesar de la insistencia de Gertrudis, quien con la mayor dulzura ha tratado de disuadirla de su aislamiento, haciendo esfuerzos para convencerla de que los nueve días son un rito más antiguo que ellas, y que es una sana manera de recordar a los familiares que el dolor debe dar paso a la vida que sigue transcurriendo.

—Es una tradición, Sofía, ¿por qué te tenés que poner en contra de todo?

—Es una tradición estúpida. Ocupar a los muertos para tener excusa de emborracharse y comer gratis. No quiero verlos.

—Pero es gente que quería a tu papá Ramón. Vos sabés cómo lo apreciaban.

—No quiero ver a nadie.

Por fin Gertrudis desiste y Sofía se queda acomodada en su sofá, mirando a través de la ventana la tinta negra que empieza a manchar las limonarias con la oscuridad de una noche sin luna.

Mientras los demás beben y comen, esta figura sola repasa recuerdos con la minuciosidad de un avaro que contara una y otra vez las prendas dejadas en empeño. Cuando nadie la ve, como ahora, puede llorar largo tiempo sin poder controlar sollozos que parecieran nacerle del vientre. Íntimamente sabe que no llora sólo la muerte del viejo, sino el miedo a la libertad que ahora puede escoger y cuya incertidumbre teme. En sus meditaciones antes de la muerte del anciano, imaginaba que no bien él muriera, ella tomaría camino y ni René, ni nadie, volvería jamás a saber de ella. Imaginaba llamar a Esteban, su desconocido amante verbal, para que la sacara de allí y se la llevara a Managua o a algún otro país lejano. Varias veces se imaginó en España, buscando los famosos gitanos de quienes supuestamente descendía, pero sus fantasías habían dejado de serlo, era el momento de actuar y no podía decidir qué rumbo dar a sus pasos, ni cómo proceder.

Por de pronto, había descartado a Esteban: no saldría de un hombre para irse a enredar con otro. Esteban había sido un dulce entretenimiento para su soledad, pero no se iba a engañar de nuevo creyendo que le iría bien con él. Era mejor cortarlo y olvidarlo para empezar su nueva vida. Lo de España era puro romanticismo, ¡qué se iba a montar en avión ella que con costo había andado en *jeep* y a caballo! Además el pasaje, según Gertrudis, costaba una fortuna y no valía la pena empezar a dilapidar una herencia que, bien administrada, podría mantenerla más que holgadamente en el pueblo. Por muy nómada que hubiera sido su ascendencia ya ella había echado raíces en el Diriá y allí se quedaría.

Había heredado una cuantiosa suma, pero la mayor parte de la riqueza de la que ahora era dueña estaba invertida en tierras y fincas, que ella no estaba dispuesta a abandonar.

Se levanta y empieza a pasearse por la habitación. No se considera mujer de miedos y desconciertos. «Es el cansancio del duelo», se dice para explicar el dolor que la ha llevado por primera vez a mediar la exacta noción de una soledad hasta entonces atenuada inadvertidamente por la presencia del viejo. Tendrá que celebrar los nueve días ella también, piensa, levantarse al día siguiente y darse cuenta que la vida no se ha detenido, que no la está esperando, que transcurre.

Pronto tendrá que cocer de nuevo las flores blancas y dormir al marido, esta vez para escaparse.

En la casa, atendiendo a todos y moviéndose con presteza de un lado al otro, Gertrudis no descansa. Ha mandado a poner mesas en el patio al otro lado del muro donde empiezan los cafetales, bajo los chilamates de raíces velludas, para servir allí las bandejas con las carnes, el chicharrón recién frito, los lomos de cerdo y las costillas con el acompañamiento de anchos chileros de vidrio con tapas de madera.

Ya los invitados levantan la voz al calor de los tragos y el ambiente pierde su tono luctuoso. Sólo las mujeres —que no beben para no poner en entredicho su decencia— mantienen la compostura: piernas cerradas y manos sobre el regazo, sentadas en las sillas al lado de los maridos, sin dejar, sin embargo, de sonreír y participar recatadas en el convivio.

René está satisfecho. Anda de mesa en mesa vigilando que los comensales tengan ensalada, arroz y tortillas en abundancia, que no falten las botellas de ron, las cocacolas, el hielo y los imprescindibles limones. De cuando en cuando dirige su mirada hacia Gertrudis y sonríe complacido, pensando cómo no se habría fijado en ella antes, esa mujercita sí tenía madera de esposa, de hembra paridora y buena mamá, no como la Sofía, que ni siquiera tenía la decencia de aparecerse y saludar a la gente que venía a darle el pésame por la muerte del papá.

Doña Carmen no pierde ni el más mínimo pestañeteo de la Gertrudis. Para ella todo está claro. Ella le podría dar un filtro a la muchacha que pondría a René a sus pies antes de que pasaran ocho días. Así la Sofía se liberaría del marido y saldría limpia, limpia de todo aquel enredo; en papel de víctima para más suerte, porque a las dejadas nadie las menospreciaba, sino que les tenían lástima.

—Gertrudis, vení ve —se decide por fin doña Carmen. La muchacha se acerca solícita.

—Ajá, doña Carmen, ¿quiere que le sirva algo?

—Yo te puedo servir a vos —dice la vieja mirándola a los ojos—. Si llegás mañana en la tarde a mi casa, yo te voy a dar algo con lo que vas a conseguir lo que más querés.

Gertrudis se ruboriza y como desde niña sabe de la clarividencia y los filtros de doña Carmen, no halla qué decir.

—Ya sabés —le dice la vieja—. A las cinco te espero en mi casa.

Y se aparta de ella sin esperar respuesta.

A las once de la noche se van los últimos invitados. René va a dejar a Gertrudis y regresa casi a la una. Sofía lo siente llegar, lo oye desvestirse quieto en el baño, lavarse los dientes y acostarse a su lado ya con olor a resaca. Espera las imprecaciones, las sacudidas sacándola del sueño que finge, la cópula violenta, pero René no se mueve. Se queda acostado, con las manos debajo de la cabeza, viendo el espejo del techo, recordando la forma de la cara de la Gertrudis, cómo se había puesto colorada, lo bien que sabía agarrarse las faldas para bajarse del *jeep* sin enseñar los calzones como la Sofía.

Al día siguiente, doña Carmen llega a la hacienda muy de mañana con el cuento de ayudar a limpiar.

Golpea la puerta del costurero y, antes de que la muchacha le diga que pase, entra.

—Perdóname, hijita, que entre así pero tengo que hablarte.

Directa, sin dar muchas vueltas, doña Carmen le cuenta sus sospechas y el plan que ha urdido para liberarla de René.

—Haga lo que quiera. De todos modos yo lo voy a

dejar. Ya me lo había dicho Fausto, pero yo no le creía. ¡Pobre Gertrudis!

—Pero ¿vos querés que te ayude o no? Yo ya te armo ese romance. Tengo una pomadita que si la Gertrudis se la unta a René en cualquier parte, hasta en las propias botas, no va a haber quien lo detenga.

—Désela —dice Sofía, riendo—. Me encantaría ver a René mareado con sopa de calzón... Yo lo que necesito, doña Carmen, es hacerle otro té de floripón y escaparme. Ya lo pensé. Dígale a Samuel si no sabe de algún lugar donde me pueda esconder unos días.

—Samuel quedó arisco con vos de la vez pasada, pero se lo voy a decir. Lo que yo pienso es que te deberías esperar. Cuando René ande persiguiendo a la Gertrudis va a perder el interés de tenerte encerrada y vas a poder salir. Además, si lo dejás cuando ellos ya estén enredados, vas a salir como mártir, todo el mundo lo va a entender y no vas a tener problemas con nadie.

—No me importa lo que piense la gente y además, prefiero hacer papel de mala que de mártir. ¿Cuándo me puede traer los floripones?

—Tenés que tener cuidado. Si se te pasa la mano, podés matarlo. ¿Y qué pensás hacer después que te escondas?

—Eso es asunto mío. —Y se levanta dando por terminada la conversación.

Doña Carmen sale pensando en lo retentada que es la mujercita esa, le recuerda cuando ella era joven y armaba escándalos de amor con un amante negro de la Costa Atlántica, que por fin se había ido a lavar carros a Miami. A él le gustaba que ella gritara como gata perseguida cuando estaban haciendo el amor. «Grita más duro —le decía—, ¡que te oiga todo el barrio!» La Carmen sonríe recordando cómo una mañana, después de una noche de amor espectacular, los chavalos del vecindario habían esperado que salieran en la mañana para aplaudirlos. Era ese hombre quien la convenció para ponerle a la cantina el nombre «El Ganchazo» para desafiar a los que, envidiosos, la malquerían.

El problema era la juventud, se dice, ya ahora, vieja, todos la respetan, pero nadie le puede quitar ese dulce sabor de lo bailado. Después de todo, para eso era joven uno y la pobre Sofía no se merecía aquel encierro desgraciado. Como mujer, no podía dejar de ayudarle, aunque a veces le dieran ganas de bajarle los calzones y darle una buena nalgueada para que se dejara de malacrianzas.

CAPÍTULO XVII

—Ya no me volvás a llamar.

Al otro lado del teléfono, Esteban se suelta en preguntas y protestas. Que cómo iban a terminar antes de haber empezado, si todavía ni siquiera se habían visto. Que, por lo menos, salieran una vez, que él la adoraba, soñaba a diario con ella, la imaginaba rubia, morena, pelirroja, gorda, flaca... «Por lo menos déjame que te vea una vez», insistía.

—De nada serviría —responde Sofía, con determinación absoluta—. No sé si vos serás diferente. Nada me lo garantiza. Lo que sé es que ya me aburrí. No tengo ganas de seguir hablando con vos y si me seguís llamando, la próxima vez te pongo a mi marido al teléfono.

—Algo te pasó. Vos nunca me has hablado así.

—Así soy yo de verdad. Lo que pasa es que vos nunca me conociste. Adiós, Esteban. No me volvás a llamar.

Sofía se siente contenta. Le da pena por Esteban, pero está convencida de haber hecho lo conveniente. Se queda un rato sentada a la orilla del aparato, sintiendo el poder de tomar decisiones sobre su vida correrle por la sangre. Ya poco falta. Sus planes toman forma. Se ha reunido ya varias tardes con el abogado, don Prudencio, leyendo minuciosamente las escrituras de cuanto ahora pasaba a pertenecerle, los detalles de su herencia.

Se levanta y va a la cocina donde Petrona se despierta sobresaltada de la siesta que está echando como equilibrista sonámbula sobre el taburete de tres patas de la cocina.

—Alístate café, Petrona, que ya va a venir el abogado.

Sofía la sustituye en el taburete y saca del fondo de su blusa un paquete de cigarrillos. Últimamente ha hecho costumbre el fumarse uno o dos cigarrillos, siempre en la cocina. Le gusta la cocina; hay un algo de refugio antiguo, cálido, que la conforta.

A las 3:00, el viejo de pulcra guayabera blanca llega puntualmente con las escrituras de traspaso, los registros, los papeles, pretendiendo, como en los días anteriores, no sospechar de la insistencia de Sofía de que no debía informarle a René de sus visitas y hacerlas en horas en que el marido no estuviera.

Ella lo recibe y lo hace pasar a la mesa del comedor. Hace calor y el abogado transpira, mientras Sofía revisa los folios. Cuidadosamente examina el estado legal de sus posesiones, la lista de deudores, los impuestos que se han pagado anualmente, los registros de liquidaciones de cosechas pasadas, haciendo sin cesar preguntas al abogado, de cuyas respuestas toma nota en una libreta.

Con el mismo aire de determinación que el abogado ha llegado a temer en los pocos días que tiene de la relación profesional con ella, Sofía habla mientras le sirve el café.

—Me lo va a traspasar todo a mi nombre de soltera y me va a hacer el favor de poner, dentro de un mes, la demanda de divorcio a mi marido. Quiero que cite a René por el periódico, que lo saque en los edictos esos que se publican en los anuncios clasificados y, si no se presenta, como es muy probable, usted le designa un guardador que lo represente, «ad litem», creo que se dice.

—Pero, niña Sofía...

—Usted es mi abogado. Si se niega, busco otro que me lo haga. Sobra quien quiera ganarse la comisión que usted va a sacar con el trámite de toda esta herencia. Como su cliente que soy, le advierto que debe guardarme el secreto y proceder como yo se lo he pedido en un mes, no antes.

Don Prudencio se reprime su orgullo de respetable abogado y piensa que su amigo don Ramón no debió jamás cobijar aquella viborita en su casa, mucho menos dejarle el producto de tantos años de trabajo honrado. No hay peor cosa que poner una hembra a mandar.

—¿Y qué hacemos con El Encanto?

—Que la siga viendo don José. Yo le tengo confianza. Ya, por otro lado, llamé a Fausto para que me venga a dar una mano.

—¿Y está segura que quiere vender las otras haciendas?

—Véndame las dos que son menos productivas. Con esa plata voy a hacer unas inversiones en las dos restantes.

—Como usted diga, mi hija, como usted diga. Permítame, sin embargo, como su abogado, advertirle que tendrá muchos problemas si se divorcia. ¿Cómo va a hacer para manejar tanta finca sola? Su marido es un hombre de experiencia, un excelente agricultor.

—Tomaré en cuenta lo que dice, don Prudencio. Tal vez René quiera trabajarme de administrador —dice con cinismo—. Lo espero mañana a la misma hora para firmarle el resto de los traspasos.

El abogado, comiéndose su amor propio herido que

no vale más que la jugosa comisión que deberá recibir, le da la mano a Sofía y sale, secándose el sudor con un impecable pañuelo blanco.

A esa misma hora, doña Carmen se prepara para la llegada de Gertrudis.

Con el producto de muchos años de honrado trabajo en su cantina, ha logrado construirse una modesta vivienda de paredes de concreto y pisos de ladrillos rojos. La puerta de la calle da a una estancia rectangular que sirve a la vez de sala y de comedor. Al lado izquierdo de la misma hay un pequeño pasillo a través del cual se desemboca a la habitación de la dueña y al patio de atrás donde está la cocina y el lavandero.

La casa está adornada con muebles de los más disímiles estilos, sillas plásticas, mecedoras de madera, rústicas mesas pintadas en color. En la pared hay una imagen de la Virgen de la Inmaculada Concepción, y hay tiestos de plantas sembradas aquí y allá. El pequeño patio de doña Carmen es un verdadero herbolario: manzanilla, sábila, ruda, altamisa, floripones, hojas de aire crecen en la tapia o en bandejas de madera acomodadas sobre el suelo o sobre bloques de piedra cantera.

En su habitación, en un estante que ella maneja con llave, hay varias hileras de frascos con etiquetas donde la mujer ha ido anotando los usos diversos de las pociones. El frasco que doña Carmen examina ahora con atención destapándolo para olerlo contiene una especie de crema de color violáceo. Todavía está olorosa, piensa, cumplirá su objetivo.

Si bien tiene otras pócimas de amor que recomienda a menudo, ésta es especial porque es para torcer el amor de una persona hacia otra y ella no acostumbra hacerle este favor a mucha gente, siendo como es una maga profesionalmente responsable. No es lo mismo cuando vienen a verla esposas con maridos desamorados o novios que no se deciden a casarse, para eso la pomada es rosada y su efecto es más retardado.

Saca el frasco del armario y pasa una parte de su contenido a otro más pequeño que ha preparado para tal fin, hirviéndolo toda la noche en agua con sebo serenado.

Se ve en el espejo arreglándose coqueta la horquilla que le sostiene el pelo para que no se le venga sobre la cara y sale a sentarse en su mecedora a la puerta de la casa. Sabe que Gertrudis no tardará mucho.

A las cinco y quince la divisa doblando la esquina, caminando con la cabeza baja. Desde que doña Carmen le propusiera darle algo para conseguir lo que quiere, se ha pasado debatiendo entre golpes y contragolpes de su conciencia entrenada para no desviarse jamás del camino de la virtud.

Aunque ha sido criada en el Diriá y está familiarizada con las recetas de pociones mágicas, a Gertrudis nunca le ha parecido correcto andar torciendo el destino. Como católica, además, se ha criado en el respeto al matrimonio. Sin embargo, en este caso lo virtuoso no está claro. Es cierto que hay de por medio un matrimonio por la Iglesia, pero ya en estos tiempos, como comprobó ella leyendo la revista *Hola* que una azafata de Iberia dejara olvidada sobre su mesa, los matrimonios pueden disolverse y, si no, ¿cómo era que varias parejas reales y del *jet set* habrían logrado anulaciones papales en matrimonios que no sólo se habían consumado sino que habían durado años y producido varios retoños? Por otro lado, nadie saldría perjudicado, ni sería ella culpable de infligirle dolor a nadie. Estaba segura de que sólo era cuestión de tiempo para que Sofía dejara a René; él por su parte era desgraciado... El camino de la virtud no podía ser tan torcido de pasar por alto estas circunstancias atenuantes para su comportamiento. Hasta el padre Pío coincidiría con ella, si aplicara con lógica el catecismo. Se acerca a doña Carmen, preguntándose si ella también pensará lo mismo.

—Buenas tardes, hija —saluda doña Carmen levantándose de su silla e indicando a la muchacha que pase adelante.

—Buenas tardes —responde Gertrudis, sintiéndose nerviosa y temiendo el tener que dar explicaciones a doña Carmen, pero ésta, como si le leyera el pensamiento, va directa al grano.

—Aquí tengo lo que quiero darte —dice la mujer mayor, tomando el frasco de una mesa—. Vos agarrás este frasquito y esta pomada que hay dentro, se la echás a esa persona, ya sea en el cuerpo o en alguna parte de sus cosas. Se la podés untar hasta en los zapatos. No importa dónde, lo importante es que sea en algo que él use.

Gertrudis mira el frasco con la pomada, lo queda viendo largo rato sin decir nada.

—¿Ideay, muchacha, te quedaste alelada?

—¿Y qué hace esto, doña Carmen?

—No vas a tener que esperar ni quince días para que el sujeto ese sienta que no puede vivir sin vos. Prepárate que se va a enamorar sin remedio. Esta poción no tiene antídoto —dice la mujer, sonriendo maliciosa.

—¿Y cómo sabe que yo quiero que alguien se enamore de mí?

—¿Y vos no sabés que yo soy maga? Todo sé yo con sólo una mirada, y no te voy a mencionar nombres para que no te pongás más incómoda, pero yo pienso que hacés bien. Va a ser lo mejor para todos.

—Me da miedo —dice Gertrudis casi entre dientes—. No sé si voy a poder.

—Miedo de qué, muchacha, el que en esta vida no se arriesga, mejor estaría muerto, y esto que te doy es garantizado, es una receta que viene directo desde el más allá, comprobada. Creémelo y a nadie le digás que yo te la he dado porque, en toda mi vida, sólo dos veces la he ocupado. Sólo me atrevo a darle direcciones al amor, cuando estoy segura que va a ser lo más conveniente.

—¿Así que usted piensa que no estoy tentando al destino?

—Yo creo que más bien el destino te está tentando a vos, y cuando el destino nos hace señas es mejor oírlo —dice doña Carmen, acercándose y dándole una palmadita en la espalda.

Gertrudis da una última mirada dudosa al frasco, lo mete en su cartera y se despide presurosa de doña Carmen, quien desde la puerta ve cómo se aleja caminando rápido.

CAPÍTULO XVIII

¿Cuándo parará de llover?, se pregunta Sofía, de pie al lado de la ventana del cuarto de costura. La humedad de cuatro días de lluvia la tiene de mal humor, todo pareciera moverse más despacio y el lodo ha multiplicado los mosquitos y las bandadas de chayules diminutos.

Acaba de despedir a Fausto, quien ha salido chapaloteando lodo, furioso de ensuciarse sus zapatos blancos y de que ella se haya reído del paraguas descomunal con que se apareció. Un problema de ser marica, eso de preocuparse tanto por la ropa y los zapatos, cuando una de las mayores ventajas de ser hombre era no tener que darle tanta importancia a esas cosas. «Menos mal que reaccionó sin asombro a mis planes —se dice—, no como el abogado, que parece una beata de iglesia con sus lloriqueos de que no me divorcie.» Se aparta de la ventana, sin saber muy bien qué hacer. Ha decidido irse al día siguiente. Samuel, a regañadientes y no sin antes advertirle que no le tolerará desplantes, le ha conseguido un escondite seguro en la casa de una vieja, que vive perdida en los altos del Mombacho, otra hechicera, seguramente.

Ya las hojas de floripón están guardadas en medio de

117

pañuelos en el fondo de su gaveta de ropa interior, mañana las cocerá y tendrá que reprimirse el deseo de darle al hombre una sobredosis, pero se lo dejará sano y salvo a la buenecita de Gertrudis, piensa sonriendo, imaginándola asustada en la cama debajo de los espejos del techo.

Sale del costurero y camina sin prisa hacia la habitación, el corredor está envuelto en penumbras de lluvia, y de los canales de desagüe en el techo caen cortinas de agua que bañan de brisa el interior y suenan como livianas cataratas ahogando los sonidos de la casa.

Del ropero, Sofía saca pantalones de dril y camisas manga larga, las dobla cuidadosamente y las mete en el bolso de lona que Engracia le regalara el año anterior. De la gaveta con llave saca el atado de sus ropas de niña, las que tenía cuando apareció en el pueblo y que Eulalia le entregara una tarde hacía ya mucho tiempo. Por qué la dejaría su madre, de dónde vendría, se pregunta una vez más. Posiblemente nunca lo sabría y no importaba ya. Desde la noche en que vio a Eulalia, la esperanza de desvelar el misterio se ha desvanecido, ni la muerta había podido decirle nada muy concreto, mucho menos que ella pudiera averiguarlo cuando sólo podía ver su presente, a pesar de ser cada vez más acertada en la predicción del futuro ajeno. Lo importante, piensa, es que ella se sabe diferente. Ahora ya no tiene ataduras y puede dar rienda a llamados de su sangre con los que sigue sosteniendo una pugna sorda que esta vez tiene oportunidad de resolver tomando el control de sus propias decisiones. Pero sólo ideas vagas tiene, piensa. Y luego tiene que regresar a Diriá y vivir con todos sus fantasmas...

Se sacude el pelo de los hombros. No va ella a ponerse sentimental ahora que ya falta tan poco.

René llega en la tarde y se instala en el corredor a leer

el periódico. Hace días anda callado. Poco tiempo le queda para pensar tranquilo en la Gertrudis, que no sabe cómo se le ha metido entre ceja y ceja. Ya ni ganas le dan de acostarse con la Sofía y cuando lo hace, se imagina que es la otra y sueña con mujeres preñadas.

Sofía se le acerca solícita y le pregunta si no quiere que le sirva un té de manzanilla, un café y alguna repostería para que se le calienten los huesos del tiempo húmedo.

—Un trago es lo que me deberías dar —le responde, irritado de que le hable—, sólo a vos se te ocurre andarme ofreciendo té y café, ¡como si yo fuera una viejita desgraciada!

Sin decir nada, porque no está para meterse en discusiones, Sofía va a la cocina y le sirve un trago descomunal de ron Plata, llevándole en un plato aparte los limones y la sal.

—Aquí está pues —le dice, acercándole una mesita—, pero me extraña que me digás eso, bien que te gusta el té de manzanilla.

—¡Qué me va a andar gustando! Me lo tomo para darte gusto a vos, para que no creas que soy un incivilizado, pero ya me aburrí de darte gusto. Vos sos como una gata angora, que si se la meten grita y si se la sacan, llora.

Sofía no responde nada. Se va hacia la cocina y en el camino lleva una media sonrisa burlona y piensa que ya va a ver René qué clase de gata angora es ella. «No habrá problema mañana», piensa, quizá ni necesite usar el té de floripón. Acaba de recordar que al día siguiente es viernes y lo más probable es que René llegue borracho de la cantina de Patrocinio.

En el confesionario del padre Pío, la madera huele a humedad. Gertrudis cierra las cortinas moradas y se arrodilla. A los pocos momentos, oye la voz del sacerdote tras la rejilla, cubierta también con un trapo púrpura. Le sudan las manos a la muchacha y no levanta la cabeza ni para ver la silueta del perfil del viejo cura, cansado de oír tantos pecados al fin de la tarde.

—Ave María Purísima.

—Sin pecado concebida.

—¿Cuándo fue la última vez que te confesaste, hija?

—Hace un mes, padre.

—Te escucho.

—Estoy enamorada de un hombre casado, padre Pío, pero siento que ni que usted me lo pida voy a dejar de estarlo.

El padre Pío se endereza y tose. Hombre, la Gertrudis, piensa, de quien menos se lo hubiera imaginado, siempre tan religiosa y devota y ahora salirse con este pastel.

—Pero, vos sabés que eso es faltar al noveno mandamiento, es un pecado muy grave.

—Pero en este caso no, padre, porque la mujer de él no lo quiere. Él no es feliz.

—Eso no importa, hija. Sucede con mucha frecuencia que en los matrimonios uno de los dos o los dos, dejan de sentir amor, pero lo que Dios ha unido no lo puede separar el hombre. Además, están los hijos.

—No tienen hijos, ni los van a tener porque ella no quiere.

—Ella no se puede oponer a los designios de Dios.

—Eso era antes de las pastillas, padre, ahora es diferente.

Gertrudis se arrepiente de haberlo dicho pero le es difícil controlar su ansiedad, los nervios que desde hace días no la dejan dormir y le han alterado las funciones intestinales. No sabe por qué vino a confesarse cuando ya está decidida a no cejar en su empeño, cuando ya le untó a René las botas con la pomada que le diera doña Carmen y sabe, además, que la poción hizo su efecto porque René ronda su casa y hasta ha llegado a invitarla a almorzar a la oficina en Managua.

Le pide perdón al padre Pío y, en un arranque, se deja de contemplaciones y le cuenta toda su tragedia, omitiendo solamente su encuentro con la hechicera porque sabe que eso sí que no se lo perdona el sacerdote.

El padre la regaña, la aconseja, la persuade de que abandone su idea, a nada bueno la puede llevar si todos saben lo enamorado que siempre ha estado René de la Sofía, todas las cosas que le ha aguantado.

—Tenés que renunciar, hijita, o no te puedo dar la absolución.

—Padre, ¿y si él pide la anulación del matrimonio a Roma?

—Toma años y no siempre es posible. Hay que tener razones contundentes.

—Pero él las tendría, padre. A mí me consta que la Sofía no le ha tenido hijos porque no ha querido.

«Traidora», se dice a sí misma, pero no puede detenerse de contarle al cura cómo ella misma se ha encargado de comprarle las pastillas en las farmacias, a través de todos estos años.

Cuando la Gertrudis, llorando porque él no le ha dado la absolución, se levanta y sale del confesionario, el viejo inclina la cabeza y se persigna, orando calladamente para que la Virgen Santísima no permita que él también tenga que creer que el alma de la Sofía está poseída por el demonio.

En la cantina de Patrocinio, René se emborracha con determinación.

Fernando, en una mesa más apartada, mira al patrón

y lo compadece. A él no se le ha escapado el cambio de los últimos días. Desde hace años, ha sido la sombra de aquel hombre, acompañándolo a negocios y borracheras, a visitas ocasionales a los lupanares donde las putas se lo pelean, dada su fama de superdotado. Ahora lo ve enamorado de otra mujer y le da rabia que él todavía sufra cuando por fin pareciera abrírsele una esperanza para salir del hechizo de la gitana de una vez por todas.

Ni dos minutos lo pensaría él, se dice, todo el mundo sabe lo buena que es la Gertrudis y la suerte del patrón es que ella parece corresponderle.

Esa noche, cuando llegan a la casa y René se duerme borracho, él también se hace el dormido y no impide que la gitana, sigilosa como una serpiente, abra los portones en la madrugada con las llaves del marido y salga de la casa con una bolsa de lona, jalando un caballo de las bridas. Cuando oye el sonido de los cascos al galope, Fernando se levanta despacio a recoger las llaves que la mujer tirara sobre la grama y se duerme.

CAPÍTULO XIX

El corazón de Sofía late al paso de los cascos del caballo. Cuando ya se ha alejado unos kilómetros de la hacienda de René, aminora la velocidad del animal para no despertar a nadie y que nadie la vea pasar. Todo ha salido fácil, tan fácil que aún le parece mentira estar trotando a la orilla de la carretera, camino al Mombacho. Una media luna amarilla y enfermiza se asoma de vez en cuando por entre los nubarrones que ocultan el cielo. Es una noche oscura y la llovizna tenue da a las casas y a los árboles un aspecto fantasmagórico. Sofía se concentra en no perder el camino, es de las pocas rutas que conoce bien por las expediciones que cuando niña solía realizar con su papá Ramón, a quien le encantaba llevarla a oír los monos congos en el cerro. Se toca el bolsillo donde lleva la linterna de pilas que le sustrajera al marido y el revólver. Pensó no llevárselo, pero ahora se alegra de tenerlo metido en el pantalón, contra la piel de su cintura. Da miedo la oscuridad tan densa. De rato en rato enciende la linterna para alumbrar al caballo y asegurarse que no va montada sobre alguna criatura fantástica. Los temores infantiles la acosan de pronto y ruega a los santos del Cielo no toparse

123

con el jinete sin cabeza, la Carreta Nagua, el diablo amarillo o las vacas encantadas del Mombacho, personas maldecidas que gritan como gente cuando las llevan al matadero.

El caballo inicia la subida del cerro, galopando sin que Sofía le frene su carrera de pájaro. El Mombacho es un gigantesco volcán apagado, su pico trunco se ve en las tardes perdido en la neblina, sus faldas verdes de tupida vegetación son un planeta sin explorar, veredas angostas suben perdiéndose hacia fincas de café y cacao. En el camino principal hay viviendas de campesinos con patios donde ahora los aperos de labranza se adivinan amenazantes, la vegetación es inmensa, árboles sin límite se enroscan en la neblina confundiendo sus troncos. La llovizna se troca en lluvia y el caballo sigue corriendo, alejándose del camino principal por una de las tantas veredas, mientras Sofía sostiene la brida con una mano para acomodarse el capote que ha sacado de su bolsa. Pájaros nocturnos silenciosos y sorpresivos levantan el vuelo buscando refugio del aguacero, ella también acorta las riendas para obligar al caballo a guarecerse bajo un árbol gigantesco cuyo tronco se abre en el centro como una cueva.

La lluvia en el volcán es un estruendo de viento, hojas y ramas estremecidas. Cuando la naturaleza inicia su baile despampanante de helechos retorcidos, Sofía siente el pánico empezar a congelarle los movimientos. Siempre le han gustado las tormentas, pero jamás recuerda haber pasado una al descampado y menos en un lugar así, donde se decía había cementerios de lagartos prehistóricos, animales encantados que de noche recuperaban su forma humana, cuevas donde habitaban brujas que cuidaban manadas de pájaros azules, y los monos... los famosos monos cuyos alaridos eran los más fuertes que animal del mundo produjera sobre la Tierra. Rezó a Eulalia para que no fueran ahora a gritar y le sacaran de una vez el último rescoldo de valor con que acomodó el capote en el suelo, decidiendo esperar a que pasara el cataclismo, a que amaneciera para buscar la casa de Xintal, la amiga de Samuel, una vieja también de leyenda que sólo de vez en cuando bajaba al pueblo y a quien todos recordaban haber conocido desde lejanas infancias, sin que el tiempo pareciera hacer mella sobre sus facciones arrugadísimas desde siempre.

La tormenta ilumina la oscuridad dejando ver las lianas que cuelgan de los árboles, los grupos de parásitas como manos desesperadas brotando de los troncos. De cuando en cuando, se escucha el ruido ensordecedor de árboles que caen fulminados por los rayos. Sofía se frota las manos contra las patas del caballo que relincha tratando de soltarse de las amarras. ¿Qué harían los gitanos en las tormentas?, se pregunta, y no sabe por qué, al imaginarse a la caravana mecida por el rayo y la lluvia, le dan ganas de llorar y una espantosa sensación de soledad, de abandono, de no tener a nadie que la ampare. ¿Sería cierto que amanecería y ella podría salir de allí y encontrar la casa de Xintal, o nunca más pararía aquella lluvia y moriría de hambre y frío? No quiere oír el viento, ni ver entre la oscuridad, pero los sonidos extraños la asustan haciéndola intuir formas de jaguares y culebras. Por fin cierra los ojos decidida a no abrirlos más hasta el amanecer, hasta que pueda ver y no asustarse de lo que ve.

No sabe cuánto tiempo ha pasado cuando todo se queda en silencio. La tormenta se pierde en truenos lejanos que se escuchan a lo lejos. Todavía llueve, pero es ya una garúa liviana. Sofía respira hondo y finalmente se queda dormida, envuelta en su capote.

Esa noche Engracia grita en el sueño. Se despierta sudando, mojada en sudor la cotona con la que duerme y hasta la sábana. Ha soñado que la Eulalia y don Ramón, con sus caras humanas pero con cuerpos de monos congos, aullaban en el Mombacho, mientras ella desesperada les pedía por favor que no gritaran, que se resignaran de una vez por todas a quedarse muertos.

René apenas sabe dónde tiene la cabeza cuando despierta. Como todos los sábados, se levanta al baño a echarse agua en la cara y en la boca pastosa y se asoma a la puerta gritándole a Petrona que le lleve su limonada con sal. Acostado de nuevo en la cama, con la almohada sobre el rostro para que la luz no le alborote más el dolor de cabeza, no se da cuenta sino varias horas después de que ha dormido solo.

Fernando mira al piso mientras René despotrica a diestra y siniestra, diciendo que él es el culpable, que él dejó salir a la mujer, que mentira que alguien iba a abrir los portones, llevarse un caballo y él, que siempre dormía con un ojo abierto, no iba a darse cuenta. Para qué les pagaba a todos ellos, gritaba René, si no podían cuidar una pinche muerta y una jodida mujer.

—Ensillá los caballos —le dice— que la vamos a ir a buscar.

Al pasar por la cocina, mira fulminante a Petrona y le dice que no vaya a ir con el cuento donde nadie. La mujer tiembla temiendo que el patrón le vaya a pegar como ya ha hecho otras veces, asiente con la cabeza y apenas dan la vuelta se persigna y se mete al cuarto a empacar sus maritales. Ni por todo el oro del mundo se va a quedar a esperar a que regrese con la rabia de no haber hallado a Sofía.

Ni tres horas han pasado cuando ya en Diriomo, Diriá y Catarina se sabe la noticia.

A esa hora, Sofía, acostada en una hamaca, duerme el desvelo de la noche anterior en el rancho de Xintal, mientras el caballo con el que se escapó regresa al corral de la hacienda y se pone a comer zacate pacíficamente frente al portón cerrado.

CAPÍTULO XX

Despacio han pasado los días para Sofía, pero con Xintal se siente feliz y a veces quisiera no irse nunca de allí, de aquel lugar escondido en la vegetación, que nadie puede ver porque el rancho tiene colores de camaleón y se confunde entre arbustos y árboles centenarios, cuyas copas dan una sombra perenne. La rústica vivienda tiene paredes de tablones, techo de viejas tejas y sobre las piedras canteras que forman la cocina crece una enredadera de buganvillas que se trenza sobre el techo y aparece sobre los huecos que forman las ventanas. Más de una vez, cuando hace viento, las flores moradas aparecen como condimentos en el arroz y los cocimientos de verduras. La cocina divide el espacio entre los dos cuartos de piso de tierra apelmazada y en ella pasan las dos mujeres la mayor parte del día, porque Xintal se especializa en cocimientos capaces de curar desde la picadura de las culebras hasta el dolor de las menstruaciones. Ollas de barro y calderos de tosco aluminio se agrupan sobre estanques que también exhiben una gran profusión de recipientes de vidrio donde hay líquidos verdes, ámbar y rojo encendido, así como hierbas y otras sustancias indescriptibles.

En la habitación donde duerme Sofía hay sacos de granos y efigies de barro de mujeres de vientres protuberantes y grandes mamas que Xintal decora para vender en el mercado como amuletos para la esterilidad. En el cuarto de la vieja se apilan muebles desvencijados de otros tiempos y un altar a una diosa de largas piernas, desnuda y con un carcaj de flechas al hombro. La vivienda se prolonga hacia el patio donde está el horno para las estatuillas y el pan, y un rudimentario huerto que produce tomates, lechugas, pipianes, rábanos, culantro, perejil, pepinos, frutas y cebollas. Bajo un árbol de genízaro, se ve el lavandero y, al fondo, la casa de la letrina.

—No me hace falta salir de aquí más que una vez al mes —dice la vieja—, la ciudad no es buena para el espíritu.

Hay momentos en que Sofía tiene la sensación de estar en algún lugar de tiempos muy remotos, donde los relojes se guiaran por cielos y estrellas diferentes. No se cansa de observar y hablar con la vieja cuyo misterio la ronda y forma halos de luz, arcoíris tenues a su alrededor. A ratos, en la cocina, Sofía ha creído verla tornarse transparente, y mirar las lenguas de fuego del fogón surgir entre los pliegues de su ropa.

Hace mucho que no siente la paz y tranquilidad que la cercanía de esta mujer le inspira. Por las mañanas, se levanta cuando el amanecer apenas empieza a trazar las líneas de los bosques de ceibos, guanacastes, genízaros, jiñocuagos y laureles del volcán, y junto con la vieja, enciende las brasas del fuego y pone a hervir agua para café. Xintal se baña en el patio con el agua de pozas azules que hay en el Mombacho y que a diario le lleva un niño rubio y extraño, mudo de nacimiento; luego se baña Sofía en la misma agua cristalina, un agua tibia y confortante.

—¿Cómo es que el agua es tibia cuando debe hacer

tanto frío allá arriba, en las pozas que decís hay en el cráter? —le preguntó a Xintal la primera vez.

—Las entrañas del volcán la calientan hasta la ebulli-
ción —le dijo ella—. Cuando llega aquí, el agua está tibia;
cuando el niño la recoge, el agua hierve. Ya ves, en ninguna ciudad hay estos lujos... —sonrió maliciosa— ¡Agua
caliente a domicilio! ¡El volcán cuida a sus criaturas!

Xintal habla de diosas y no de dioses. Para ella, la tierra es la mayor de las divinidades, la madre de todos los
frutos y de toda la vida. No cree ella en dioses mezquinos
que necesitan templos oscuros donde ser adorados y hombres célibes que cuiden sus casas.

—La Diosa anda en los vientres de las mujeres y en el
falo de los hombres, porque allí es donde comienza la
vida desde donde todo lo demás se genera. Sólo la oscuridad de las almas extrañadas de la naturaleza ha podido
inventar un dios macho con una madre virgen, para
quien el placer que produce la vida es pecado.

Ella ha sido bruja por generaciones, le dice. Las brujas
están encargadas de conservar la sabiduría ancestral de
mujeres que desde tiempos remotos, antes de que se las
persiguiera y se las obligara a la docilidad, veneraban la
tierra y conocían el secreto de las buenas cosechas, los poderes mágicos de las plantas y las entrañas de ciertos animales. Xintal afirma que puede leer en la luna el paso de
las estaciones, las premoniciones sobre inviernos o sequías,
así como el ciclo de las sangres menstruales y los partos.

Sofía no sabe si creer sus fabulosas historias en las
que afirma haberse codeado con Adán y Eva y tener más
de treinta hijos regados por el mundo. Un día hasta le
dice que ella había conocido a la mujer de cuya estirpe
procedían los gitanos.

La antigüedad de Xintal era obvia, todo su cuerpo estaba arrugado, pero nadie vivía tanto tiempo, se decía Sofía, para no dejarse llevar por la elocuencia de la mujer contándole de épocas anteriores a todo. La verdad es que nunca había oído hablar de esas cosas y los cuentos de Xintal eran fascinantes, mejores que los de *Las mil y una noches*.

A veces la mujer se quedaba en trance mientras hablaba, como si pudiera ver a lo lejos las imágenes vivas de su memoria en el aire de la sombra bajo el genízaro.

En la fascinación de aprender de la vieja el oficio de las mujeres antiguas se le ha pasado el tiempo a Sofía casi sin darse cuenta. De día cocina con Xintal filtros y recetas, cocciones mágicas y emplastos milagrosos, y aprende a conocer los métodos indígenas para hacer que la tierra produzca buenas cosechas. De noche, Xintal le pide que se siente a la orilla del fuego de la cocina y le suelte la trenza del pelo. Ella lo hace con gran docilidad y se queda silenciosa, pasando el peine una y otra vez por el largo pelo entrecano de la mujer, mientras aquélla habla y habla sus historias encantadas y le muestra cómo leer la fortuna en el té de hojas de limonaria, las fechas de ritos anteriores a toda memoria, el idioma del viento en las hojas de los árboles anunciando tormentas o temblores de tierra, cómo se corta el cordón de un niño o de una niña para que sean independientes y no repitan los errores o carguen las maldiciones de los padres, cómo leer el futuro en el agua de las pilas quietas en el amanecer...

Nadie que la viera allí reconocería en ella la mujer briosa que salió a caballo una noche de tormenta. Diríase que la sangre se le ha amansado bajo el influjo maternal de la vieja.

—Te estoy preparando para la vida —le dice Xintal— porque nada va a ser fácil para vos.

Sofía no ha resistido la tentación de preguntarle sobre su origen, pero, lo mismo que con Eulalia, nada ha podido sacar en claro. Ni las brujas más sabias parecieran poder descorrer el misterio de su pasado. Xintal le repite que tenga cuidado con el tiempo circular de su madre, pero ella no entiende de qué círculos se trata. La vieja le ha pronosticado un gran amor y Sofía se ha reído para sus adentros. «Se lo dicen a todas las mujeres —piensa—, pero yo soy diferente. No me van a contar cuentos de pajaritas preñadas.»

Sin premoniciones, duerme bien en una hamaca colgada de los horcones del rancho. Antes de dormir oye el viento en la selva del volcán, moviéndose y silbando entre la humedad del musgo que crece sobre los árboles y los cubre de encaje verde, oye las chicharras cantando alto, los monos aullando en el denso hábitat del Mombacho.

Sin duda quien más genuinamente ha sufrido la huida de Sofía es Engracia. La vergüenza la persigue por las calles del Diriá y con costo se atreve a ir a la iglesia bajo las miradas de burla y reprobación de las gentes del pueblo. A pesar de las dudas que la mantienen insomne y del episodio del entierro de don Ramón que la hizo distanciarse un poco de Sofía, el corazón de Engracia sigue fiel al cariño por la muchacha y no deja de repetir insultos callados para quienes acuerpan a René y no son capaces de darse cuenta de que nadie sino él es culpable de la escapada de la pobre esposa. «¡Mirá vos a quién se le ocurre encerrar a una muchacha joven y pensar que en estos tiempos ella se va a quedar tan mansa y tranquila! Si ahora las mujeres ya no son como éramos nosotras, tan dundas y sumisas. Ahora van a trabajar, se ganan la vida solas, escogen y dejan a sus maridos...» Monólogos interminables la acompañan en sus oficios domésticos y en las compras del mercado, pero por mucho esfuerzo que hace no puede evitar que la martiricen las afirmaciones vociferantes de las marchantes que, mientras venden tomates y verduras, comentan con saña, para que ella las escuche, que por fin se le salió la mala sangre a la gitana, si hasta le puso al marido citatoria de divorcio por los periódicos... ¿Y qué dice usted, niña Engracia? Cuídese, no vaya a ser que ese cuervo le saque los ojos.

René no puede dar crédito a sus ojos cuando abre el periódico y lee el edicto citándolo para dilucidar la demanda de divorcio: «Cítase por Edictos al Señor René Galeno Duarte para que, dentro de cinco días, después de la tercera publicación, comparezca a este Juzgado del Distrito Civil de Masaya a alegar lo que tenga a bien en la solicitud de Divorcio Unilateral que, por voluntad de una de las partes, le interpone la Señora Sofía Solano, bajo los apercibimientos de nombrarle Guardador si no comparece. Dado en el Juzgado Civil del Distrito de Masaya...»

Zoila, la doméstica que ha tomado el lugar de Petrona, contaría después cómo el señor, tras golpear la mesa con el puño y gritar repetidas veces «hija de puta», «la puta que te parió», se había levantado de la mesa tirando al suelo la silla y la había emprendido contra la vajilla de la mesa, la jofaina, el espejo y la pana de lavarse las manos situada en una esquina a la entrada del comedor, las cortinas de visillo que separaban el comedor de la sala... «Acabó con todo, don René. Yo sólo me persignaba y rezaba en la cocina, rogando que no se le ocurriera venir a tirar todas las porras, pero me imagino que lo que quería era quebrar cosas, porque después se fue al cuarto que dicen que era el costurero de doña Sofía y desbarató todos los muebles a patadas.»

¡Nunca en sus treinta y cuatro años de vida, René se había pensado capaz de matar a nadie; hasta cuidado tuvo de no pegarle a la Sofía a pesar de todas las que le hizo, pero ahora no tendría asco en matarla si pudiera tenerla en frente! ¡Desvergonzada hija de mala madre que se atrevía a exhibirlo como imbécil delante de todo Nicaragua, en aquella edición que circulaba a lo largo y ancho del territorio nacional! Él hasta había estado dispuesto a perdonarle la escapada e instalarla bien cuando la encontrara, darle una casa, si ella quería separarse, porque ahora con lo de la Gertrudis, hasta bien le salía lo de la separación: ella podía quedarse sola, si ésa era su voluntad, y él irse a vivir con la Gertrudis a otra parte, sin causar tanto escándalo. Pero eso del divorcio era distinto. La Sofía era su mujer para siempre y aunque no viviera con ella y él viviera con otra, sus derechos nadie podía quitárselos. Seguro la rufiana tendría algún querido. ¿Para qué se iba a querer divorciar una mujer decente? Las que se divorciaban eran las putas vergonzantes que tenían algún enredo escondido. Pero ¿quién sería el hijueputa que él ni cuenta se había dado? ¡Que ni soñara ella que él iba a ir a hacer el ridículo en ese juzgado con el montón de cabrones que se aparecían por allí! ¡Que viera cómo se divorciaba sin él! Desde la mentada Revolución todas las mujeres se creían moneditas de oro, independientes. ¡La putería era lo que se había fomentado con esas leyes!

El hombre no sabe qué hacer con las manos, le duelen los nudillos donde la piel se ha desgarrado. Le tenía que suceder esto hoy precisamente cuando tiene una reunión de trabajo importante en Masaya. Imagina las caras de sus conocidos, las miradas de soslayo. Ya no podrá seguir ocultando lo de Sofía, diciendo que la mandó en viaje de compras a Costa Rica para que se olvidara de la muerte del papá.

Entra a la habitación a lavarse las manos y echarse

agua fría en la cara. Nunca se debió haber casado. Se hubiera salido de la iglesia aquel día y nada de esto le estuviera pasando...

El teléfono repica y sale del baño a responderlo. Es Gertrudis. La voz de Gertrudis, tan suavecita.

—¿Viste el periódico, René?

—Sí, lo vi.

Lo dice con tono de a quien nada le importa. No va él delante de la mujer que recién ha conquistado a mostrar lo profundo que se le ha herido el orgullo. Más tarde pensará que fue el amor el que lo iluminó y le hizo ver claro qué decir, pero al oír la voz de Gertrudis la explicación de la huida de Sofía y de lo que está por acontecer se le viene clara a la cabeza.

—Está furiosa porque sabe que te quiero —dice, y le cuenta la nueva versión de los hechos: Sofía se había ido la noche en que él, en un arranque de sinceridad, le confesó estar enamorado de Gertrudis. Terrible había sido su reacción, platos y adornos de la habitación habían rodado por los suelos y a gritos le había prometido Sofía a René que lo haría arrepentirse, que lo convertiría en burla del pueblo—. Eso es lo que pretende con esto del divorcio —añade.

Esa noche, en la cantina de Patrocinio, René paga los tragos de la concurrencia. Se emborracha y a todo pulmón anuncia «la verdad» de lo que había sucedido, anuncia que ahora sí va a ser feliz porque se va a casar con la Gertrudis, primero por lo civil y cuando venga la anulación del matrimonio de Roma, se va a casar por la Iglesia.

—Qué gran farsante es ese René —le dice doña Carmen a Engracia—. Como que nadie sabe lo compungido que ha estado desde que se le fue la Sofía y los destrozos que hizo cuando vio el edicto en el periódico...

—Pero nadie se acordará de eso en unos días —sentencia Engracia—. La gente va a creer el cuento del hombre y no tardarán en andarle haciendo reverencias a la mosquita muerta de la Gertrudis.

Engracia se balancea bajo la enredadera de glicinias azules de la casa de doña Carmen. Hace fresco allí a pesar del calor intenso del mediodía.

Al día siguiente, doña Carmen irá con Samuel a recoger a Sofía y llevarla de regreso a El Encanto. Aunque la una trata de hacerle liviano el asunto a la otra, las dos están preocupadas por el regreso de la muchacha, que se ha empeñado en bajar del cerro y no quedarse más tiempo como habría sido aconsejable.

—Es como si quisiera desafiarlos a todos —dice doña Carmen, y tamborilea los dedos sobre la mesa porque ella conoce lo que es sentir esa necesidad, lo difícil que es contenerse cuando uno es joven y todavía no comprende que la incomprensión y la injusticia son más viejas que los ímpetus de la irreverencia.

—Lo que debería hacer la Sofía —dice— es no hacer tanta alharaca e instalarse en su hacienda a disfrutar la herencia con la que don Ramón, desde su tumba, la ha bendecido. No sería extraño que en poco tiempo volviera a encontrar marido y hasta llegara a ser feliz. Ahora tiene reales y propiedades. Que viva bien y se olvide de los envidiosos. Ya tiene las tres «c» del éxito, como decían en mi tiempo: cara, cuerpo y capital.

Engracia ríe pero en sus adentros no deja de estar triste y de tener malos augurios.

La que no puede contener su alegría es Gertrudis. Aquella mañana, los futuros viajeros hacia México, Panamá, conexiones a Europa y Estados Unidos serán atendidos por una mujer amabilísima que no para de sonreír mientras llena boletos, hace reservaciones y se mueve diligente de un lado al otro de la oficina. Su primera reacción, al ver el edicto en el periódico, fue de miedo. Imaginó claramente la reacción de René porque, aunque ella estuviera convencida de que había dejado de querer a Sofía, conocía lo macho que era y el golpe que aquello representaría para su orgullo. Un buen rato estuvo Gertrudis pensando si debía o no llamarlo por teléfono, meditó con cuidado lo que debía decirle para hacer que él reaccionara, para que se diera cuenta que lo sucedido podía ser positivo para todos. No creyó que funcionara tan rápido y que el amor propio herido de René se sacara tan limpiamente de la manga la explicación y justificación de cuanto había pasado. Ella estaba convencida de que la verdad era otra. Tan sólo pocos días atrás todavía tenía dificultades para sacar a René de su ensimismamiento y hacerlo que hablara de algo diferente a la búsqueda de la Sofía o lo ingrata y estúpida que ésta había sido. Ni cuenta se daba él de que ofendía y hería a su reciente enamorada con la obsesión por la esposa desaparecida. Gertrudis se tragaba su rabia y hacía coro con las preocupaciones de él, a partir de su posición de amiga de infancia de la otra. «Me estoy volviendo una falsa, calculadora», se decía, sin poder evitarlo. Cada día que pasaba sentía nacer en ella un sentimiento nuevo, jamás experimentado: el rencor y el odio. Hubiera querido que Sofía desapareciera para siempre sin dejar rastro y más de una vez en esos días se sorprendió deseándole la muerte. Pero ya no habría más necesidad de eso, pensó, quizá tomaría algo de tiempo, pero las cosas se arreglarían; sus deseos se verían cumplidos. Nada más podía pedirle al Cielo.

CAPÍTULO XXI

En la cocina de Xintal, doña Carmen, Samuel y Sofía toman café.

A lo lejos se oye el aullido intermitente de los monos congos y, en las ramas de los árboles bajos, cinco pájaros azules los miran. Doña Carmen y Samuel comentan la ola de chismes y rumores que se han desatado en el pueblo. Hasta hay quienes se han atrevido a decir que Sofía está escondida en el propio infierno y que ella fue quien arregló para que su mejor amiga se enamorara del marido y así salir de los dos. Samuel mira a Sofía de reojo. Siempre que la ve no puede dejar de recordar las sensaciones que tuvo cuando la llevó a caballo la noche en que convocaron a Eulalia. Por respeto a sus amigas no se ha atrevido a insinuarle nada a la muchacha, pero piensa que bien le vendría a ella instruirse sobre la magia de la carne y así poder discernir si su rebeldía le venía de la sangre o de la mera frustración de haberse casado con aquel energúmeno de René. Ajena a los pensamientos del hombre, Sofía trata de convencerlos de que la acompañen los tres en su recorrido de regreso a la hacienda de su infancia, pero ellos insisten en que ningún beneficio le va a traer que la vean acompañada de los más connotados brujos de millas a la redonda.

—Ya estamos muy viejos para andar en caravana como Reyes Magos —ha concluido Samuel.

—Pero ustedes son mis amigos, y a ustedes, mal que bien, los respetan —dice Sofía.

—Nos respetan cuando les conviene, cuando piensan que podemos solucionarles sus problemas... Entonces nada importa que seamos brujos, pero con igual facilidad nos lo echan en cara. Si querés, yo te puedo acompañar —se ofrece Samuel.

—Mejor que la acompañe la Carmen —interviene Xintal, insistiendo en que nada ominoso sucederá. Ya ha consultado ella en la madrugada la poza del agua caliente y la ha visto vestida de reina, dominando vasallos y castillos—. Tu signo son los oros —le dice—. Con oro cerrarás las bocas que te maldicen.

Cuando ve que su insistencia es inútil, Sofía va a su habitación a recoger la bolsa de lona con la que hace un mes saliera de su casa.

Xintal la abraza bajo el árbol de genízaro del patio. Se moja las manos y las pasa por la cara de Sofía. Luego le pide que imagine una estrella con los ojos cerrados y trace con su mano un círculo de aire. Después debe abrir los ojos y cruzar el escudo.

—La estrella te protegerá —dice, y da un manotazo en el árbol. Los pájaros azules levantan el vuelo y hacen círculos sobre los caballos mientras Sofía y doña Carmen los montan. Salen las dos mujeres, perdiéndose al poco rato vereda abajo.

Samuel las ve partir, admirando la curva de las caderas de Sofía que se perfila sobre el caballo.

Sofía deja que el animal encuentre su propio ritmo en

los trechos donde la tierra arcillosa del volcán mojada por las lluvias se torna resbaladiza y traicionera. Siente nostalgia de abandonar aquel recinto de árboles multitudinarios. La fertilidad, el verdor y la belleza de aquellos parajes contrastan con lo seca y arisca que se palpa por dentro. ¿Qué le esperará? Muchos de los trabajadores de El Encanto la conocen desde niña y la servirán, obligados por el afecto de toda una vida sin conocer nada más que la obediencia y lealtad a don Ramón. Con los que no hay afecto de por medio, usará los oros, como dice Xintal. En tiempos de pobreza y dificultades económicas, pocos podrían rechazar los salarios que ella pensaba pagar. Ante esos números sobrarían quienes se arriesgaran a ser convertidos en sapos y culebras por sus supuestas hechicerías y pactos con el diablo porque desde niña la habían satanizado. Sonríe dándose ánimos silenciosos, afirmando los poderes de su determinación de atravesar cuanto obstáculo quisiera situarle en el camino la superchería hipócrita del Diriá, que lo mismo convivía con la magia que la rechazaba. Será feliz en El Encanto, se promete y se distrae imaginando la vieja casona pintada y arreglada con muebles de mimbre que mandará a traer de Masatepe y Granada. No ha terminado de formular la idea, de imaginarse la camioneta llegando a la finca con las sillas y las mesas, cuando en un fogonazo, similar al que acompaña en la sangre de los sabios el gran descubrimiento, se percata de que ya no necesitará que alguien los escoja por ella, ella misma podrá ir en el *jeep* a buscarlos, a verlos, a tocarlos y regatear los precios. Podrá ir allí y donde se le antoje porque ya no hay más muros, ni Renés, ni Fernandos cerrándole las puertas.

No puede reprimirse y exhala un hondo suspiro de alivio y alegría.

—¿Ideay, hija, qué te dio? —Doña Carmen se vuelve a mirarla y piensa que hace mucho no recuerda haberla visto con la cara sonriente e iluminada que ahora ve bajo la sombra de los árboles. Ha vuelto a ser la muchacha de su fiesta de bachillerato, bailando a más no poder en el patio de secar café.

—¡Ya nadie me encerrará! Nadie podrá decirme qué hacer o qué no hacer —dice Sofía—. Seré libre.

No se había percatado hasta que pensó en las sillas que le gustaría comprar. Ahora ella misma podría salir y escogerlas. No tendría ya que esperar que Petrona se apareciera con las ristras de pedacitos de tela para ella poder indicarle la que debía comprar. Arreglaría la casona ella, ella haría sus mandados.

—No te vaya a dar vértigo, mija. Hasta la libertad hay que aprender a manejarla —advierte doña Carmen.

Ya han salido a la carretera. Van pasando a la orilla de casas rosadas, verdes y amarillas. La gente las ve pasar y comenta que mirá la cara de alegría con que apareció la gitana bajando del cerro, con doña Carmen, la bruja.

En pocos días, Sofía revoluciona el tiempo de El Encanto, que se ha quedado estático desde la muerte de don Ramón.

Las mujeres de los mozos, retrecheras al principio hasta de acercarse a la casona, ahora friegan pisos y descuelgan telarañas porque ella les ha prometido pagarles y antes sólo a sus maridos les pagaban. Brigadas de carpinteros cambian techos y tablones carcomidos por la humedad y pintores de brocha gorda renuevan el tono celeste de las paredes.

Ya Sofía hizo el primer viaje de compras a Masaya, regresando con géneros para las cortinas, cobertores, manteles y visillos con encajes para dividir las estancias.

A pesar de los consejos de doña Carmen, quien le repite que se cuide del vértigo pero la asiste divertida, y de Engracia, que mira alarmada los cargamentos de muebles y más muebles de mimbre, camas y sillas, ella se ha dejado llevar por sus entusiasmos de improvisada decoradora, sacando de la casa cuanta silla desvencijada y mesa carcomida encuentra. «Son "antiques", son "antiques"», gime Fausto, pero ella persiste en la renovación total. Ya se ha corrido en el pueblo la voz de que Sofía está botando muebles y no ha dejado de llegar a la finca más de alguna de las que habían jurado no hablarle buscando que le regale los que ya no ocupará, pero que ellas pueden reparar y usar por otros cuantos años.

Varias riñas se han armado en las cantinas porque los mozos de El Encanto andan orondos y hasta retan a los que hablan mal de la patrona, porque nadie de las fincas vecinas va a ganar los salarios que ellos devengarán por iguales oficios.

—Sos una fiera —dice Fausto—. Estás comprando a todo el mundo.

—Es la manera más fácil y segura de que lo quieran a uno —responde ella—, a nadie le importa trabajar para el diablo, si el diablo paga bien.

Incluso Fausto, agotado de pleitos interminables por enderezar los rumbos de la cultura nacional, ha renunciado a su lucha por hacer cine y ha aceptado el honroso título de «administrador» de la hacienda, comprometiéndose con Sofía a fingirse macho autoritario y de voz ronca, para que los campesinos, que no tienen piedad por los derechos de los homosexuales, lo respeten.

—*Blue jeans* y camisa a cuadros —le advierte Sofía—. Las camisetas de lagartitos las dejás para los domingos.

Don Prudencio, quien ha concluido finalmente con

los traspasos de la herencia y ha cumplido con iniciar los trámites del divorcio, ha recibido su comisión en un cheque adjunto a la carta en que se le agradece su lealtad y se prescinde de sus servicios.

—No le voy a estar pagando para que me mire con esa cara de reprobación —dice Sofía.

Fausto, a quien el viejo, por las mismas razones, tampoco le hace ninguna gracia, se ha ofrecido a conseguir un nuevo abogado.

«Sobran», asegura.

Los planes tienen contemplado un *jeep* nuevo y un chofer.

—Ya Danubio maneja por instinto. Es una colección de ancianos la que hay en esta casa.

No hay quien en los alrededores no comente lo que pasa en El Encanto. Patrocinio, la lideresa de las lenguas viperinas no para de advertirles a todos que se cuiden y no se engañen. A ella nadie le va a decir que aquello no es producto del pacto que la gitana tiene con el diablo, si mirá todas las cosas que ha mandado traer y los salarios que está pagando. Dentro de poco sale panzona y nos receta el Anticristo.

Pero en el Diriá no sólo de magia vive la gente; la lógica de Sofía va ganando terreno y, de los que antes hablaban sin medir las exageraciones, ya hay quienes callan y piensan para sus adentros que nada malo puede traerles si la dueña de El Encanto les compra una buena provisión de granos o les alquila las yuntas de bueyes para arar los campos. Hasta el romance de René y Gertrudis ha dejado de ser noticia caliente, opacado por los cuentos de la bonanza económica que la largueza de la Sofía con su nueva fortuna va a traer a los que trabajen para ella en el pueblo.

Gertrudis habría querido no haber dejado de ser amiga de Sofía para poder asomarse y ver las maravillas que se decía había en El Encanto.

—Tiene como tres juegos de sala distintos —comenta la Verónica— y un mosquitero de encajes en su cuarto, y se dio a hacer un baño de azulejos con regadera y hasta un inodoro para hacer pipí que le trajeron de Managua y que Fausto que sabe francés dice que se llama «bidé». A don Pascual le compró todas las ollas y vieras cómo tiene el jardín de adentro. ¡Parece que se trajo todo el Mombacho! Como una reina se acomodó esa mujer. Y ni la mitad de los reales de don Ramón ha gastado. Dice don Prudencio que ni nos imaginamos lo que ese señor había ahorrado en su vida. Por rectitud profesional no nos dijo la cantidad, pero dice que es enorme...

—Te fijás —comenta Gertrudis en un gesto de grandeza—, te fijás que no es que se lo haya dado el diablo.

Pero la Verónica no está muy convencida porque para ella alguien que gasta de esa forma comete pecado.

Sólo con René no puede Gertrudis hablar de Sofía. La única vez que lo hizo, cuando empezaban los comentarios, él le había gritado que nunca, nunca más quería oír hablar de esa mujer en su presencia.

144

CAPÍTULO XXII

No le queda más remedio que volver a oír hablar de ella porque el juzgado de Masaya ha mandado a colocar los edictos hasta en las paredes de la iglesia del pueblo, y el juez le ha mandado un emisario conminándolo a que se presente o nombre un representante. Él insiste que no va y nombra guardador a Fernando.

—Esa hijueputa mujer me persigue —se queja Fernando con su esposa—. No sólo me tocó cuidarla todos estos años. Ahora me va a tocar divorciarme de ella.

En la casona, Sofía ha acomodado lo que era su antigua habitación de soltera como oficina. El escritorio de don Ramón, un antiguo mueble de caoba con patas trabajadas e infinidad de gavetas, ha sido colocado en el centro. Frente a él hay dos sillas mecedoras y una mesa con mantel bordado. Debajo de la ventana se puede ver la máquina de coser de Sofía. En una de las esquinas hay una mesa redonda con manteles hasta el suelo, adornos y floreros y en la otra, una línea de archivadores de metal. En la pared hay una foto antigua de don Ramón enmarcada con borde dorado. A diferencia del resto «renovado» de la casa, la oficina de Sofía es una mezcla de antiguo y moderno, de cosas de mujer y cosas de hombre. La puerta abierta da al patio.

Sofía está sentada ante el escritorio revisando los papeles del divorcio que le dejara don Pascual. En pocos días será el juicio y Fausto está por llegar con el abogado que fue a conseguir a Managua.

El lenguaje legal le suena artificioso y absurdo, tanta palabrería y formalidad para exponer simplemente que el contrato matrimonial no tiene ya razón de ser, puesto que uno de los contratantes desea finiquitarlo. Antes de la Ley del Divorcio Unilateral, habría sido imposible para ella divorciarse, habría tenido que probar que René le pegaba o era adúltero. Según había leído en los periódicos cuando se discutía la ley en la Asamblea Nacional, la prueba de adulterio era tan ridícula que establecía que el hombre era adúltero sólo si entre su cuerpo y el de la mujer con que se presumía había cometido este delito, un testigo no lograba hacer pasar un hilo, la «prueba del hilito», se le decía popularmente. «Adefesio jurídico», le había llamado la abogada pecosa y pelo negro que explicó todo eso en la televisión. Como siempre, por supuesto, la ley era más dura con las mujeres que con los hombres, por eso éstas se encargaron de lograr la aprobación de la actual en la que se establecía que el matrimonio era un contrato voluntario. Cuando una de las partes dejaba de tener voluntad, el contrato podía disolverse mediante un trámite judicial para determinar la guarda de los hijos, división de propiedades, etc. Como ella no tenía nada en común con René, el trámite sería expedito. Eso había dicho don Pascual.

Tocan a la puerta y Fausto entra seguido por un hombre con cara de niño, alto, delgado, de un blanco deslavado y con un bigote rojizo que se toca a menudo. Por un momento, Sofía teme que Fausto haya contratado a uno de sus amigos, pero los descarta porque ella se encargó de dejarle claro que no serían compatibles con su noción de un leguleyo capaz de ganar juicios en las cortes donde se imponía el que gritaba más.

—Jerónimo es experto en divorcios y en casos difíciles —añade Fausto a las presentaciones.

Jerónimo no es experto en divorcios, si bien ya se ha encargado de unos cuantos. Él prefiere trámites menos complicados donde las leyes no entren en el arenoso terreno de los sentimientos. Su reputación se la ha ganado escriturando empresas y lidiando con rapidez con los trámites burocráticos gracias a los buenos contactos que ha logrado agenciarse y que mantiene aceitados como un exquisito mecanismo merced a atenciones e invitaciones diversas. Sólo su afición por la sicología le ha motivado a hacerse cargo de divorcios «difíciles» que le permitan ver el flujo y reflujo de las pasiones humanas. Desde que Fausto —a quien conoce a través de su afición al cine— le contara la historia de Sofía, ha seguido con atención los pormenores y no lo pensó dos veces cuando él le propuso que la representara en el divorcio. Él también siente curiosidad por la «gitana» y ahora la mira tratando de descubrir signos secretos en la cara de la mujer que escucha atenta sus explicaciones sobre el trámite judicial.

Jerónimo dice que no espera mayores complicaciones, dado que no hay hijos ni bienes mancomunados. En casos como ésos, el juez puede fallar una vez que el trámite conciliatorio no muestre que la parte demandante está dispuesta a revocar su decisión. Le pregunta a Sofía si hay algo que ella quisiera reclamar de su antigua casa.

—Aparte de ocho años de vida, nada —dice ella.

Fausto interviene recordándole las maravillosas sábanas bordadas y manteles que él mismo comprara en Bélgica con dinero de don Ramón, pero ella lo queda viendo con expresión de censura, mientras el abogado sonríe y piensa cuán propio de Fausto es el preocuparse por esas delicadezas. Jerónimo les informa de que Fernando será el representante de René. Sofía se imagina aquel último enfrentamiento con el mandador. Será bueno verlo en la silla cerca de ella y saber que ningún poder tiene ya para conducir su caballo de las bridas. Los dos, a través de los años, habían terminado por odiarse, quizá precisamente porque ambos, al haber tenido ese tipo de extraña relación que se establece entre el carcelero y su víctima, guardaban una malsana atracción el uno por el otro.

Sofía observa al abogado tomar nota en una libreta menudo. Se ve que es una persona organizada. Cuando abrió el maletín, ella pudo ver los cuadernos y lápices bien ordenados y hasta un pañuelo blanco impecable doblado sobre los papeles.

La reunión termina con el acuerdo de encontrarse a la puerta del juzgado de Masaya en dos días, fecha en que se realizará el trámite conciliatorio.

—Lo voy a despedir a la puerta —dice Fausto.

—Bonita, tu prima —le dice Jerónimo tocándose el bigote, ya cuando los dos han salido y van de camino hacia el automóvil.

Fausto sonríe y piensa cómo él ya ni se fija en el aspecto físico de Sofía. No presta atención a su ropa, ni al hecho de que jamás usa maquillaje. Recuerda cómo antes de que se casara él sí se preocupaba por darle consejos de belleza y hasta hubo una época en que pensó que podría enamorarse de ella, pero hacía tanto de eso...

—Me gustó lo que dijo. —Y Jerónimo trata de imitar la entonación que Sofía diera a la frase—: «Aparte de ocho años de mi vida, nada.» Está bueno eso. Nos vemos el jueves —añade entrando al carro.

—*Ciao* —lo despide Fausto.

A la hora del almuerzo, Fausto y Sofía conversan sobre sus amplios planes de diversificar los cultivos de la hacienda, sembrando flores y habilitando una finca de cacao que está abandonada en el Mombacho, para exportarlo a Costa Rica. La mesa del comedor tiene un mantel de plástico con flores en relieve que Fausto detesta, pero que Sofía defiende porque es más fácil de limpiar que los de tela. Petrona les sirve diligente, trayendo y llevando platos, tortillas y el pichel con refresco, de la cocina a la habitación al lado del jardín, donde Sofía ha instalado el comedor.

—Me dijo Jerónimo que eras bonita —le cuenta Fausto, mientras comen arroz con leche de postre. Con esa introducción, continúa hablando como para sí mismo sobre cómo para él ella es ahora su hermana y ya no le importa verla con aquellos *blue jeans* sucios o la colección de camisetas baratas que ella se pone para andar en el día.

Hace tiempo que ella también dejó de preocuparse por su aspecto. Con René hacía algunos esfuerzos sobre todo cuando salían a misa o a reuniones en el pueblo, pero aquel matrimonio la había hecho perder totalmente el deseo de verse atractiva. Prefería que René no se fijara en ella como mujer y así minimizar las embestidas sexuales y dejarlas reducidas a las noches. Ni se acuerda que es mujer. Si no fuera por las miradas de lujuria de los finqueros ricos que así pretendían recordarle que no era más que una hembra, cuyo mayor capital era su cuerpo y no su fortuna, se olvidaría del todo del peso de su sexo. De todas formas, para qué le había valido ser supuestamente «bonita», como había dicho Jerónimo, sino para aquel matrimonio desafortunado.

—Deberíamos ir a Managua, para que te compres ropa y algún maquillaje —sugiere Fausto—. Ya también deberías pensar en echarte cremas en el cutis. Acordate que vas para los treinta años.

Por asociación, cuando se queda sola, Sofía recuerda a Esteban y recuerda que trabaja en el juzgado de Masaya. No le gustaría saber quién es, piensa, mucho menos que él oyera su nombre y quisiera hablarle. Si bien hay poco peligro de que se reconozcan porque nunca se han visto, Sofía no es ajena a la manera en que la vida juega con las casualidades y hace malas pasadas. Sentiría terrible vergüenza de verle la cara y saber que él recordaría las idioteces que ella solía decirle al teléfono. Nunca más, desde que decidió no volver a hablarle, ha vuelto a pensar en él. Es casi como parte de una infancia que se ha desvanecido sin por eso perder el sabor de nostalgia que aún no deja de aparecer de vez en cuando en sueños y pesadillas en que Esteban aparece vestido de gitano salvándola de voraces incendios.

Pero las ensoñaciones románticas y hasta los impulsos de su cuerpo han dado paso a la más absoluta indiferencia. Ni ganas le dan de meterse al baño y tocarse, como le pasaba antes de irse de su casa antes de que se muriera don Ramón y todo su tiempo se ocupara en planificar el escape. Ahora ha estado demasiado distraída con la reorganización del trabajo en la finca y llevando las cuentas de cuantiosas sumas de dinero, cuyo contacto le es sensual y vivificante, igual que los ritos mágicos que aprendió de Xintal. Siguiendo sus instrucciones saca todos los días religiosamente una copa de agua a tomar el sereno a las seis de la tarde y luego se la bebe en su habitación al lado de una candela encendida, realizando luego los ritos de la noche en que sale a tenderse bajo una estrella sobre un cuero de vaca liso y sin pelo. Trece minutos mira fijo la estrella, antes de retirarse a dormir.

Todas las noches, Teresa, la mujer de José, el mandador, escondida tras los arbustos de flores rojas que separan su casa de la casa hacienda, ve salir a la patrona arrastrando la vaqueta hacia el patio frente a la casa. La ve tenderse sobre el cuero con los brazos en cruz y mirar fijo al cielo. A nadie le ha dicho nada, ni siquiera al marido, porque éste la regaña cada vez que se atreve a insinuar que la doña es bruja, pero a ella le consta. Con Petrona es la única con la que conversa y aunque ésta la trata de convencer de que son cosas sin demasiada importancia, que ella le trabajó tantos años a la señora cuando era mujer de don René y nunca vio nada demasiado extraño, Teresa teme que cualquier día de éstos, como dice Patrocinio, el diablo baje, la preñe, y le toque al Diriá, que ya para colmo es conocido como pueblo «brujo», la desgracia de ser la cuna del Anticristo. Por eso ha hecho su deber el vigilar los ritos nocturnos de la patrona y no regresa a la cama, donde el marido ya ronca y duerme el sueño pesado de los inocentes, hasta que no ve a Sofía entrar a la casa, sin que ningún viento helado o fogonazo en el cielo anuncie la presencia del demonio.

Teresa es la que ve salir una noche a Samuel de entre los arbustos, registra el susto inicial de Sofía y luego los mira a los dos irse caminando en medio del monte como si fueran gatos que pudieran ver de noche.

Samuel nunca ha creído en las pócimas para el amor o sus males, le basta con creer en sí mismo. Además no es el amor sino el cuerpo de Sofía lo que le interesa. Está convencido de que no hay modo que aquel cuerpo pueda ser indiferente a los llamados de la carne, por eso no le toma mucho tiempo decidirse a aparecer en El Encanto y lo hace de noche porque es la hora que más le favorece. Se topa con Sofía extendida en el suelo.

—Bien te hagan las auras de las estrellas —saluda.

Sofía se sobresalta momentáneamente, pero cuando comprueba que se trata de Samuel se inclina y sonríe.

—Me asustaste —le dice—. Qué milagro por estos lados.

—De milagros vivo yo. Andaba caminando por estos rumbos buscando unas hierbas que florecen de noche y se me ocurrió pasar a visitarte.

—¿Querés pasar adelante?

—Más bien te iba a decir si no querías acompañarme. Esos ritos que estás haciendo son buenos, pero yo te puedo enseñar otros mejores, te puedo enseñar a ver cosas con sólo quemar unas hierbas especiales.

Sofía se levanta y se sacude la ropa. Hay algo prometedor y prohibido en la expresión de Samuel que le atrae e intriga. El hombre le produce un poco de repelo, pero la atracción de lo que ofrece es mayor. Caminando uno al lado del otro, bajo la luz de la luna que ilumina las veredas, se introducen los dos entre los árboles frente a la casa, rumbo a los sembradíos de flores.

Samuel no habla, se concentra en que su cuerpo emita los invisibles tentáculos de su deseo para que Sofía los perciba y se deje seducir.

Sofía lo observa caminar mirando al suelo, tocando con la vara que lleva en la mano este arbusto y aquél. La camisa que lleva el hombre está abierta adelante sobre los pantalones caqui holgados que lleva amarrados a la cintura con una especie de soga. Sus brazos son musculosos y fuertes y la luna los hace destilar reflejos cobrizos.

Sofía recuerda cuando le pegó en su choza y la expresión con que la llamó «diabla». Hacía tiempo que se lo había perdonado porque era más fuerte la complicidad y la relación familiar que había establecido con Xintal, doña Carmen y él. Ellos, de extraña manera, habían venido a suplantar a los parientes que pudo alguna vez haber tenido. El hecho de que eran brujos y su relación con la magia los ubicaba como seres especiales en el pueblo, y permitía la fácil identificación que se había establecido con ella. Pero la intimidad con las dos mujeres, casi de madres a hija, no existía con Samuel. Sofía evoca la intensa experiencia erótica que vivió con él en ancas de su caballo. Guardando las distancias, Samuel le recordaba un poco a Fernando. Era un hombre.

—¿Así que te vas a divorciar de René...?

—Sí.

—Nunca le fuiste infiel.

—Con el pensamiento, muchas veces.

—¿Ves esta flor? Es una amapola salvaje, quemándole la corola se producen unos vapores que lo transportan a uno a tiempos más livianos y llevaderos. —Samuel señala la agrupación de flores naranja, que Sofía ha visto creciendo salvaje en grandes cantidades a la orilla de las veredas de la hacienda. El hombre se inclina, corta una buena cantidad y las echa en un morral de tela que lleva colgado del hombro—. Esto que ves aquí es la sábila. Ya la conocés, ¿verdad? Es buena para el pelo, para la piel y para muchas otras cosas.

—Yo lo que quiero es sentir lo que pasa cuando quemás esas hierbas que decís.

Samuel le indica que siga caminando sobre la vereda. Con sus ojos busca el lugar apropiado para hacer la pequeña fogata y sugestionar a Sofía. Por fin, adentrándose en una vereda, llega a un guayacán cuya copa baja forma una especie de pequeño refugio.

—Aquí —dice Samuel, y de inmediato quiebra unas ramas, las acomoda con piedras en el suelo e inicia una mínima fogata. Sofía se sienta cerca del fuego. Samuel ve su cara iluminada con la anticipación y la curiosidad y saca de su morral las flores que antes cortara—. Vení cerca de mí —le dice.

Sofía se acerca. Entre los dos se han establecido corrientes cómplices y subterráneas avivadas por la noche, la luna y el fuego.

Samuel echa las flores en la fogata y le indica que se acuesten los dos con la cabeza a pocos metros de la fogata en la dirección de donde sopla el viento, para que el humo y los vapores viajen hacia ellos.

Sofía le obedece. No bien se acuesta en el suelo, siente que la excitación cede paso a una sensación de bienestar. Es placentero sentir la tierra bajo su espalda y ver la luna asomándose entre las pequeñas hojas del guayacán que forman dibujos negros en la sombra. Samuel se acuesta a su lado. Ella siente su respiración fuerte y su mano ancha y áspera buscando la suya. Deja que él le tome la mano y cierra los ojos, esperando experimentar las sensaciones que él ha vaticinado.

La mano de Samuel empieza a moverse sobre su brazo y antebrazo. Sofía siente ligeros estremecimientos empezar a invadirle el pecho, desmadejándola. Hace mucho que nadie la acaricia. Nadie la ha acariciado jamás así de suave. Es cierto lo que dijo Samuel, se experimenta más liviana y un calor de flores le entra en las venas y baja hacia su ombligo. Con los ojos cerrados deja que las manos de Samuel suban hacia sus hombros, su cuello, el contorno de su frente, la profundidad de su pelo ensortijado. Ya no siente aspereza en su contacto, las manos de Samuel se han trocado en mariposas ciegas que revolotean sobre todo su cuerpo. Sin abrir los ojos, deja que el hombre le incline la espalda para quitarle la blusa; las mariposas, entonces, revolotean sobre sus pechos desnudos, y cuando él le quita la falda, el calor de su cuerpo es ya tan intenso como el de la fogata, y cuando abre los ojos, Samuel se ve hermoso y color de cobre bruñido, desnudo, despojándola del último vestigio de ropa. Las mariposas se posan tanteando sobre su sexo y Sofía abre las piernas y siente la urgente necesidad de ser penetrada hasta lo profundo de sí misma. Sin embargo, Samuel continúa multiplicando milagrosamente sus manos y a Sofía le parece que los grillos y las luciérnagas danzan con él en el cortejo de los machos y también le están haciendo el amor todas las criaturas de la noche. Por fin siente el sexo de Samuel entrando en su interior, un sexo vivo y de alta temperatura, cómodo y que no la ofende como el enorme miembro de René. En ese momento nada existe para ella más que el movimiento fluido de aquel cuerpo hurgándole el placer que ella jamás ha conocido de esta forma. El hombre excava tenaz abriéndola a un mundo de experiencias apenas intuidas en sus solitarias exploraciones consigo misma. Sofía gime, se mueve contribuyendo en la búsqueda ciega del punto mágico que detonará los diques de las aguas que suben y buscan salida. La fogata apenas existe aún, la oscuridad es más densa.

Samuel y Sofía jadean y murmuran cada vez con más urgencia hasta que ella siente que el vientre se convierte en flor y abre todos sus pétalos invadiéndola del polen de él, cuyo pistilo ha llegado también a la floración del orgasmo entre los gritos de placer de ambos.

—Yo sabía que tenías fuego por dentro —dice Samuel

luego de un buen rato en que han estado los dos tendidos sin moverse—. Era necesario que vos lo supieras. Mañana quizá sentirás repugnancia de que haya sido yo quien te haya hecho encontrarlo, pero lo importante es que ya lo conocés vos y ahora también lo conozco yo.

—Me hechizaste con esas hierbas —musita Sofía, apenas empezando a realizar lo que ha sucedido.

—No fueron las hierbas —responde Samuel—. Esas flores no son nada más que flores. Fuiste vos, fui yo. Nunca más volverá a suceder porque sé que me odiarías y me recriminarías supuestas «brujerías». Te conozco, gitana. Sólo quería darte el secreto de tu propio conocimiento. Sos una criatura de fuego, nada tenés que hacer con el agua o el frío.

Sofía se inclina, buscando su ropa. Quiere estar furiosa, pero no tiene fuerzas. Su cuerpo entero está laxo y suave.

—¿Así que todo esto lo planeaste fríamente? —le pregunta.

—Fríamente —sonríe Samuel—. Yo también he sido criatura de fuego y sabía que vos podrías volver a calentarme las entrañas. Hace mucho que no hago estas proezas. Ya me estoy poniendo viejo.

Samuel se levanta y la luz de la luna deja ver a Sofía el hombre fuerte aún, pero que ya acusa la vejez en su cara, su estómago y sus piernas. A pesar de que la visión del hombre vistiéndose le parece irreal y en cierta forma repugnante, ella agradece que aquello haya sucedido y, en contra de lo que él supuso sucedería, ella no hace ninguna escena de rabia y procede también a vestirse.

De regreso a la hacienda, ambos van callados. A medida que la mente se le aclara con el viento de la noche, a Sofía le parece increíble lo que acaba de suceder. No puede entender que aquel hombre rústico y tosco haya sido el mismo con el que hizo el amor con tanta delicadeza. Vuelve a sentir el repelo que Samuel usualmente le ha inspirado, pero se contiene y evita que él lo perciba. Compadece el corazón obligado a vivir bajo aquel envoltorio que la decrepitud de los años iba poseyendo lenta y seguramente.

—Nunca más volverá a suceder —repite Samuel cuando llegan a la hacienda y se despiden—. Nunca más volvería a ser así. Pero ya sabés, gitana, que tenés sangre de los tuyos en las venas.

—Gracias, Samuel —dice Sofía, y no bien él da la vuelta corre a su cuarto, entra al baño, abre la ducha y se frota bien el cuerpo para que de Samuel y su piel curtida y áspera sólo le quede un recuerdo de mariposas.

CAPÍTULO XXIII

Para ir al juzgado, Sofía se pone su mejor vestido. También Fausto se acicala y se pone su camisa de lagartito. Temprano en la mañana salen los dos, con Sixto, el nuevo chofer que Danubio se jacta de estar entrenando. Antes de las nueve de la mañana están frente al juzgado y deben esperar unos minutos porque Jerónimo llega a las nueve en punto. Los tres cruzan los pasillos del local que más parece una escuela, con galerones de paredes de concreto y techo de zinc, uno al lado del otro, y aceras que comunican las distintas dependencias. Sofía mantiene los ojos fijos en sus zapatos. No quiere levantar la vista porque tiene el supersticioso temor de reconocer a Esteban en alguno de los hombres que afanosos se cruzan con ellos en el camino hacia la sala del juzgado. Jerónimo, que va un poco atrás, no deja de ver el cuello de Sofía que se asoma por debajo del pelo y de pensar, sin saber por qué, en cómo se habrían sentido los verdugos ante el cuello blanco de las reinas que tenían que guillotinar.

La oficina del juzgado donde tienen lugar las audiencias no se parece en nada a lo que Sofía ha imaginado. Es un local semejante a un aula desordenada, sucia y calurosa, donde un juez, que más parece árbitro de un acalorado partido de *base ball* que otra cosa, atiende en medio del bullicio y del constante tráfico de gente. Hay dos escritorios destartalados y con anticuadas máquinas de escribir, donde teclean sin parar dos mujeres que parecen no enterarse del ruido a su alrededor. Las viejas sillas metálicas para los visitantes están ocupadas en su totalidad por gente de aspecto humilde, que calla con expresión de impotencia. Casi a empellones, Jerónimo ha logrado que se respete el turno de su audiencia. Sofía, de pie junto a la pared, espera que la llamen. A poca distancia puede ver a Fernando y el abogado de René. Viendo los padeceres de Jerónimo en aquel cuarto, ríe para sus adentros al recordar cómo ella visualizaba a Esteban en una sala con bancas de madera pulida, casi como una iglesia, y al juez vestido con una capa negra apareciendo solemne detrás de un podio imponente. Demasiada televisión, se dice. Se pregunta si alguna de las personas que entran y salen será Esteban.

Por fin Jerónimo le hace señas de que se acerque. El juez le pregunta su nombre, señas, fecha del matrimonio, nombre del marido, y va confirmando los datos suministrados por Jerónimo, mientras las mecanógrafas toman nota veloces.

—Estoy en la obligación de decirle, señora, que debe reflexionar sobre la terminación de este contrato que fue suscrito por usted como un compromiso no sólo ante su marido, sino ante toda la sociedad —dice el juez con tono de lección repetida hasta el aburrimiento.

—Ya reflexioné —responde Sofía.

—¿Insiste entonces en su anulación?

—Insisto.

—Haga pasar al guardador del marido —indica el

hombre al abogado de René, quien está de pie escuchando detrás de la silla donde se encuentra Sofía.

Fernando se acerca y se sienta, moviendo la silla para quedar más apartado de Sofía. Le molesta estar allí y no puede disimularlo. Una vez más el patrón lo usa de peón.

Hace calor y Sofía mira a Jerónimo sacar una libreta del maletín negro que siempre lo acompaña y anunciar con una voz solemne, que a ella se le hace un poco ridícula en aquel entorno, que «su representada» renuncia a los bienes comunes del matrimonio y que por no haber hijos y nada que dilucidar sobre patrimonio, se le solicita al juez que el divorcio sea fallado sin más trámite.

El abogado de René, después de carraspear repetidas veces, inicia cuando le llega su turno una larga argumentación sobre los derechos que el marido siente haber adquirido sobre parte de la herencia de la Sofía, por el hecho de haber sido su esposo legal a la muerte del testador y como indemnización a los múltiples gastos en que incurrió para mantener a la esposa que, sin un ápice de la debida consideración que toda mujer le debe al cónyuge, abandonó el hogar, causó escándalo público y múltiples perjuicios al señor René Galeno Duarte. Debe también considerar el juez, afirma el abogado tras carraspear nuevamente, que el testamento del señor Ramón Solano dejaba todos sus bienes a Sofía Solano de Galeno y no a una mujer soltera.

El juez tamborilea con los dedos sobre la mesa y de cuando en cuando mira a Sofía, quien escucha con expresión de burla y desprecio las palabras del abogado. Jerónimo la mira con cómplice y sarcástico asombro.

Una vez que Fernando ha asentido a preguntas del juez sobre si lo dicho por el abogado refleja fielmente la posición de la parte por él representada, llega el turno a

Jerónimo. Sofía lo observa argumentar con elegancia la improcedencia de lo dicho por el otro abogado. El hecho de que Sofía, en el testamento, haya aparecido con su nombre de casada, no es sino una formalidad que correspondía con su estado civil de ese momento. Si el señor Ramón Solano hubiera pretendido que el yerno recibiera más herencia que la casa que recibió como regalo de bodas, esto habría constado en el testamento. No siendo así, los argumentos que se puedan hacer están basados sobre presunciones alrededor de la voluntad de una persona que por haber fallecido no puede dar fe de sus intenciones. La ley, por tanto, debe basarse sobre los hechos y, en los hechos, don René Galeno Duarte sólo ha recibido a su nombre la casa mencionada, y no tiene derecho a reclamar otra cosa. Con relación a los presuntos perjuicios causados por su representada al señor René Galeno, continuó Jerónimo, él quisiera preguntar al juez si no es más perjuicio privar de su libertad a una persona durante ocho años y si no es comprensible que la señora Sofía Solano se haya visto obligada a huir de su casa. Además, sigue diciendo Jerónimo —y aquí Fernando y el abogado dan muestras de nerviosismo— si se va a acusar a su representada de escándalo público, ésta tendría un caso mucho más sustentado puesto que era público que el señor René Galeno sostenía relaciones con una señorita que fuera amiga de su esposa y cuyo nombre omitía por respeto ajeno.

Jerónimo termina. El abogado de René se seca el sudor con un sucio pañuelo a cuadros, mientras objeta débilmente de la improcedencia de las palabras finales de su oponente. Fernando parece una estatua. Sofía percibe las vibraciones de su odio gratuito a través del corto espacio que los separa. Desde que hizo el amor con Samuel, su visión de los hombres está constantemente teñida de fantasías sexuales. Se imagina cómo hará el amor éste o aquél. Viendo a Fernando, recuerda sus vívidas elucubraciones y piensa que quizá debió haber sido más agresiva para ponerlas en práctica. A lo mejor Fernando habría resultado como Samuel, aunque le cuesta creerlo. Fernando era demasiado parecido a su patrón. En cuanto a Jerónimo... ¿Cómo sería un hombre de ciudad, más culto y refinado? Bien ha estado la defensa de Jerónimo, piensa. Habló con seguridad y su ironía solapada era refrescante. Fausto había escogido bien, se dice, mirándolo e imaginándolo en otras circunstancias. La prisa del juez la saca de sus reflexiones. Parecía apresurado por salir del caso. Era temprano en la mañana y aún tenía muchos otros por resolver.

—Oídos los argumentos, mi deber es informarle a usted —dice, mirando a Fernando— que, habiendo revisado el testamento del señor Solano, su representado no tiene causa legal para demandar que la señora Sofía Solano comparta con él la herencia. Dado que no hay otros bienes a discutir, ni hijos de por medio y, como lo establece la ley, el contrato matrimonial queda disuelto por voluntad de parte de doña Sofía Solano. Infórmele así por favor al señor René Galeno. Pueden recoger el acta en unos momentos después que yo la firme. Que pase el siguiente —indica dirigiéndose a las personas que esperan, mientras la mecanógrafa teclea furiosamente el acta.

Se levantan los cuatro. Sofía, triunfadora, mira a Fernando. El hombre no se puede contener y al pasar a su lado, sin alzar la voz y sólo para que ella le oiga, le dice: «Nos veremos en el infierno, bruja.» Jerónimo, que no ha oído nada pero ve la expresión de rabia de Sofía, la toma del brazo y la aparta hacia un lado de la sala.

—Esperemos aquí —le dice—, el acta no tarda mucho.

—No quiero esperar —dice Sofía—. Venga usted después por ella, y se suelta de la mano de Jerónimo, dirigiéndose a la salida, mientras Fausto la sigue.

El hombre se encoge de hombros y sale, después de arreglar detalles con la secretaria del juez.

De regreso, mandan a Sixto solo y se acomodan en el automóvil de Jerónimo. Al lado del conductor, Sofía guarda silencio. Jerónimo no lo interrumpe suponiendo que, como todos los que se divorcian, una cosa es pensarlo y otra hacerlo. Después de ocho años es lógico que existan al menos costumbres en común. Ya a él le había tocado consolar a varias clientas que lloraban no bien les entregaba el acta de divorcio. Insondables eran los matrimonios, como bien sabía él por el suyo que se arrastraba ya sin amor, desde hacía cinco años.

El aire de la carretera refresca el calor que la rabia puso en la cara de Sofía. Atrevido ese Fernando diciéndole que se encontrarían en el infierno, que no contara él con su compañía ni allí ni en ninguna otra parte. Menos mal que ya nunca más tendría que verlo. Pobre desgraciado para quien el tiempo de la esclavitud todavía no había pasado, porque él seguía siendo esclavo de René, haciendo y diciendo lo que el patrón le mandaba. Se sopla con un pañuelo y mira a Jerónimo, que va manejando y conversando de trivialidades con Fausto.

—Estuvo muy bien usted —dice, y se introduce en la conversación en que los tres terminan rememorando los sucesos del juzgado y diciendo qué desgraciado René con su pretensión de querer compartir la herencia y acusarla a ella de haberle causado perjuicios.

Cuando llegan a la finca, Sofía invita a Jerónimo a comer y manda a traer cervezas para celebrar.

Esa noche, desde su habitación, Fausto ve a Sofía salir arrastrando una vaqueta. La ve extenderla en el suelo del jardín y acostarse sobre ella con los brazos abiertos en cruz. Ve sus ojos abiertos, mirando fijos una estrella.

En su cama de mujer soltera, Gertrudis también tiene los ojos abiertos.

Hace poco despidió a René en la puerta de la sala, frente a la mirada acusadora de la tía vieja que, desde la muerte de su madre, vive con ella. La anciana encorvada y menuda le ha quitado el habla por «inmoral» y se pasa el día rezando rosarios y persiguiéndola no bien llega, para furor de René, quien no entiende por qué Gertrudis insiste en un noviazgo de niños de quince años, con chaperona y todo. Los sueños de Gertrudis últimamente se han trocado en pesadillas por la prisa del hombre por consumar carnalmente su enamoramiento, argumentando que ya ellos son adultos, que él ya no puede más con el calor entre las piernas, el deseo de dormir con ella y de hacerla suya.

«Ya todo el pueblo sabe en lo que estamos —repite René—. No sé por qué te ha agarrado esa dundera de que cuidemos las apariencias. Sólo falta que me digás que hasta que anule Roma el matrimonio no vas a ser mi mujer.»

Pero a Gertrudis lo que le da fuerza para enfrentar las caras de la gente cada mañana en el camino a la parada de buses de Managua es saber que, piensen lo que piensen, ella es una mujer decente, que se ha conservado limpia y que tiene un amor puro. Distinto va a ser cuando ya René se divorcie y se haga el matrimonio civil. Entonces y sólo entonces, ella convivirá con él y hará saber a todos que es sólo cuestión de tiempo para que llegue la anulación del matrimonio eclesiástico de René. No es mucho pedirle a él, piensa, que se aguante un poco, si ya después de todo le ha metido las manos por donde ha querido cuando van al cine en Managua y cuando después él busca los repartos poco poblados y las rotondas deshabitadas para parquear el carro y palparle los pechos y ponerla en un estado de calor que ni sabe cómo ha tenido la presencia de ánimo para negarse a ir más allá. En parte también ha influido el miedo que sintió la primera vez que René la hizo poner la mano sobre su miembro gigantesco y duro como una piedra. Se imaginó aquella cosa rompiéndole la virginidad y después, sola en el baño, se investigó el interior pensando que ella no tendría lugar para albergar ese dedo gigante apuntando a sus entrañas. Preocupada, compró un libro de sexualidad en el centro comercial, donde leyó que la vagina se distendía para acomodar cualquier tamaño, pero no estaba tan segura de que los que escribieran ese libro se hubieran topado alguna vez con alguien como René. Lo que más le tranquilizaba era pensar que Sofía había podido y repetirse que ella también tendría que poder, pero no tenía urgencia. A ella le bastaban las sesiones de romance acalorado, al menos por el momento; la cosa era que él parecía cada día más frenético y, sin embargo, andaba furioso con la idea de perder el juicio de divorcio, y esa noche parecía una fiera cuando le contó lo que había sucedido en el juzgado, cómo el abogado le dijo que había sido imposible evitar el fallo del juez declarando disuelto su matrimonio, a pesar de que era contra su voluntad. Después la besó como si quisiera vengarse de ella, menos mal que tuvo la presencia de ánimo de insistir que no bastaba con que él se hubiera divorciado, ahora se tenían que casar. No le hubiera gustado consumar su unión en medio de la rabia que perseguía a René y que sin duda se reflejaría en su miembro excitado. Ya haría ella que con el tiempo se le fuera pasando y que René olvidara que había existido la Sofía, pero primero había que pensar en hacer las cosas correctamente y no echarlo todo a perder por el apresuramiento. «Hice bien», se dice, ahuyentando el temor de que él —ante sus negativas— fuera a buscar a otra mujer. «Hice bien», se repite, pero no puede dormir. Apenas se queda medio dormida, ve el falo de René persiguiéndola como un látigo y se despierta una y otra vez, asustada.

CAPÍTULO XXIV

La finca prospera a pesar de las advertencias de los finqueros vecinos que hace pocos días han enviado una comisión para hablar con Sofía y tratar de convencerla del daño que se hacía pagando sueldos tan elevados. Iba a malear a los trabajadores, se aprovecharían de ella y el costo de las cosechas se le dispararía mermándole las ganancias. Ella ha callado dejando que Fausto explique cómo el rendimiento por manzana de la finca ha aumentado y la diversificación de cultivos da frutos. Tan sólo la semana anterior han enviado a vender al mercado varias camionadas de verduras a buen precio y esperan que las parcelas de flores pronto empezarán a producir para las floristerías con que ya han hecho contactos en Managua, Granada y Masaya. También piensan habilitar una abandonada propiedad en el Mombacho y exportar el cacao que tradicionalmente se da muy bien en ese clima. Todo el tiempo que estuvieron los finqueros, mientras Fausto hablaba de flores y chocolates, en el corredor de la casa, Sofía se pasó mirando a Jerónimo, quien hacía esfuerzos enormes para contener la risa. Nada parecía alterarlo, era como si tuviera agua fría en vez de sangre. Sería intere-

167

sante comprobar si en las circunstancias apropiadas mantendría en la cara la sonrisa de gato que a ella al principio le gustara, pero que últimamente tendía a exasperarla. Habituada como estaba, con don Prudencio, a las miradas de asombro y reproche ante sus decisiones precipitadas de invertir, comprar o vender propiedades, no se acostumbraba a la parsimonia e indiferencia de Jerónimo, ni a la manera superior con que le daba consejos, sin que pareciera importarle si ella los escuchaba o no. «Es un mercenario —le había dicho a Fausto—. Sólo le interesa que le paguemos su "comisión"», y Fausto le había respondido diciéndole que el abogado y ella eran harina del mismo costal y qué lástima que Jerónimo estaba casado porque los dos harían buen matrimonio.

Casarse con él no le gustaría, piensa Sofía sola esa noche en su cama bajo el mosquitero de encajes, pero probar sus habilidades de amante era una posibilidad, que además serviría a otros propósitos que hace tiempo le rondan la cabeza. Con él ella podrá experimentar otro tipo de poder, un poder como el de la tierra. Si algo le ha fascinado en el manejo de la finca, aparte del desafío de mostrarles a los finqueros experimentados y soberbios de la zona que un homosexual y una mujer pueden obtener tan buenas o mejores cosechas que las de ellos, es la cotidiana observación de la tierra. Aquella tierra, sus grumos, su color rojizo, es para ella ahora la raíz más profunda que la vincula a los dones del sol y de los elementos. Cuando hace sus ritos silenciosos, siente la fuerza de la humedad en sus huesos, siente que su cuerpo es parte del campo arado y del jardín. Pero no es suficiente ese poder. La tierra tiene poder porque seduce al sembrador y convierte en plantas la semilla. Ya ella ha tenido un atisbo de ese poder la noche embrujada con Samuel, pero esa vez fue el poder de él y no el de ella lo que funcionó. Con Jerónimo, tan indiferente y compuesto, ella podría probar el suyo y tener un hijo. No esperaría el amor pues hace tiempo ha dejado de creer en él y no quería tener hijos vieja y sin ánimos. Bien recuerda cómo sufría Eulalia correteando detrás de ella por el patio. No sería tan difícil seducir a Jerónimo. No sería difícil seducir a ningún hombre. El asunto era saber hacerlo, combinar la audacia con el recato. Después de todo no pretendía que se enamorara de ella, tan sólo crearle la adecuada proporción de deseo. Una vez hecho esto, sucederían las cosas sin mayores contratiempos. Una vez que estuviera preñada, no lo volvería a ver más. Jerónimo no sería un enamorado empalagoso, no estaba en su naturaleza. Se conformaría con poseer su cuerpo, sin pretender ostentar título de propiedad sobre su alma. Con un niño ella podría ser totalmente feliz. Le enseñaría a cuidar la finca y tendría compañía y alguien a quien ella amaría sin tener miedo de que la abandonara, porque ella se encargaría de que eso nunca sucediera. Sofía acomoda las almohadas y se esponja en la cama. Por la ventana se ven las hojas de palmera meciéndose en el viento de la noche. Todo está tranquilo en El Encanto. Demasiado tranquilo. En esa habitación había muerto don Ramón y ella no quería morir sola como él.

Se duerme tarde urdiendo planes y al día siguiente le anuncia a Fausto que va ir a Managua a comprarse ropa y si la quiere acompañar.

Trabajosamente regresa Xintal a su casa de consultar la poza de las aguas calientes e inmóviles. En sus aguas ha visto a Sofía acorralada y perseguida, su cetro de reina rodando por los suelos.

—Está en su destino —le dice Samuel esa tarde mientras ella le cuenta preocupada—. Nada podemos hacer nosotros.

Pero no bien se va el hechicero, Xintal se pone a moler plumas de pájaros azules.

Sofía y Fausto se divierten de lo lindo haciendo compras en Managua. Para ella es una novedad. La última vez que vio la capital fue cuando René la llevó al ginecólogo, y desde entonces la ciudad se ha modernizado. Rótulos de carretera multicolores anuncian tarjetas de crédito, viajes a plazos, clubs de video, computadoras, restaurantes y la paz mundial de la fe Bahá'í. La gente en las calles camina con prisa y hay taxis de colores brillantes.

—A vos Managua te debe parecer Nueva York —sonríe Fausto, mientras Sofía lo lleva de una tienda a la otra en los pasillos del centro comercial, construido después del terremoto que asoló la ciudad.

Entra a los almacenes de telas y toca las sedas y los linos, gozando de la sola visión de los colores, la ropa de tela de camiseta, de tonos chillones que, desgarbada, se exhibe en una *boutique*, donde al fondo hay una mujer que maquilla a una señora un poco gorda. Fausto le indica que allí mismo le pueden maquillar y mostrarle los secretos de cómo hacer más vivas y bonitas sus facciones.

Preguntan y la mujer les pide que esperen un poco a que termine con la clienta de turno. Se quedan allí mirando cómo le depilan las cejas y luego la embadurnan de cremas y más cremas que se ponen con brochas o esponjas, hasta que la señora está lista y parece una muñeca antigua y sonrosada.

—Se ve horrible —susurra Sofía a Fausto.

—Natura no le dio nada —susurra Fausto—. A vos, sí. Tené calma.

Es él quien le explica a la mujer que Sofía no quiere

verse demasiado maquillada, y que por favor haga nada más que resaltar sus mejores rasgos. La mujer sienta a Sofía en la silla estilo barbería. Hace intentos de depilarle las cejas, pero ella se niega y la mujer tiene que resignarse a ponerle base, polvos, rubor en las mejillas y luego, con cuidado, delinea sus ojos con negro, le pone sombra y rímel en las pestañas y le pinta los labios.

Es como un rito, piensa Sofía, aquello era parte de lo que Xintal llama «el poder». La mujer preparándose para la ceremonia, como cuando se araba la tierra y se le ponía abono a las plantas, pintándose el cuerpo para seducir al hombre. Siente la presencia de Fausto y ve, a través de los ojos entreabiertos, su fascinación. Pobres, los hombres; nadie los arreglaba a ellos para el amor. Imagina cómo debe sufrir Fausto, con alma de mujer, por no poderse pintar y adornar como una hembra. Piensa en el cuerpo viejo de Samuel y en su clarividencia de que aquel acontecimiento jamás volvería a repetirse. Ahora, cuando la mira, su mirada es clara y sin deseo.

—Ya está —dice la mujer, y le pasa un espejo, mientras Fausto la mira sonriendo y le dice que se ve «bellísima». En el espejo, Sofía ve sus ojos lucir enormes, ve sus mejillas sonrosadas y no le gusta la boca roja. Su imagen le recuerda algo muy vago, una visión que no alcanza a concretar en su mente.

—Muy roja la boca. No me gusta.

La maquillista cambia el tono por otro rosa oscuro que a Sofía le parece mejor.

—Pero ¿te gusta o no te gusta cómo te ves? —pregunta Fausto.

—Parezco la Viuda Porcina —dice Sofía, refiriéndose a la desparpajada y seductora heroína de una telenovela brasileña que había hecho furor en el país.

—Mucho mejor que la Viuda Porcina te ves —ríe Fausto, y sí, piensa Sofía, se ve mejor que la Viuda Porcina.

Por la tarde regresan a El Encanto, cargados de paquetes con telas, vestidos, zapatos y toda la línea de maquillajes con las indicaciones para su aplicación. Petrona se acerca al *jeep* para ayudar a descargar los paquetes, se queda viendo a la patrona asombrada y le dice que parece artista de cine.

Sofía nota el efecto que causa en los hombres su nuevo atuendo. Es como si el arreglarse de manera «femenina» fuera igual que lanzar una sarta de cohetes al aire anunciando que estaba disponible o le interesaba el sexo.

—Tu ex anda buscando novio —dice Patrocinio a René el viernes que él llega a la cantina—. Vieras cómo anda, toda pintada, con ropa nueva, sandalias de tacones, bailando las nalgas para marear a todos los estúpidos que parecen jugados de cegua cuando la ven. ¡Como si nunca la hubieran visto!

Patrocinio no es la primera en comentarle a René lo de su mujer, pero la cantinera es la única a quien él no logra hacer callar. Le dice que no le interesa saber nada de esa fulana, pero Patrocinio continúa su perorata y le cuenta que la Sofía se gastó un dineral en Managua comprando ropa, y que el maricón de Fausto, al no poder vestirse él de mujer, se ha dedicado a asesorarla.

—Hasta dicen que él mismo la viste con sus propias manos, y la pinta.

René da un manotazo en la mesa. Todos los parroquianos se vuelven, esperando contra qué la va a emprender René.

Desde que se divorció, su fama de pendenciero ha aumentado. No hay fin de semana que no pelee con alguien por cualquier cosa.

—Ya estuvo Patrocinio. Te dije que te callaras si no querés que te rompa todas las mesas —grita René.

Crescencio sale del fondo de la casa, listo para auxiliar a su esposa, pero ésta ya ha dicho lo que quería y ha regresado modosita al otro lado del mostrador, sonriendo entre dientes a los otros clientes mientras se pone a quebrar hielo con un punzón.

Gertrudis no da demasiada importancia a las pendencias de René. No bien se case con ella, se dejará de sentir marido y dueño de la otra, piensa, y además ella lo hará feliz, dándole el hogar que él siempre ha deseado y los hijos que reafirmarán su virilidad. Pero deben casarse pronto porque lo que a ella sí le molesta son las miradas de lástima que la gente le lanza. El pueblo es como un río que cambia de corriente sin ton ni son. Unas semanas fue Sofía la dejada y engañada por René para irse con Gertrudis, pero ahora la rabia del hombre les hace pensar que no es tan cierto lo del desamor y que más bien René sigue enamorado de Sofía.

—¿Cuándo nos casamos, René? —pregunta ella, y él se evade y no responde.

Pero la paciencia de Gertrudis no es infinita. Una tarde en que él la va a recoger a la oficina en Managua y vienen en el camino hablando de cualquier cosa, Gertrudis decide que ya no esperará más.

—René, he estado pensando que si no nos casamos el mes próximo, ya no me caso con vos.

René se vuelve hacia ella sin poder dar crédito a lo que acaba de oír.

—No me digás que vos también vas a enseñar las uñas ahora —le dice.

—En el pueblo se dice que vos no te casás conmigo porque seguís enamorado de la Sofía. Dicen que la rabia te está carcomiendo y no te deja en paz.

Mentira, dice el hombre, a él ni le va ni le viene lo que haga la Sofía, y si ella piensa que eso es lo que atrasa el casamiento, pues ya se van a casar. Él quería esperar un poco para ser decente, dice, para protegerla a ella de las malas lenguas. Además no se trata de casarse en carrera, sino de hacer bien los preparativos para que ella tenga una boda como Dios manda.

—Por lo menos fijemos la fecha.

—¿Cuándo te querés casar?

Y deciden casarse el 8 de diciembre, día de la Virgen de la Inmaculada Concepción, la más celebrada en todo el país.

Doña Carmen ve llegar el *jeep* de la hacienda mientras riega sus plantas con el agua blanca con que lavó el arroz. Se seca las manos en el delantal y sale a recibir a Sofía, quien desciende del vehículo y se acerca.

—Déjame verte, déjame verte —dice tomando a Sofía de la mano y haciéndola entrar a la casa.

—Parecés de Managua. Te ves muy cambiada.

—Nada me ha dicho. ¿Le gusta o no le gusta?

—Algo te andas vos en mente que te dio por vestirte así.

La mujer se toma su tiempo para responder, ocupándose en sacudir las mecedoras de la sala y acomodarlas en el centro de la habitación. La visión de Sofía convertida en lo que habría podido ser de haberse perdido en otras latitudes, la ha turbado. Se ve guapa, pero su hermosura huele a otra parte, desentona con lo que ella se ha acostumbrado a considerar bello.

—Te ves exótica. Ésa es la palabra que andaba buscando.

A Sofía le gusta la palabra, pero no la turbación de la vieja. Lo que con otras personas no le importaría, con doña Carmen sí le importa. Por eso insiste, quiere saber exactamente qué sintió al verla.

—Como si hubiera visto a tu madre. Así me la he imaginado yo todos estos años, sólo que con una falda amplia y recogida y una blusa de mangas bombachas.

—Me veo como gitana, sólo que sin el disfraz.

—Te ves muy linda, mija. No le demos más vueltas al asunto. Lo que quiero saber es qué te dio por pintarte y vestirte así.

—Quiero tener un hijo.

Ya está, piensa la mujer. Todavía no deja de asombrarle la forma en que las personas encuentran su destino. Se ha pasado la vida queriendo descreer los signos que a menudo ve cuando tira las cartas a la gente, esperando que alguien venga y quiebre los designios y pronósticos y le quite a ella el peso de las premoniciones, pero sospecha que sucede muy pocas veces y sólo con los que no estaban previstos para nacer y nacieron por accidente. No puede olvidar las tantas ocasiones en que leyó las cartas a la Sofía, la niña que aparecía una y otra vez.

—Una hija vas a tener. Ya te lo dije yo hace mucho tiempo.

—Me da igual que sea mujer o varón.

—¿Y quién será el padre de la criatura?

—Jerónimo.

Doña Carmen está a punto de decir que no vaya a escoger a Jerónimo, que ese hombre le da vibraciones heladas, cuando se da cuenta que Jerónimo será y nada podrá hacer ella por cambiarlo. Al menos no le ayudará, piensa, y dos horas después, por más que Sofía le cuenta sus planes y le pide opiniones, ella evade darle consejos, se escabulle con respuestas ambiguas y le dice que sobre amores no hay nada escrito y que tiene que dejar que sus instintos la guíen.

Sofía sale de la casa de doña Carmen furiosa consigo misma, diciéndose que es tonta, nada tiene ella que andar preguntando a nadie.

CAPÍTULO XXV

Jerónimo está leyendo plácidamente encerrado en su oficina para que nadie lo disturbe cuando suena el intercomunicador y la secretaria le anuncia que una señora, Sofía Solano, quiere hablar con él.

—En un momento salgo —responde, y se levanta del asiento, se arregla la camisa, acomoda los papeles en el escritorio, guarda el libro que está leyendo y sale a abrir la puerta.

«Jesús, María y José», exclama para sus adentros cuando ve a Sofía levantarse de la silla de la sala de espera y avanzar hacia él con la mano extendida.

Sofía ha percibido ciertamente el asombro que su aparición ha causado y sonríe.

La oficina de Jerónimo es casi exactamente como se la ha imaginado. Pulcra, ordenada y sin adornos. Hay un escritorio moderno de madera, unas repisas con libros detrás del escritorio, sofá y dos sillas con una mesa pequeña al medio, aire acondicionado, una palmera en la esquina y dos pinturas de paisajes colgadas en las paredes. Lo único que desentona es la foto de una mujer delgada y tristona, sobre la repisa de los libros.

A indicación de Jerónimo, Sofía se acomoda en uno de los sillones frente al sofá. El abogado le pregunta si no quiere tomar un café, un vaso de agua.

—No, gracias. No se moleste.

Jerónimo se sienta en el otro sillón, la mira y no puede evitar decirle que aunque él nunca acostumbra piropear a sus clientas, no le queda más que hacerlo.

—Se ve guapísima. Espero que no le ofenda que se lo diga.

Ella hace un gesto para indicar que no, no le ofende que le diga eso.

Al contrario, piensa, lo hubiera podido matar si no le dice nada, después de todo el trabajo que le costó verse «guapa pero discreta», para usar la expresión de Fausto.

—¿Y qué la trae por aquí?

—Nada especial —dice Sofía—. Estaba en Managua y se me ocurrió venir a conocer tu oficina.

Toma el bolso y saca un cigarrillo. Jerónimo le acerca su encendedor, preguntándose si será cierto lo que parece ser evidente. Pasado el desconcierto inicial que le produjo verla llegar con ese aire de conquista en los ojos, en la manera de mover las manos y cruzar las piernas, se siente como el protagonista de 8½ de Fellini, observando a Sofía lanzar el tejido de la seducción para cazarlo como insecto desprevenido. Entre sus muchas observaciones del sexo opuesto, no ha dejado de notar cómo afecta a las mujeres el hecho de sentirse atractivas. Hay una directa relación entre la ropa, el maquillaje, lo que ellas perciben de su aspecto físico y su manera de actuar. Basta que se sientan lindas para que brote en ellas sin represiones la materia invisible que seguramente han heredado de las arañas. Sonríe pensando que es lógico que ella lo haya escogido a él para probar el efecto de su ropa nueva. Es de esperar que quisiera probar suerte con una persona de ciudad. Le parecería el reto más adecuado a sus esfuerzos de ser una mujer sofisticada. No le ha durado mucho tiempo la pose, se dice, conservando la expresión de seriedad mientras Sofía habla de cosas de la hacienda. Ni quince minutos ha estado en la oficina y ya está mal sentada, olvidando que lleva faldas y que él puede ver perfectamente desde su sillón el tono rosado de sus calzones. Sofía habla de la finca, de la marcha de los proyectos, hundida en el velo de humo del cigarrillo que fuma con la intensidad de una novata.

—Te voy a invitar a una fiesta —le dice, y enciende otro cigarrillo, mientras empieza a contarle sus planes de «amansar» de una vez por todas al pueblo y hacer que la acepten ya como una mujer divorciada y, sobre todo, con dinero—. El romance de René —le dice—, ha sido providencial. No han podido decidir todavía si soy víctima o victimaria. Un día piensan una cosa, otro día, otra.

Jerónimo se levanta para abrir las paletas de vidrio de una de las persianas y dejar que salga el humo de la habitación. Desde atrás, puede adivinar el cuello liso que le hace pensar en las guillotinas y mirar la curva de la cadera sobre el asiento a través del vestido blanco. Tocándose el bigote retorna a su asiento.

—Espero no desentonar en la fiesta —bromea Jerónimo.

—¡Claro que no! —dice Sofía, y le pide un vaso de agua.

Jerónimo se levanta y se lo pide a la secretaria por el intercomunicador. Sofía mira la camisa blanca manga larga, los pantalones caqui bien planchados. Imagina a la esposa revisándole la ropa, los pliegues exactos del pantalón, despidiéndolo en la puerta con una bata de casa floreada.

Seguramente es la mujer de la foto. No es fea, pero tiene aire de mujer sufrida, como la mayoría de las esposas.

—¿Ésa es su esposa?

—Sí.

—¿Cómo se llama?

—Lucía.

—Se ve triste en esa foto. Cuidado, cualquier día de éstos le pone un edicto en el periódico —dice Sofía, maliciosa.

Jerónimo ríe, pasándose los dedos por el bigote, y dice que todo es posible.

—La vida está llena de sorpresas —dice.

Sofía sonríe asintiendo con la cabeza. Termina de tomar el agua, el vaso de agua que un poco antes llevara la secretaria, y luego, dando por cumplida su misión, se acomoda los zapatos, se levanta alisándose la falda y dice que bueno, ya se va, todavía tiene que hacer unos mandados más en Managua. Jerónimo la acompaña a la puerta, la ve salir caminando con la espalda recta sobre los altos tacones, mira divertido cómo le estorba la falda ceñida para subirse al *jeep*.

De regreso a la finca, Sofía va eufórica. Deja que el aire le revuelva el pelo y se acomoda en el asiento de delante apoyando los pies en el tubo bajo la guantera del vehículo. Ha sobreestimado a Jerónimo, lo que imaginara como una conquista difícil resultaría ser cosa de pocos días. Lo ha observado detenidamente. El color de su piel no le gusta, pero con el de ella se balancearía. El niño sería quizá moreno claro o de un blanco menos lechoso. Jerónimo tiene manos largas y delicadas. Eso está bien. Es alto y sus facciones son interesantes, una boca quizá un poco femenina, pero aceptable. Saldría bien la combinación. Hubo un momento en que imaginó sus manos desabrochándose el pantalón y sintió el aleteo de la excitación. Le hará bien hacer el amor de nuevo. El episodio con Samuel le había despertado los instintos y las inquietudes le daban hasta insomnio. Sería excitante hacer el amor con alguien que no fuera ni el pesado de René, que le caía encima todas las noches sin ninguna imaginación, ni el viejo hechicero que sólo le había alborotado el deseo.

—Vamos a invitarlos a todos.

—Y nadie va a dejar de venir —dice Fausto—. No creas que vas a poder probar nada. En este pueblo, apenas se dice fiesta, no hay quien no se apunte.

—Y el padre Pío.

—Ése quién sabe si viene.

—Ya le mandé plata para el techo de la escuela. Me hice la rogada, pero se la mandé.

—Los únicos que no vas a invitar son a René y Gertrudis, me imagino.

—No van a venir de todas formas. Así que nada importa invitarlos. Que vean que no soy una persona rencorosa.

La fiesta será en los patios de la casona. En los corredores se dispondrán mesas con manteles y centros florales. Sofía piensa también encargar un enorme queque.

—Pero si no es tu cumpleaños.

—No tengo cumpleaños.

—¿No te lo celebraban la fecha en que apareciste?

—Sí, pero ese día no es mi cumpleaños. Éste será un queque simbólico.

Lo importante es crear un ambiente para que a Jerónimo se le ponga roja la sangre de agua que tiene y muerda el cebo. Esa misma noche, con suerte, todo podrá quedar consumado. La fecha está escogida para coincidir con el día de su ovulación y la luna llena.

Encerrados en la oficina, Fausto y Sofía pasan el día haciendo listas de cosas que deben comprar y hablando por teléfono para conseguir la orquesta, las sillas, las mesas y cuanto deben alquilar. La fiesta será distinta a cuantas se han visto en el Diriá.

Jerónimo ha llegado dos veces más a la hacienda desde el día que ella estuvo en la oficina y ha dado muestras de tener buenas ideas. Mientras Sofía se inclinaba sobre la mesa para que él pudiera ver sus pechos dentro del escote del vestido, tuvo la idea de lanzar cohetes de luces, como se hacía en Managua para las grandes fiestas del gobierno; también fue a él a quien se le ocurrió contratar a la banda Tepehuani, reputada por ser capaz de hacer bailar hasta los muertos y de saber combinar boleros con música alegre de toda Centroamérica. Sólo cuando, pensando en voz alta, sugirió la idea de mostrar también una película, Fausto y Sofía se molestaron diciéndole que eso no se hacía ni en las fiestas de Managua.

—Precisamente —había dicho Jerónimo—. Si lo hicieran yo iría a todas las fiestas.

—En esta fiesta no vas a necesitar películas para entretenerte —había dicho Sofía, clavándole los ojos.

Sofía no ha informado a Fausto de sus intenciones, pero éste sospecha que algo importante trama ella y se siente dolido de no haber sido invitado a compartirlo. Sólo él sabe lo mucho que su vida gira ahora en torno a ella, a veces hasta siente que Sofía es su álter ego, su lado femenino. A través de ella, él ha podido vivir el gusto por las cosas pequeñas y cotidianas que tanto pesan en la vida de las mujeres y son tan menospreciadas por los hombres; por ella, él ha podido explayarse en sus predilecciones por adornos, flores y los decorados que hacen que las casas donde habita una mujer sean lugares propicios para la intimidad y para el desarrollo de una apreciación estética de la vida. Preocupados por los asuntos del «gran mundo», los hombres dejaban en manos de las mujeres la creación de los entornos de la vida íntima y, en éstos, ellas demostraban una superioridad que pocos estaban dispuestos a reconocer. Sabían tratar con seriedad las necesidades del cuerpo que los hombres menospreciaban; sabían preparar comidas nutritivas y a la vez darles el sabor y el aspecto que convirtieran el acto de comer en un rito refinado; conocían la importancia del sueño y las alcobas y de allí provenían los dormitorios perfumados, las sábanas cuidadosamente planchadas y limpias, la suavidad de las almohadas; y qué decir de la cuidadosa y bien pensada ubicación de los muebles en un hogar, los jarrones con flores, los adornos sobre las mesas. Hasta en aquel pueblo perdido, donde pocos se daban o sabían darse los lujos del refinamiento, a Fausto le sorprendía encontrar los detalles de la mano femenina en los pequeños y humildes jardines, lo oloroso de los pisos de tierra regados con frecuencia para que no se levantara el polvo, la cuidadosa acumulación de cacharros en las cocinas, el barro brillante de las tinajas. Pero lo que más fascinaba a Fausto eran las maquinaciones del alma femenina, el conocimiento profundo y aparentemente instintivo que tenían de la psiquis de los hombres, cómo sabían enardecerlos, apaciguarlos, enfurecerlos, y combinar adecuadamente dosis de sonrisas, seducciones o indiferencias para hacerlos entrar en contacto con sentimientos ante los cuales se volvían vulnerables como niños. Esto hacía que ellos las temieran y reaccionaran muchas veces con una violencia difícil de comprender para quien no conociera la batalla centenaria del macho contra todo lo que le recordara su pequeñez, su pasado de feto indefenso en el vientre de una mujer.

Fausto intuye que algo trama Sofía con Jerónimo. La ha visto desplegar pechos, brazos, ojos, pestañas e inteligencia alrededor del abogado. No se le ha escapado a él la relación que hay entre la aparición de Jerónimo y el nuevo aspecto de la mujer, ni ha podido dejar de sentir la intensidad con que en estas noches Sofía se tiende en la vaqueta y mira fijamente a las estrellas, como tampoco se le ha escapado la noción de que la fiesta es el centro de la telaraña. Pero Sofía se ha negado a hacerlo cómplice. Él ha tenido que resignarse a observar. Le da rabia y tristeza que ella lo aparte, cuando él ha sido siempre tan cuidadoso en darle consejos, como sería ahora si le diera la oportunidad.

De poca cosa que no sea la fiesta en El Encanto se habla en estos días en el Diriá. A la salida de la iglesia se forman corros de mujeres que comentan sobre las camionetas de acarreo que han visto entrar a la hacienda con sus cargamentos de sillas de alquiler, las que han entrado con cerdos blancos y gordos gruñendo amontonados; las cuadrillas de mozos que se ven desde la carretera podando las ramas bajas de los árboles. En el parque donde la estatua del prócer vigila las bancas pintadas de colores y los setos de plantas de hojas grandes moradas con pintas amarillas, los hombres que se lustran los zapatos conversan sobre lo mismo. Sofía ha invitado a las familias prominentes, pero también a Julián, el alfarero, a Luis, el canastero, a Fermín, quien es ahora dueño de la agencia repartidora de periódicos, a Lastenia, a la Nidia, la Verónica, el alcalde y hasta a Patrocinio y Crescencio.

—A mí me dijeron que la Patrocinio piensa ir y llevar una botella de agua bendita en la cartera para regársela en la casa a Sofía.

—Hasta a la Gertrudis y René invitó la muy bandida.

—Pero ésos no van a ir. Se van a Managua a otra fiesta.

—Eso dicen ellos. Yo creo que se van para no estar aquí.

—René debe andar furioso.

Los niños lustrabotas trabajan afanosamente en dar brillo a los zapatos, mientras los hombres con los zapatos lustrados hacen círculo alrededor de los que están en los banquillos con la pierna extendida mirando el betún hacer su labor y el cepillo de los niños frotar vigorosamente la superficie de los calzados.

Las mujeres salen de misa de cinco y Engracia pasa caminando deprisa por el parque junto a los hombres que se lustran los zapatos y las mujeres que bajan lentas las gradas de la escuela frente a la iglesia y se van quedando rezagadas para hablar de la fiesta.

CAPÍTULO XXVI

Sofía está nerviosa. Por la noche tiene pesadillas, despierta a las dos de la mañana y no puede volver a dormir hasta que dan las cinco y cantan los primeros gallos en el patio. En el insomnio, siente el fantasma de la Eulalia paseándose por el cuarto. La mira sentada a los pies de su cama, hablándole advertencias, mordiéndose las uñas como cuando estaba inquieta. Cierra los ojos para no verla.

No bien dan las siete, Sofía abre el mosquitero de encajes, se levanta y va al baño a mirarse la cara en el espejo. Qué mal día para tener otra vez aquel maldito insomnio. Justo la noche antes de la fiesta, justo cuando necesitaba dormir bien para amanecer fresca y con la piel descansada. Pero no le hacen mal las ojeras, se dice viendo su reflejo. Además, ahora tiene la barrita de maquillaje blanco que borra todo. Se amarra el pelo, se pone sus pantalones de trabajo y sale al corredor a desayunar y a dar órdenes.

Doña Carmen, Engracia y Fausto ya están en función desde temprano en la mañana. Fausto tiene pegado el pelo a la cabeza, señal de que durmió con la redecilla que

186

se pone la noche antes de las grandes ocasiones. En la tarde se arreglará el peinado, pero por ahora no se cepilla el cabello para no estropear el efecto.

Teresa, la esposa de José, el mandador, al frente de un grupo de jovencitas, saca el polvo de las ventanas y limpia vidrios con papel de periódico. En la cocina, Petrona mueve los peroles donde se cocinan grandes cantidades de arroz y se cuecen verduras y plátanos.

En los patios, armadas de escobas, otras mujeres barren las hojas secas y mozos afanados cuelgan los alambres con ristras de bujías para la iluminación; los carpinteros clavan la tarima donde se situará la orquesta, y en el patio de secar café, el mismo donde Sofía celebró su fiesta de bachillerato y conoció a René, un grupo de muchachas armadas de mangueras, lavan el piso.

Sofía va de un lugar a otro, revisando que cada cual haga bien su trabajo. Ha planeado las cosas de tal manera que se eviten los corre-corres desesperados el propio día de la fiesta. No quiere estar agotada cuando lleguen los invitados.

De Diriomo llegan las encargadas de los postres con sus bateas repletas de cajetas de zapoyol, leche, coco, manjar y piñonates. A lo lejos se oyen los graznidos de los chanchos degollados por las ágiles manos de los matarifes. Otro grupo de cocineras se encargará de las morcillas y los chorizos. Doña Carmen con Fausto se encargan de llenar de flores los tiestos de barro que servirán de centros de mesa.

Sofía dispone el acomodo de las mesas, los manteles y el bar.

A las cinco de la tarde la hacienda está ya lista para recibir a los invitados y los cerdos empiezan a asarse en los fogones.

Las mujeres mayores se retiran a cambiarse de ropa y lo mismo hacen Fausto y Sofía.

—Hoy no me vas a ayudar —dice Sofía—. Me voy a arreglar sola.

A solas en su habitación, Sofía saca el vestido rojo y saca la ropa interior nueva también roja. Fausto le había dicho que era de mal gusto el menudo calzón y el brassiere rojos, pero a ella le parece que por alguna razón éste es el color con que se excita a los toros; si sirve para los toros, funcionará para los hombres. En el baño se cubre de la abundante espuma del jabón de olor, comprado especial para la ocasión, y se afeita cuidadosamente las axilas, las piernas y el vello del pubis para que forme un triángulo perfecto en el menudo bikini. Luego se lava la cabeza y, una vez que termina el baño, se cepilla los dientes hasta que la menta le hace cosquillas en la boca.

El brassiere tiene varillas de media luna debajo de los pechos para alzarlos y hacer que se junten en el centro. Sofía se lo pone y se aplica perfume en la línea del medio. El bikini le queda bien, piensa, girándose para verse el trasero y las piernas lisas. Si Jerónimo no reacciona, habrá que sospechar de él. Como toque final se pone el vestido rojo ajustado como guante a su cuerpo y que deja ver sus hombros desnudos, la parte superior de sus pechos y sus piernas. Viéndose en el espejo piensa que luce imponente, sensual y devastadora. No habrá manera que Jerónimo resista el llamado de la carne.

El efecto de su indumentaria lo nota Sofía desde que llegan los primeros invitados. Los hombres la piropean y las mujeres la quedan viendo con una mezcla de envidia y reprobación.

Jerónimo la ve no bien baja del carro. Sería visible, piensa, a millas de distancia con su atuendo de duende del Mombacho, «mujer fatal», linterna china. Sofía lo recibe obsequiosa y lo lleva a presentar al alcalde, el cura y las personalidades del pueblo que, con vasos plásticos en la mano, departen un poco apartados del ruido general, marcando su condición de personas importantes y notables. Al lado de Jerónimo en el círculo, ella sigue el progreso de la fiesta; los patios de la hacienda están colmados de sombreros tejanos, botas altas de cuero repujado, vestidos satinados o de telas brillantes, imitaciones de seda venidas de Corea, encajes rosa encendido, faldas largas y hasta mujeres con guantes y diademas de reina. Cada cual se ha engalanado a más no poder para aquel acontecimiento y exhibe, andando de aquí para allá, medias de nylon, zapatos nuevos, camisas blancas a rayas o de popelina encendidas. Bajo las bujías que dan a los árboles de mango de la hacienda un aspecto majestuoso, la concurrencia luce colorida y alegre. Fausto, vestido de lino blanco, va de un grupo a otro, solícito; los meseros del Hotel Intercontinental venidos de Managua y acostumbrados a atender fiestas de alta sociedad sonríen sin poder evitar sentirse superiores ante aquella aglomeración pueblerina de modas extravagantes y de mujeres que han sacado de sus armarios hasta los sombreros con que han asistido a bodas y fiestas de quince años.

La orquesta, la famosa banda Tepehuani, habituada a tocar música en refugios bohemios de Managua, revisa su repertorio de canciones de protesta y se decide por entonar viejos pasodobles y corridos, que la concurrencia celebra, acercándoseles y mencionando nombres de rancheras y cumbias conocidas con las que quisieran ser complacidos. Mañana el pueblo entero criticará el boato y lujo «asiático» de la fiesta, el breve vestido ceñido y el escote de Sofía, pero en ese momento todos disfrutan el sentido de su propia importancia, los bocadillos en las bandejas plateadas con los pinchos adornados por colochos de celofán celeste y rojo, tan laboriosos y que, sin embargo, se desechan no bien uno se come la bolita de carne o el camarón empanado. Sofía revisa mentalmente la lista de invitados y comprueba que a excepción de Patrocinio y Crescencio, Gertrudis y René, todo el que se invitó, incluyendo al padre Pío, está allí disfrutando, comiendo con gran apetito los entremeses, tomando ron y el ponche rosado con frutas que ha parecido de lo más delicado y exquisito a las mujeres, en quienes el licor o la borrachera están muy mal vistos en el pueblo. Las conversaciones empiezan a dar paso a las parejas que se dirigen al patio de secar café para bailar, no bien la banda Tepehuani ataca los ritmos de merengues, la famosa canción *Juana la cubana* que ha batido los récords de popularidad y lleva ya varios años en el *hit parade* de las radios. Jerónimo habla con el padre Pío sobre las obras de la iglesia; el cura se ha aferrado a él relatándole pormenores de su lucha cotidiana contra la ignorancia y las supersticiones del Diriá, donde las curanderas tienen más aceptación que los héroes del santoral católico y donde los pocos casos de cáncer se curan con sangre de burro y la mayoría de los viejos rehúsan ver médicos y mueren con hojas de palo de hule sobre el corazón, atendiendo a las facultades que tiene el caucho para «pegar» la vida al pecho infartado. Jerónimo logra gracias a Fausto escapar del cura, se aparta a un lado acercándose a la mesa donde está instalado el bar, para poder desde allí observar la fiesta.

—Por fin te libraste del padre Pío —le dice ella, cuando ha logrado atravesar el lento camino hacia el bar.

—Interesante, el viejo —responde Jerónimo—. Me

dio una charla sobre remedios caseros... ¡Gran éxito, la fiesta!

Sí, dice Sofía, gran éxito, la fiesta, ha llegado la mayoría de los invitados, hasta los finqueros ricos que han jurado arruinarla están allí emborrachándose, los huéspedes han comido y bebido, se han mirado los unos a los otros, han recorrido la casa y han hecho fila para entrar al baño y ver el bidé; también la gente más amiga se está divirtiendo; Fermín, el del periódico, Samuel, doña Carmen, Fausto... Y ya dentro de poco empezarían los fuegos artificiales. José ha ido a llamar a los mozos para prender la mecha de los cohetes de luces, y la banda Tepehuani toca que es una maravilla y por qué no la saca a bailar, le dice, no cree que él no pueda bailar un bolero.

Mientras bailan, Jerónimo no quiere sucumbir, así que mira a las otras parejas abrazadas; los finqueros moviendo los brazos apretando a las muchachas; las casadas cerrando los ojos queriendo introducir al marido en el romanticismo del bolero mientras los maridos miran detrás del hombro de ellas a la mujer del prójimo que baila demasiado lejana e inaccesible.

La banda Tepehuani termina el bolero y sin transición toca en honor a Sofía el chachachá del vestido rojo, «estás insoportable con tu vestido rojo», dicen los cantantes, y los de la pista se voltean y ríen aplaudiendo algunos y Jerónimo trata de seguir con dignidad el movimiento de Sofía que baila y le dice «mira, Jerónimo, un dos tres, cha cha cha» y él piensa que en fin qué importa hacer el ridículo una vez en la vida. La música acaba y todos están de buen humor, riendo. Sofía se sopla con las manos, secándose el sudor con una servilleta de papel, toma del brazo a Jerónimo y le dice que le va a ir a enseñar lo hermosos que se ven los plantíos de rosas del negocio de flores bajo la luz de la luna.

Al poco rato explotan en el cielo las luces de los fuegos artificiales. Centellas rosas y verdes se abren al lado de racimos de luces blancas, fuentes de colores resplandecen efímeras en el cuenco oscuro de la noche y luego, transformadas en lluvia de luciérnagas ilusorias, caen en medio de la vegetación. Los invitados exhalan sonidos de admiración ante el espectáculo magnífico. A Engracia se le llenan los ojos de lágrimas porque siempre las cosas bellas le dan ganas de llorar. Lo más lindo era que todos en el pueblo podrían ver esto desde sus propias casas, compartirían también la fiesta. Seguro en esto había pensado la Sofía cuando inventó lo de los fuegos artificiales. Y pensar que todavía había gente que la malquería y le deseaba sólo males.

Alrededor de Engracia, las cabezas se alzan hacia los círculos de luz que se abren como paraguas cuando explotan los cohetes. Hay quienes piensan en dinero y hacen cálculos de cuánto habrá tenido que pagar la Sofía por aquella cantidad de pólvora; otros piensan que semejante despliegue es exagerado y que a nadie en su sano juicio se le ocurriría una cosa así; otros, que Sofía está demostrando cuánto le interesa ganarse la amistad de todos ellos, pero también hay quienes disfrutan como niños el surtidor de colores abierto en la noche y sonríen mientras en rápida sucesión se abren los círculos centelleantes.

Absorta está doña Carmen, sin hablar con nadie, mirando al cielo, recordando quién sabe qué cosas de su niñez, cuando de repente le da frío sin explicación. Baja los ojos y sólo entonces se da cuenta de que Sofía no está en el patio con sus invitados, encuentra la mirada de Fausto, y trata de descifrar lo que querrá decir la expresión de él, el movimiento de los hombros, la línea de los labios, el gesto misterioso y resignado.

Sofía ha visto las luces de colores. Jerónimo las ha visto reflejadas en sus ojos, mientras explotan los cohetes y él experimenta, como los toros, el efecto del rojo.

CAPÍTULO XXVII

Ahora es cuestión de esperar la luna, el final del mes, la siguiente fecha de la menstruación, se dice Sofía al día siguiente, mientras participa en el desmantelamiento del decorado de la fiesta y las cosas retornan de nuevo a la normalidad.

Jerónimo había salido bien de la prueba. No hacía el amor como Samuel. Tenía más prisa, pero su cuerpo era más compacto y sus pensamientos compensaban la fogosidad apresurada.

Es obvio que Fausto se ha dado cuenta de lo sucedido. La mira de medio lado y cuando ella le devuelve la mirada aparta los ojos como niño cogido en falta. Parece resentido y Sofía no puede evitar sentir ternura ante sus celos mal disimulados y la manera vigilante con que la observa, como si esperara que lo sucedido la noche anterior entre Jerónimo y ella se manifestara en sus ojos como en una pantalla de cine, o apareciera escrito en su piel.

—Ya está, Fausto. No me quedés viendo así. Relájate, que no me va a pasar nada —dice por fin Sofía, después de que terminaran de poner los muebles del corredor en su lugar habitual y los dos se han sentado a la mesa del comedor a tomar café.

—¿Vos sabés que Jerónimo es casado?

—Perfectamente.

—¿No te importa?

—En lo más mínimo. Y ya para que te estés tranquilo, te voy a decir que lo único que quiero es tener un hijo.

Fausto la queda viendo incrédulo y toma un gran sorbo de café como si se estuviera tomando un trago.

—¡Lo estás ocupando de semental al pobre hombre!

Sofía asiente con la cabeza.

Siempre ha pensado que ella, a pesar de su naturaleza un poco salvaje, es un ser racional. Jamás se le habría ocurrido que a Sofía se le estuvieran manifestando instintos maternales en este momento de su vida. Una vez más se equivocaba juzgando a las mujeres, cosa que le producía una terrible frustración. Sofía calla, tamborileando con los dedos sobre la mesa, mirando alternativamente la taza de café, el jardín y la cara de Fausto.

No está segura de haber quedado embarazada. Haría el amor con Jerónimo hasta cerciorarse y quizá unos meses más. Hacer el amor era sano para el cuerpo, daba energías y quitaba el insomnio. Cada vez que recuerda la noche anterior siente que algo se le contrae en medio de las piernas.

La sensación se le hace más intensa a medida que pasa el tiempo. Jerónimo y ella el día de la fiesta son ahora personajes que su mente le devuelve una y otra vez, en un relato que cada día se renueva con pequeños detalles que no habían aparecido en la memoria fresca de los primeros días. Pasada una semana de este juego de imágenes, Sofía empieza a dudar de sí misma, cuando se da cuenta de que la última vez que evocara aquel momento ella no tenía un vestido rojo en el recuerdo, sino un vestido negro. A Petrona no se le escapa el estado de ensoñación de la patrona. Ya varias veces la ha encontrado inmóvil en el jardín, inclinado el cuerpo en el gesto de quien riega, pero con la regadera ya vacía. Al tocarle el hombro, Sofía se ha agitado como si recién despertara de un sueño.

Fausto, por su parte, está preocupado. Pudo haber entendido en Sofía la frialdad con que había planeado la seducción de Jerónimo, pero le costaba entender ahora el estado ausente, de mujer enamorada, en que parecía haberse sumido repentinamente y sin previo aviso de unos días para acá; él estaba seguro de que hasta estaba perdiendo peso. Lo extraño por otro lado era que no mencionara más a Jerónimo, ni la posibilidad de volver a verlo, ni aun cuando él hubiese insinuado varias veces la necesidad de llamar al abogado para discutir asuntos de trabajo de la finca.

No quiere ver aún a Jerónimo, piensa Sofía. No entiende por qué siente la necesidad perentoria de repetir la experiencia cuando con Samuel no había sucedido nada semejante. Quizá sería porque el viejo había sido terminante en afirmar que no volvería a suceder y ella tampoco hubiera estado dispuesta a hacerlo. Aquello había sido una especie de embrujo de una noche. Lo de Jerónimo era diferente o simplemente lo que sucedía era que ya estaba embarazada. ¿Qué otra cosa si no podrían ser los cambios que estaba experimentando? Aquella obsesión por recordar el mínimo gesto con que Jerónimo le rozó el cuello mientras le quitaba la blusa, el olor que ella le sintió en el hombro, un olor a talco y a colonia que no se le quitaba de la nariz; por qué si no recordaría los sonidos de aquella noche tan perfectamente, los gemidos roncos de él, tan extraños, y que la habían hecho pensar que en cualquier momento Jerónimo se pondría a llorar y ¿qué haría ella con un hombre llorando mientras cogía? Seguramente su cuerpo estaba produciendo alguna hormona distinta, algo que le estaba ablandando los huesos para que el vientre pudiera crecer y acomodársele en el hueco de la barriga. ¿Qué otra cosa sino el alboroto de la vida podría estarle dando aquella sensación de andar flotando, de querer reír y al momento siguiente sentir ganas de llorar, sentirse sola y volver otra vez, obsesivamente, a recordar la fiesta, las luces de colores desparramadas en el cielo, el hombro de Jerónimo como un horizonte enmarcando el derroche de las luces?

CAPÍTULO XXVIII

Casi dos semanas han transcurrido desde la fiesta cuando Jerónimo regresa a la hacienda. Están en la oficina, Fausto habla de negocios y de vez en cuando se vuelve para pedir la aprobación de Sofía. Ella los ve hablar sin escuchar lo que dicen, hipnotizada por el movimiento de las manos de Jerónimo, sus dedos cuadrados con las uñas cortas y limpias. Jerónimo de vez en cuando encuentra la mirada de Sofía y sonríe tratando de que ella se sienta cómoda. Quizá, piensa, estará arrepentida por lo que sucedió, lo cierto es que lo está poniendo nervioso con aquella actitud ausente y la manera un poco demente de verle las manos.

—¿Estás oyendo, Sofía? —pregunta Fausto exasperado—. ¡Parece que estuvieras en la luna!

—No te alteres —responde ella, volviendo en sí—. Me distraje pero no es el fin del mundo. —Y le hace un guiño a Jerónimo.

Tendría que hacer el amor otra vez, se dice Sofía, aun si ya estaba embarazada. Jerónimo lo haría de nuevo. Estaba segura. Fausto mira alternativamente a Sofía y a Jerónimo, está incómodo, tenso, hay algo que no le gusta en todo esto. Es como si los dos estuvieran calculando. Al menos Sofía ha perdido momentáneamente su aire distraído de los últimos días. Le brillan los ojos como si tuviera fiebre. Le da un poco de miedo.

Desde la noche de la fiesta, Jerónimo ha recordado el incidente varias veces con gusto. Hacía meses que no ocupaba ningún tiempo en pensar en los placeres de la carne. Desde que estaba casado había tenido unas cuantas aventuras, pero últimamente, con los cuentos del sida y los posibles horrores de hacer el amor con desconocidas, se había limitado a seducir de vez en cuando a su mujer. Pero no era lo mismo.

Sofía tenía un sabor especial.

Terminan de hablar de los permisos que Jerónimo debe tramitar para exportar cacao a Costa Rica. Sofía se levanta para acompañarlo hasta el carro y poder descansar de la mirada inquisidora de Fausto.

Caminan en silencio. Parecemos tontos, piensa Sofía, mirando a su alrededor. Está atardeciendo y las siluetas de las palmeras se dibujan negras contra el rojo del cielo.

—¿No querés llevarme a ver el atardecer al mirador de Catarina? —le pregunta a Jerónimo.

—Vamos —le dice él.

Catarina es un pueblo vecino de calles empedradas. El automóvil de Jerónimo sube con alguna dificultad hasta el muro con bancas de parque construido por algún alcalde progresista. Desde allí se ve inmensa la laguna de Apoyo. Hay una verja que se abre sobre un semicírculo engramado donde algunos niños recogen sus útiles de *baseball* para regresar a sus casas.

Sofía conoce bien aquel lugar. Es una réplica casi idéntica del sitio donde ella se encontró vagando la noche que salió detrás de su madre, el que se le aparece en sueños a menudo, sueños con neblinas en que está sola y de los que despierta llorando. De este mirador la laguna se ve más cercana, un cráter de agua, y al fondo el perfil de la ciudad de Granada y el Gran Lago.

Sofía y Jerónimo se sientan sobre la grama. No hablan mucho. Sofía le cuenta del otro mirador y de pronto, sin más preámbulos, le dice que hagan el amor, que por qué no se esconden entre los árboles allá abajo donde la ladera desciende. A Jerónimo no le da tiempo de pensar. El ímpetu de Sofía seduce su irreverente personalidad. No les toma mucho encontrar un claro oculto entre troncos de árboles y macizos de vegetación. Esta vez todo el procedimiento le parece más lento y suave a Sofía. Cierra los ojos y deja que su cuerpo sienta y absorba los movimientos de Jerónimo. Apenas ha terminado el rito cuando ambos escuchan las risas sofocadas. Jerónimo se inclina, toma la ropa y poniéndose la camisa en la cintura se levanta y abre la vegetación a tiempo para ver a dos niños corriendo ladera arriba muertos de risa.

—La muy desvergonzada —dice Patrocinio, dando a conocer la noticia a todo el que se acerca a la cantina—, haciendo sus cochinadas en el mirador, a la vista y paciencia de todo el mundo. Una puta es lo que es esa bruja. Siempre lo he dicho pero no me han querido agarrar en serio. Una vergüenza es para este pueblo que ya ni los niños estén a salvo de semejantes escándalos.

—No lo creo —dice Engracia—. Nadie me va a convencer de que ese cuento es cierto.

—Pero es que los niños dicen que la vieron, doñita —insiste Teresa, la esposa del mandador de El Encanto—. Dicen que el señor Jerónimo se amarró una camisa y salió detrás de ellos furioso, mientras la Sofía se reía como loca... Yo la vi también una noche perderse en el monte con Samuel...

—No me vengás vos también con esos cuentos. Samuel es un viejo. Ya me está cansando la maldad de la gente. Ni agradecieron los fuegos artificiales del día de la fiesta, no agradecieron ni que la Sofía los invitó, la comilona que se dieron, los tragos... ¡Nada agradecen, al contrario, apenas pueden inventar alguna calumnia, allá van! ¡Mal agradecidos! No te pongás vos igual que ellos. Acordate que es tu patrona.

—Vieras qué señora más testaruda —le cuenta Teresa a Petrona, obviando repetir lo de Samuel—. No me quiso creer. Pero lo cierto es que las madres le llevaron los niños al padre Pío para que los confesara, para que se lo dijeran bajo secreto de confesión y que él viera que no estaban mintiendo. Se ha armado un gran escándalo. Le deberías decir a doña Sofía que no se aparezca por el pueblo.

—¡Muchacha más atrevida! —exclama Samuel frente a doña Carmen, con una media sonrisa—. Pero es que tiene la sangre caliente. Ojalá no le agarre la locura y se vaya a enjaranar.

—Está en su destino —le responde doña Carmen—. Nada podemos hacer nosotros.

—Por lo menos algún contraconjuro contra las malas lenguas se podrá hacer...

—Ya sabés vos que en este pueblo no hay contraconjuro que valga.

—Bien hice en divorciarme de esa ingrata —se jacta René.

—Ya se te olvidó lo furioso que te pusiste cuando te pidió el divorcio —le corrige Gertrudis—. A mí me da pesar todo lo que le está pasando. Después de la fiesta también corrieron rumores de que había desaparecido con el abogado entre los cafetales a la hora de los fuegos artificiales, igual que una noche dicen que lo hizo con el brujo Samuel. Toda la gente que fue a la fiesta terminó hablando mal de ella, que si porque gastó mucho, que si el lujo, la ostentación, el vestido de cabaretera que andaba... Me da pesar.

—Vos sos demasiado buena —le dice René, sonriendo beatíficamente, mirándola mientras Gertrudis borda los encajes de los manteles que usarán el día de la boda.

—Lo que me alegra es que ya por lo menos nos dejaron en paz a nosotros. Ya no andan hablando de que vos seguís enamorado de ella. Yo tenía razón al pedirte que fijáramos la fecha de la boda.

—Siempre tenés razón vos, mamita, aunque no me vas a negar que yo también tenía razón en pedirte que no esperáramos a casarnos para ciertas cosas.

René se le acerca y le acaricia uno de los pechos.

—Tenías razón —responde Gertrudis, con una media sonrisa.

—¡Cómo se te fue a ocurrir hacerlo en el mirador!

Fausto lo dice sin reproche, más bien admirado de su temeridad mientras se mece en la silla de alto respaldo al lado del patio interior. A su lado, en una silla gemela, Sofía toma un enorme vaso de jugo de tamarindo.

—El problema no fue el lugar, sino esos niñitos imbéciles.

—Normales, diría yo. Imbéciles habrían sido si no se asomaran a verlos.

—Pues fue una mala suerte. Pésima. ¡Lo que menos necesitaba yo es que todo el pueblo se diera cuenta!

—Por lo menos van a saber, si quedas embarazada, que el niño es de Jerónimo y no el Anticristo. ¡Ya no van a poder decir que el diablo bajó a preñarte de noche!

Sofía opta por no dejarse ver en el pueblo hasta que se les pase la novedad del suceso. Para ver a Jerónimo va a

Managua y allí explora con él moteles, hoteles y una noche hace el amor con cervezas en la playa de la laguna de Xiloá. Jerónimo y ella hablan poco. Saben para qué se encuentran y él parece satisfecho con que ella le hable del registro de nuevas sensaciones que su cuerpo produce. Sonríe oyéndola describir orgasmos y estremecimientos. Mientras más hace ella el amor, más se envalentona. Cada día se lo pasa inventando nuevos lugares, nuevas formas y posiciones. No le pone escrúpulos al placer. Está determinada a beber hasta la saciedad su aventura clandestina; probar lo más normal y lo más prohibido. Desafía los retos de Jerónimo sin dar síntomas de sorpresa, sin cansancio o hastío, a pesar de que a veces piensa que Jerónimo quiere asustarla, o que se protege de quién sabe qué.

No importa, piensa Sofía, ya ella está embarazada; unas semanas más y de todas formas no podrían seguirse viendo, él se daría cuenta y ella no quiere que él se dé cuenta.

Los días que no puede ver a Jerónimo se queda en la hacienda. Se levanta temprano y va al campo a ver los siembros, ocupándose de deshierbar las rosas y de probar semillas de otras flores exóticas. Tocando la tierra siente que toca a Jerónimo; la tierra es una materia viva; huele, se enloda, se cubre de polvo o se esponja placenteramente, también se endurece como el pene de Jerónimo cuando ella lo toca. La tierra le hace sentirse poderosa cual si su cuerpo fuera el eje del péndulo que la hace rotar.

—Pronto vamos a tener que despedir a Jerónimo —le anuncia a Fausto—. En un mes más se me va a notar la barriga.

Por la noche, Sofía siente el impulso de quitarse la ropa cuando sale a tenderse bajo las estrellas en su ritual nocturno. Ha dejado transcurrir varias semanas antes de dar absoluto crédito a las noticias de su cuerpo. Ha sido un lento proceso de autoconvencimiento, de temer encontrar la mancha roja en la ropa interior como le había sucedido el primer mes cuando estuvo tan segura de haber concebido. Para evitar otra desilusión se refugió en la incredulidad y sólo ahora empieza a permitirse la certeza. Quiere que su hija —porque está segura que hija será— mire la luz de las estrellas; quiere que las auras de la noche penetren en sus poros y alcancen aquel comienzo de vida inconsciente y frágil.

El aire fresco sopla sobre su figura desnuda sobre el cuero, produciéndole escalofríos, pero Sofía no cierra los brazos sobre su pecho para protegerse, los mantiene abiertos soportando la leve tortura del viento nocturno. Con los ojos cerrados, trata de pensar en imágenes de calor, el sol, la playa. Jerónimo aparece como una interferencia, como la imagen blanca de luz que se inserta en la retina e insiste en no desaparecer.

CAPÍTULO XXIX

Teresa no puede creer lo que ven sus ojos. Al día siguiente se lo cuenta a Petrona, quien la escucha sin dejar de mover el arroz en la paila. Sofía salió desnuda anoche al patio, le dice. Ella la vio con los mismos ojos que se comerían los gusanos cuando muriera. La vio salir, poner la vaqueta en el suelo, quitarse la ropa y acostarse bajo la noche y las estrellas. Se estaba volviendo loca la patrona. Ahora sí que estaba hechizada. Ella podía aceptar que con Samuel no hubiera pasado nada, que fueran puras elucubraciones suyas, pero esto ya era más que raro.

—Pero ¿vos estás segura de lo que estás diciendo? ¿No verías sombras? ¿Cómo podés estar tan segura si era de noche?

—Te digo que estoy segura. Había luna. La vi perfectamente.

Petrona se persigna y echa agua en el arroz. Algo raro está pasando, dice. En lo que tiene de conocer a Sofía nunca la ha visto como en las últimas semanas. Se ha puesto extraña, arisca. Le da indicaciones que luego olvida.

—Me ha hecho que le cambie la ropa de cama tres veces en una semana y quién sabe dónde se mete cuando va a Managua. El otro día la ropa estaba llena de arena del mar.

—Seguro anda con el hombre ese. Dicen que es casado, pero a ella parece no importarle.

—¡A quién le importa, Teresa! Desde cuándo ha sido semejante escándalo en este pueblo andar con un hombre casado. Lo que pasa es que el todo mundo anda buscando qué grandes culpas echarle a la niña Sofía.

Petrona tapa el arroz y se pone a cortar verduras. Por muy rara que estuviera Sofía, ella no iba a dejar que la anduvieran manoseando con tantas habladurías. Pura envidia era. La envidiaban porque era joven, bonita, rica y porque no había aceptado la mala vida que le daba el marido. Envidia era. Bien que a muchas les encantaría dejar a los hombres y echarse no uno sino varios amantes, lo que pasa es que son cobardes, piensa, y el coraje de su patrona les saca ronchas.

Gertrudis no podrá casarse con el clásico vestido de novia porque la ceremonia será ante un juez y no en la iglesia. Según las leyes eclesiásticas, René es el esposo de Sofía «hasta que la muerte los separe». Gertrudis tampoco ha querido que la fiesta sea en la casa de su familia, ya que a la tía vieja no hay quien la convenza de que la sobrina no está cometiendo pecado al aceptar vivir con un hombre sin casarse ante Dios. La celebración se hará en la finca de René. Los preparativos de la boda son ocasión propicia para ventilar cuanto rumor circula acerca de Sofía, el centro de los escándalos. El episodio de los niños se repite incesantemente y cada vez surgen nuevos y más explícitos detalles. A esto se ha agregado, además, el relato de Teresa sobre el nudismo nocturno de Sofía, el paseo a media noche con Samuel e insistentes rumores de que la gitana está embarazada.

El círculo de mujeres está reunido en el corredor de la finca de René la semana antes de la boda, ayudando a Gertrudis a preparar los recuerdos de la ceremonia. Hay una mesa en el centro con las canastas de dulces, los redondeles de tul y las cintas blancas con minúsculas tarjetas con los nombres «René y Gertrudis» entrelazados en letras doradas. Las manos trabajan afanosas y las bocas no paran de hablar.

—Seguro que está embarazada. Yo vi los sapos muertos en los alrededores de El Encanto —sostiene una vieja vestida de negro mientras ata confites blancos en una bolsita de tul, refiriéndose a la creencia de que el orín de las mujeres embarazadas es incompatible con la sangre de los sapos.

—A mí me parece que eso de dejarse ver con el abogado es una pantalla de la gitana para hacernos creer que fue él quien la preñó y no el demonio —dice Patrocinio, que insiste en su vieja advertencia del advenimiento del Anticristo.

—Pues yo no creo eso —se atreve a intervenir Gertrudis—. Si está embarazada, será del abogado.

—No quedó embarazada de René en ocho años y va a quedar embarazada del abogado en un dos por tres... —agrega otra mujer enjuta y de nariz larga y afilada.

Gertrudis se contiene para no revelar el secreto de las píldoras anticonceptivas. El secreto se le ha vuelto una pesada carga, pero ni a René le puede confiar la verdad sin quedar ella en evidencia como cómplice culpable del asunto.

—Lo que yo no sé —interviene Patrocinio— es hasta cuándo vamos a tolerar todas estas barbaridades. Somos una comunidad cristiana, decente. No hay derecho de que alguien crea que porque tiene reales puede jugar con la decencia de todos. No sé hasta cuándo vamos a permitir que esa mujer nos falte al respeto y nos corrompa a la juventud con su mal ejemplo. Deberíamos sacarla del pueblo, el padre Pío la debería excomulgar... ¡Algo tenemos que hacer!

Se hace un silencio incómodo. Nadie de las que están allí se siente con el poder de echar a Sofía, a ninguna se le había ocurrido hacer nada más que hablar. Gertrudis mueve la cabeza. Para ella, Sofía es tan sólo una mujer. No le atribuye poderes mágicos y se siente lejana de aquel concilio de cazadoras de brujas. Sin embargo, sabe que la razón no funciona con ellas, demasiado tiempo se han pasado creyendo en supersticiones, ven el mundo desde la óptica mágica de la ignorancia.

—Nada vamos a ganar —dice Gertrudis—. Cada cual tiene derecho a vivir su vida.

—Pero no tiene derecho a no dejárnosla vivir a nosotros —argumenta resuelta Patrocinio—. Vos le tenés cariño porque era tu amiga, pero una cosa es cuando uno es niño y otra cuando ya se es adulto. Para mí que por lo menos hay que hacerle sentir que nosotros no queremos más escándalo. Y hay que vigilarla, además, no vaya a ser, si está embarazada, que ese niño tenga al demonio de padre.

Las mujeres se miran entre sí, entendiéndose. Gertrudis no es una de ellas. El cariño que le tiene a la Sofía, a pesar de todo, le nubla la visión. No contarán con ella pero Patrocinio tiene razón. Tendrán que pensar en un castigo para la gitana. Las cosas no deberían quedar así, como que no hubiera pasado nada.

—Ya se terminaron los confites —anuncia una de ellas señalando la canasta vacía.

En su casa, Xintal siente que el aire que sube de los

pueblos se está poniendo espeso. Las malas auras ponen pesada la atmósfera y doblan las hojas de las plantas. Tanto tiempo de estar en el mundo y todavía siguen sucediendo las mismas cosas, se dice mientras selecciona frascos en su anaquel de alquimista. En la pared, oculto detrás de varios trapos hay un frasco azul. Meses le ha tomado preparar la sustancia, meses de tentar a los pájaros azules para que se acerquen y poderles quitar algunas plumas, meses buscando raíces de mandrágora, recogiendo humedad en la madrugada, alas de mariposa, polen, esporas volátiles de árboles migrantes, y aun con todos los ingredientes el efecto no puede asegurarse.

Los filtros para contrarrestar las pasiones inexplicables no contienen ningún desperdicio, nada que se pudra o que proceda de la descomposición que acompaña el fin de la vida. Se requiere, por el contrario, que contengan esencias vitales, símbolos de rebeldía, elementos del aire. Sólo el contacto con la vida y la belleza en su más pura forma puede disminuir el brillo de espejismo de las pasiones que se filtran por las hendiduras de infancias torcidas. El problema fundamental es que las pasiones pueden jugar el efecto de espejo y desviar todas las premoniciones. Nada es estático en el Universo, ni siquiera el destino.

Los seres humanos a los que nunca les hierve la sangre son fáciles de predecir, la línea no tiene posibilidad de alterarse; pero en el caso de Sofía, hasta la poza de aguas calientes muestra imágenes contradictorias. Un día la ve feliz, al día siguiente, desgraciada. Hay dos destinos que se atraen y rechazan. Existe la gravedad de la espiral aparentemente inconmovible, la línea circular de la que hablara Eulalia, buscando repetir el ciclo, pero por algún temblor del tiempo hay un trazo de vida inacabado, un hueco por el que Sofía podría escapar de la repetición innumerable. Por eso ella le insiste a doña Carmen que no todo lo que le sucederá a Sofía «está en su destino». Si la conjunción adecuada se produce, Sofía podrá romper el círculo y no repetir mitos prefabricados. Pero hay tantas variables posibles, tanta circunstancia aparentemente irrelevante. ¿Quién puede saber si la decisión más intrascendente, un instante, puede significar la diferencia entre la vida y la muerte? A través de su existencia interminable, piensa Xintal, ¿cuántas veces lo decisivo no fue sino el encuentro de aparentes casualidades?

Hace mucho que Sofía no llega a visitarla. Cuando recién había regresado a El Encanto, solía aparecerse algunas tardes a caballo y quedarse con ella hasta bien entrada la noche. Pero últimamente las prisas de la vida la habían alejado. No buscaría, ni pensaría en la sabiduría hasta que no se lo impusiera el sufrimiento o la necesidad de sobrevivir sin matar parte de sí misma. Esto lo sabía Xintal porque era una regla antigua del comportamiento humano. Ahora Sofía estaba embarazada y crearía una crisálida a su alrededor. Se convertiría en mariposa si lograba mirarse por dentro, si llegaba a entender la fuerza que conducía su destino, si la pasión lograba que la línea chocara contra el espejo y se bifurcara.

La sustancia azul en el frasco brilla cuando Xintal la mira a través de la luz. Pronto estará listo el filtro que protegerá a Sofía hasta de sí misma. No hay certeza de que surta efecto, pero Xintal nunca ha dejado de tener esperanzas.

A las tres de la tarde, la iglesia está oscura. Las puertas están cerradas y, a diferencia de la temperatura exterior, en la nave del templo frente al altar mayor hace fresco. Las paredes anchas y el techo alto impiden que el calor penetre. El padre Pío se mueve despacio arreglando las miríadas de veladoras frente a la imagen de la Virgen. Está cansado. Siendo como es el pastor de almas del pueblo, a veces no sabe distinguir entre sus propios padecimientos y preocupaciones y las ajenas. Le abruma el peso de las insatisfacciones, las envidias, los pleitos conyugales y las disputas de negocios de sus feligreses. Le abruma que esperen siempre de él la palabra justa, el consejo adecuado. En el día responde ante su grey, pero en la noche y en sus momentos de soledad debe responder ante un Dios que jamás se ha dignado hablarle para indicarle la manera de no equivocarse. En el transcurso de su vida ha aprendido aquello de que «de todo hay en la viña del Señor», pero su misión ha sido la de proteger los ojos y oídos de los ignorantes de un conocimiento que sólo serviría para confundirles el espíritu. Aun en aquel pequeño pueblo, hay historias insondables, episodios negros de la miseria humana, cuya carga explosiva él se encarga de desactivar para evitar quebrar la ilusión de armonía del conjunto. El escándalo ha sido siempre para él el peor de los pecados; es el pecado llevado a categoría de acontecimiento. Mientras las cosas quedaran en familia había esperanza, incluso, cuando, como era lo común, algo llegaba a oídos de los demás, él tenía suficiente influencia para que los rumores fueran muriendo como fuego sin leña. Se enorgullecía de su habilidad de mantener bajo férreo control los instintos caníbales que, está convencido, anidan en los seres humanos. Pero ¿qué podía hacer en el caso de Sofía? Hace años que Sofía dejó de confesarse. Se molestó con él porque le pidió detalles de su relación íntima con René. Quizá pensó que lo preguntaba por morbosidad, pero nada estaba más lejos de sus intenciones. A todas les preguntaba lo mismo. Sabía cómo hacían el amor cada una de las parejas del pueblo, cuántas veces lo hacían, los detalles íntimos. Hace años que el padre Pío ha perdido conciencia de lo morboso de su curiosidad y se ha convencido de que es necesaria para dar consejos espirituales. Después de todo, el cuerpo era responsable de todos los pecados y hasta la más beata de las mujeres, dadas las inclinaciones de la naturaleza femenina, era proclive a los peores pecados, de la carne. Ninguna mujer que él conociera era ajena a las tentaciones del sexto mandamiento. Parecía ser una maldición propia del sexo desde la primera Eva. Para controlar los desafueros de esta fuerza destructora, había que conocerla. Pero Sofía lo había malentendido. No se podía percatar ella del enorme sacrificio que representaba para él y sus debilidades humanas escuchar aquellas confesiones, sobre todo cuando era más joven y no podía contener sus deseos, teniendo que soportar sus propias impúdicas erecciones en el confesionario. Cuántas sesiones de flagelo tuvo que autoinfligirse para castigar la necesidad de descargue fisiológico a la que no podía resistirse después de tantas confesiones. Pero ella se había levantado del confesionario, lo había insultado como si él fuera un hombre y no un sacerdote y nunca más se había acercado al sacramento.

¡Y ahora resultaba este escándalo! Justamente se hubiera evitado —y era lo que él perseguía— si ella hubiera mantenido el hábito de la confesión.

Estaba seguro que él habría podido amainar los deseos malsanos que la llevaron al desenfreno de hacer el amor al descampado sin advertir los ojos infantiles viéndola cometer aquella ofensa. Los pobres niños habían perdido prematuramente la inocencia, ya nunca serían los mismos después de comer la manzana del conocimiento. Internos los había tenido en la parroquia una semana. Los había obligado a relatarle cuanto habían visto una y otra vez todos los días, para así hacer que se confundieran en sus propias historias y empezaran a dudar si realmente habían visto aquello o lo habían soñado. Una cura de caballo les había hecho, pero ni él mismo estaba convencido de que sirviera de mucho. Y el pueblo clamaba por un castigo ejemplar. El día anterior, Fernando, al frente de una delegación de hombres y mujeres del pueblo, lo había visitado pidiéndole la excomunión para Sofía. No es que ella comulgara, también había dejado de hacerlo, pero era un asunto de ejemplo, una cuestión moral. A él le pareció exagerada la reacción de la gente. Obviamente utilizaban aquel incidente para ventilar rencores y envidias cuya procedencia ni ellos mismos podían dilucidar. Les pidió tiempo para consultarlo con el Señor. El padre Pío alza los ojos hacia el enorme crucifijo que preside el altar mayor de la iglesia del Diriá. Cristo también parece agotado a la luz de las velas. Para Él, que tanto pecado veía a diario en el mundo, aquello debía parecer intrascendente.

«No —parecía decirle—, la excomunión es un poco exagerado, una amonestación sería suficiente.» Y claro que él condenaría el pecado, lo abordaría en sus sermones. Ya el domingo anterior dedicó la homilía a recordar el pecado de Eva, el pecado original. Ahora, cada vez que imaginaba a Eva la veía con la cara y hasta el cuerpo de Sofía. Sofía con el pelo largo hasta la cintura y las hojas de parra apenas cubriéndola. Miró el crucifijo otra vez, contento de estar allí en aquel lugar protegido, lejos del pecado.

—Si me llama doña Sofía, dígale que no estoy.

Jerónimo no se detiene para ver el gesto de su secretaria, entra a su oficina y saca del cartapacio un grueso legajo de papeles. Hace semanas que no trabaja.

No ha estado mal vivir aquel período de renovada adolescencia, de pasión desaforada y voluptuosa irresponsabilidad, pero ya va siendo hora de retornar al mundo de lo real; empieza a extrañar su rutina y a temer a Sofía. Se pregunta si ella no estaría un poco loca, si aquella conducta no tendrá rasgos de anormalidad patológica. No parecía haber más objeto en su desenfreno que el desenfreno mismo. «Nunca cesaremos de explorar y el fin de todas nuestras exploraciones será llegar al lugar de donde empezamos y conocerlo por primera vez», dijo Elliot. Algo así le sucedía a Sofía, exploraba para volver a empezar, para confirmar que el comienzo era diferente cada vez, que lo aparentemente conocido nunca volvía a ser igual.

Tenía que reconocer que los apetitos de Sofía le tentaban. Se sentía transportado a ritos antiguos, a la verdadera esencia del placer carnal en los tiempos anteriores al pecado y las represiones. No le importaría jugar el papel de catalizador si no desconfiara de su propia frialdad. Ya más de una vez se ha sorprendido mirándola dormir con un sentimiento de ternura que le causa un poco de ahogo en los pulmones. Él sí está corriendo el riesgo de enamorarse. Mejor detener aquella carrera, dosificar los encuentros, no tiene por qué renunciar a ellos, pero él debe poner el ritmo, simplemente porque es quien más arriesga en aquella relación. La verá una vez por semana, se promete, desviando su atención hacia el legajo de papeles que ha puesto sobre el escritorio y que ahora examina detenidamente preguntándose cómo ha hecho para soportar tanto tiempo el maldito lenguaje formal y rimbombante de los trámites legales.

Fausto entra agitado a la casa, enrojecido por el sol y la rabia. Sin golpear, abre la puerta de la oficina y se sienta frente a Sofía en el sofá al lado del escritorio.

—Alguien cortó más de tres kilómetros de cerco de la finca.

Sofía levanta la cabeza y lo mira sin comprender bien lo que él dice.

—Anoche debe haber sido —explica Fausto, tratando de recuperar el ritmo natural de su respiración—, y debe haber sido una cuadrilla de hombres quien lo hizo. Cortaron todos los alambres de púas del potrero. Ya mandé a los campistos a recuperar el ganado que se salió por allí. Parece que ahora sí nos han declarado la guerra.

—¿Guerra? ¿Quién nos va a declarar la guerra? ¿Por qué?

—La Santa Inquisición, mamita. No te quieren porque sos pecadora. Como el Señor no ha mandado a que un rayo te parta, ellos se van a encargar de que tu pecado no pase sin que pagués un buen precio. Dicen las malas lenguas que hasta fueron a pedir al padre Pío que te excomulgara.

Sofía echa la cabeza para atrás sobre el respaldo de la silla y mira a Fausto socarrona.

—¡No te puedo creer que sean tan hipócritas de haberse tomado tan en serio mi cogida campestre!

—Pues creémelo.

—Habrá que poner a los trabajadores a vigilar en la noche —dice Sofía, y se toca el vientre que empieza a abultarse—. Por lo menos hay que asegurar que nadie se acerque a la casa... Estoy segura que René y Fernando están metidos en esto.

—Seguramente... La boda de René y Gertrudis es la próxima semana. Creo que somos los únicos que no estamos invitados.

—Quizá tendremos que invitarnos solos.

—Ni se te ocurra. Sería como tirarse al agua entre las pirañas.

—O demostrarles que no les tenemos miedo.

Fausto se muerde las uñas. No le gusta nada el rumbo que están tomando los acontecimientos. Si se empiezan a meter con él tendrá que soportar el prejuicio cargado de burla contra sus inclinaciones sexuales a pesar del cuidado que ha tenido con la gente de los pueblos para no dar pie a que se le acuse siquiera de una mala mirada.

—No le des tanta importancia —dice Sofía—. No dejemos que nos pongan nerviosos porque eso es lo que quieren.

No ha terminado de decir esto cuando irrumpe en la habitación Petrona, visiblemente perturbada, llamándolos para que vayan a ver lo que amaneció escrito en el muro de la hacienda que linda con la carretera.

Sofía se levanta de mala gana. El embarazo la ha puesto perezosa, hay días que no quisiera ni levantarse de la cama, y tener ahora que pensar en esta «guerra» estúpida la pone de mal humor. Al contrario de Fausto, quien avanza con paso apresurado al lado de Petrona, Sofía camina remolona, incómoda, sintiendo la rabia empezar a formarle un pequeño remolino en el centro del estómago.

«Bruja, cochina», «Puerca», «Muera la puta y su chivo», «Mueran los cochones» son las palabras que a grandes letras negras ensucian la cal blanca del muro de la hacienda.

Petrona señala los letreros hablando sin parar contra los atrevidos, los salvajes que han osado insultarlos, es el colmo de la envidia y la ponzoña, vocifera, ¡nunca van a aprender los mal nacidos a respetar a los demás! ¡Como si fueran santos!

Sofía mira los letreros y siente un escalofrío que le sube por la espina dorsal. Si fuera por ella sola tomaría venganza al día siguiente, piensa; se encargaría de mancharles las casas a cuantos imaginaba tenían algo que ver con esto, pero ahora está embarazada y tiene que pensar en su hija, su hija que nacerá aquí y heredará las haciendas y lo que es de ella. No quiere que nadie la maldiga o invoque conjuros para que se le apague la vida dentro de su vientre. Los odios del Diriá pueden ser peligrosos. No entiende tanta animosidad a no ser que venga de parte de René, se resiste a pensar que todo el pueblo haya decidido aliarse para hostigarla tan sólo porque aquellos niños imbéciles los vieron a ella y Jerónimo hacer el amor en el monte. Era el colmo en aquellos pueblos famosos por escándalos y hasta crímenes pasionales que ahora todos hubieran decidido condenarla a ella. Le estaban pasando la cuenta, había dicho Fausto, por bruja, gitana y atrevida, pero ser bruja por allí no era nada extraordinario, el Diriá vivía de gente que llegaba a consultar curanderos y a conocer su fortuna en las aguas turbias que se sacaban de los hervideros de la laguna y ella no era profesional como doña Carmen o Samuel; tenía sus ritos personales que con nadie compartía y últimamente apenas si leía las cartas. La verdad es que la seguían considerando una extranjera, intrusa, hija de los «judíos errantes». Está cansada del peso de su ancestro. Hay días que no añora más que ser una persona normal y olvidarse de su pasado gitano. Se siente pesada y triste. El remolino de rabia se le disuelve en un malestar de asco y náusea. Fausto la mira quedarse quieta como una estatua frente al muro, le habla pero ella no lo escucha, la ve ponerse pálida y apenas tiene tiempo de correr hacia ella y ayudarle a no caer cuando Sofía se dobla y se pone a vomitar.

—Vamos a ir al casamiento de René y Gertrudis —dice Sofía a Fausto cuando al fin habla ya dentro de la casa, acostada en la cama, con un pañuelo de agua florida que

Petrona le ha puesto en la frente—. Vamos a ir a decirles que nos dejen en paz. Dale orden a los mozos de que le unten cal al muro, que limpien esos rótulos.

En la penumbra de su habitación hace fresco. Sofía se siente protegida bajo las sábanas. Son las dos de la tarde y fuera el sol cae rebotando luz y haciendo brotar vaho de la tierra. Desde hace tres días, cuando aparecieron las pintadas en el muro, empezó a tener achaques; la comida le da asco y sólo tolera cebadas, sopas livianas y refrescos. Petrona, afanada, inventa mezclas de vegetales y frutas licuadas que ella pueda tomar sin que se le impaciente el estómago. Casi todos los días los ha pasado en cama dormitando y releyendo viejos libros cuya trama ya conoce porque no quiere nada que le excite ni siquiera curiosidad.

La puerta se entreabre y una silueta extraña y puntiaguda se asoma y penetra en la habitación sin hacer ruido. Sofía no reconoce a Xintal hasta que ésta llega al lado de su cama.

—No me mandaste llamar, pero vine porque sé que me estás necesitando.

La vieja se sienta sobre el borde de la cama y le pone la mano fresca en la frente.

—¡Ah, Xintal, estos achaques me están matando! Tengo miedo de que sea un hechizo.

La vieja se levanta sin decir palabra, empieza a tocar la cama alrededor de Sofía, levanta las puntas del cobertor y se asoma debajo, luego recorre todo el cuarto mirando detrás de los muebles, en las esquinas, sin descuidar las vigas del techo. Al acercarse al espejo, saca el frasco con la sustancia azul que lleva escondido en el pecho, se moja un dedo y traza un círculo alrededor de la superficie.

—Te traje hojas de coludo y romero para poner en tus zapatos. Eso te protegerá cuando salgas de la casa. También le dije a la Petrona que te cueza agua con canela. Mañana y todos los días te bañás con esa agua porque es lo mejor para ahuyentar la envidia y las malas vibraciones.

—Lo que quiero es que me quiten estos achaques. Si sigo así no voy a poder ir a la boda de Gertrudis.

—¿Te invitaron?

—No. Pero quiero ir de todas maneras. Allí van a estar todos los que me quieren mal. Los voy a ir a amenazar con todos los poderes del infierno que ellos creen que tengo.

Sofía se inclina a tomar el vaso de agua de linaza que tiene al lado de la cama. Está pálida, ojerosa, y por la expresión de sus ojos Xintal sabe que tiene miedo. No debe hacer cosas irreflexivas de las que puede arrepentirse, le dice.

—Es que no entiendo. No entiendo. ¿Qué les he hecho yo? ¿Hasta cuándo voy a seguir siendo la «extraña», la «gitana»? ¡Maldita mi madre que me dejó tirada y sin poder ser ni una cosa, ni la otra! ¡Hasta cuándo me van a dejar de ver como animal raro! ¡Yo nunca les he hecho nada!

Sofía se pasa nerviosa la mano por el vientre que empieza a abultarse. Xintal siente una ola de antiguo instinto maternal contrayéndole el plexo solar. Detrás del fuego de Sofía, a veces ha vislumbrado esta niña temerosa y sola, que ahora se hunde en la cama tapándose con las sábanas como para protegerse de un mundo demasiado hostil e incomprensible, un mundo que no puede dominar a pesar de lo mucho que lo intenta.

—No te metás con ellos y te dejarán en paz.

—No puedo dejar de meterme con ellos si ellos se meten conmigo —responde Sofía inclinándose—. Ellos empezaron esto.

—Pero nada vas a ganar confrontándolos.

—No es un asunto de ganar. Es una cuestión de principios. No tienen ningún derecho de hostigarme. Venga de donde haya venido yo, ahora soy parte de este lugar y no tienen por qué hostigarme, ni tratarme como leprosa. —Se va sentando en la cama perdiendo la expresión de niña desvalida. Al poco rato ya es la misma Sofía de siempre.

Su mayor temor, dice, es no poder enfrentar a los que quieren hacerle daño, que su cuerpo no le responda y perderse la oportunidad de ir a la boda. Ella no puede dejar que esas alimañas piensen que pueden actuar impunemente. No es culpa de ella que crean en demonios y magia negra, y si ésa es la única manera de que la dejen en paz, habrá que darles un poco de su propia medicina.

—Vos me tenés que ayudar, Xintal. Dame algo que me quite estos achaques —dice Sofía, recostándose de nuevo sobre las almohadas, moviendo la cabeza de un lado al otro desesperada porque siente las oleadas de la náusea atropellándole los huesos y la determinación.

Xintal cierra los ojos y pasa su mano sobre el brazo de Sofía. La habitación huele a encierro, y a través de las hendijas en los postigos de la ventana se ve la claridad blanca de la luz en contraste con la penumbra interior. Las dos mujeres callan y se quedan quietas, la una tratando de calmar el estómago, la mayor pensando que no hay más cura para los achaques que la tranquilidad del espíritu; nada peor que la ansiedad para desatar los jugos ácidos del cuerpo.

—La vida nueva rechaza los pensamientos sombríos, Sofía. Lo que sentís es la vida de tu hija rechazando los malos humores. Si querés que se te quite la náusea, debes tranquilizarte y salir de esta habitación oscura y este sopor. Ella te está pidiendo sol —dice por fin Xintal, abriendo los ojos.

Sofía mueve de nuevo la cabeza en señal de impotencia. Su pelo ensortijado hace nudos sobre la almohada.

—Tengo demasiada rabia para ser feliz —dice Sofía.

—No vale la pena —responde Xintal—. Nadie de los
que te quieren hacer mal merece que vos sufrás por ellos.
¿No te das cuenta que eso pretenden? Tenés que sobreponerte, levantarte, bañarte con la canela y dar una camina-
da por la hacienda. Vas a ver que mañana te sentirás mejor. Ahora quiero que te sentés en la cama y te quités el
camisón.

—¿Qué me vas a hacer? —pregunta Sofía defensiva.

—Te voy a dar una protección.

Xintal saca el frasco que lleva contra su pecho y minuciosamente empieza a mojarse los dedos y pasarlos por
la espina dorsal de Sofía mientras musita palabras ininte-
ligibles.

CAPÍTULO XXX

Sofía podría recorrer con los ojos vendados el camino entre El Encanto y la hacienda de René, lo sabe de memoria de tantas veces que lo anduvo mientras Fernando jalaba el caballo por las bridas. Es una trocha de tierra con vegetación de cafetal a los dos lados, hay árboles de mandarina, cepas de plátanos y altos genízaros. La luna cuarto menguante brilla en el cielo limpio y estrellado del verano nicaragüense, mostrando un extraño halo naranja a su alrededor. El verano es época de vientos huracanados, pero esta noche el viento se ha detenido y hay un aire tenso quebrado por el ladrido de perros lejanos.

Fausto ha intentado disuadirla de la idea pero sus argumentos no han sido válidos para Sofía. Sixto, el chofer, la lleva en el *jeep* a la fiesta de bodas de René y Gertrudis.

«Noche más fea para casarse», piensa Sofía sintiendo la atmósfera pesada y el aire espeso que mantiene inmóviles las hojas de los árboles y de los cafetos. Algo le había dicho Xintal sobre el significado de anillos naranja alrededor de la luna, pero no podía recordar qué.

Desde lejos se oye la música de la fiesta y ya cerca de

la finca hay una fila de vehículos estacionados a la orilla del camino.

—Me dejás en el portón de atrás —indica Sofía.

El *jeep* pasa frente al portón principal que está abierto de par en par y sigue, por el camino que da vuelta a la casa, hasta que Sofía le ordena detenerse, se baja y le dice a Sixto que la vaya a esperar al portón delantero.

—Patrona —le dice Sixto antes de obedecerla—, yo sé que a usted no le gusta que la anden dando consejos, pero tenga cuidado... Ese René la puede hasta matar.

—No volvería a dormir jamás en su vida —le responde Sofía—. Andate tranquilo que nada me va a pasar.

El hombre se va y ella camina apoyando fuerte los pies en el suelo y atraviesa un grupo de empleados que en el fondo de la casa departen debajo de un almendro y callan cuando la ven pasar.

El primero con el que se topa Sofía es el padre Pío, que va cruzando el comedor dirigiéndose a la salida trasera.

—Ideay, padre —le dice, antes de que él se recupere del susto—, ¿anda bendiciendo a los pecadores?

El cura no atina a responderle nada. Ella sigue su camino y el padre Pío tarda aún su rato en poder recuperarse de la impresión de verla allí. ¿Qué andará haciendo?, se pregunta, ¡nada bueno puede haberla traído a esta casa el día de hoy! ¡Atrevida muchacha! ¡Qué tiene ella que andarlo imprecando como si él no supiera lo que tiene que hacer con sus fieles! ¡Mejor se regresa para ver qué trama esta alma descarriada!

La fiesta de René y Gertrudis tiene lugar en el patio del frente de la casa. Además de los vecinos y amigos del pueblo y sus alrededores, han venido conocidos de Gertrudis, invitados de Managua y familias de Masaya con las que René hace negocios. Los invitados departen en mesas dispuestas en el patio, pero hay también corrillos en el corredor al lado de donde se sirven los tragos. A la derecha, junto a la tapia que René mandara construir, hay un entarimado donde toca la orquesta. Gran parte del patio está siendo utilizada por los que bailan. La fiesta está animada y bulliciosa. Por dondequiera que va pasando Sofía, saluda con la cabeza como si su presencia en aquella celebración fuera lo más natural del mundo.

—Hola, doña Verónica.

—¿Cómo está, doña Nidia?

—Mucho gusto, don Prudencio.

A su paso abundan exclamaciones, silencios de puro susto, expresiones de incredulidad, bocados que no alcanzan a llegar a la boca, invitados que se escapan de ahogarse con sus bebidas; la gente se va apartando sin entender hacia dónde se dirige ella con ojos de pantera taimada. Sofía ve de lejos a Patrocinio, pero está ocupada en una acalorada conversación, no la ve sino hasta que su intuición de cantinera le hace sentir que algo raro está pasando; los invitados del pueblo que están de pie en el corredor parecen haberse replegado hacia la pared, y miran hacia un punto cerca de la tarima de la orquesta con cara de hipnotizados, mientras los que vienen de Managua continúan ajenos, conversando.

—Voy a ir a ver qué pasa —dice Patrocinio a su marido—. Vino alguien. Mira cómo quedan viendo aquéllos.

—Alguna mujer bonita, Patro —le dice Crescencio—. Por qué te tenés que meter a averiguar todo. Aquí quedate.

Patrocinio forcejea un poco, pero como está contenta piensa que sería alguien que iba al patio a bailar. Vuelve de nuevo a la conversación, pero le cuesta concentrarse porque los del corredor parecen no poder quitar la mirada de encima de la mujer que avanza y hace una ronda alrededor de los danzantes entre quienes se cuentan René y Gertrudis, que, por el ruido de la orquesta, no se han percatado del disturbio.

La figura sube a la tarima y se desliza entre los músicos sonrientes que la suponen una amiga de la pareja que ha decidido cantar o hacer algún número en honor de los recién casados. Sólo el cantante principal de la orquesta se muestra molesto cuando Sofía le indica en medio de la tonada que le pase el micrófono.

Gertrudis está bailando feliz. Las cosas han salido tal como ella las soñara, hasta el padre Pío aceptó ser flexible y les dio la bendición después de la ceremonia civil, porque ya la solicitud de anulación del matrimonio anterior iba camino a Roma; la tía viejita está por fin satisfecha, sentada en su silla en la mesa de honor, los invitados han alabado los platos que ella especialmente preparó y René ha estado dulce como nunca, jurándole que siempre la querrá como este día, que tendrán una luna de miel eterna y que serán felices aun si ella, por algún problema, nunca le tiene un hijo.

En la pista de baile, René la mueve de un lado al otro con ímpetus renovados de bailarín y es Gertrudis quien primero ve, en una de las volteretas, a Sofía sobre la tarima, quitándole el micrófono al cantante desconcertado. No le da ni tiempo de avisarle a René porque ya la voz de Sofía ordenándole a la orquesta que pare de tocar se escucha por los altoparlantes dejando a toda la concurrencia envarada como en el cuento de «La Bella Durmiente» cuando la princesa se pincha el dedo con la rueca.

—Vengo a decirles que no me van a seguir quitando la paz y tranquilidad a que tengo derecho —ruge Sofía por el micrófono—. Al que se atreva a molestarme, lo convierto en animal. ¡En el matadero van a acabar convertidos en reses! ¡Lo juro por el mismo diablo que es mi padrino!

René es el primero en moverse. En el primer momento le costó identificar la voz y saber a qué se debía la mirada atónita de Gertrudis, pero ahora lo único que siente es rabia por no haberse metido el revólver en la cintura para haberse bajado a la bruja de sus tormentos desde donde estaba, acabar con ella y sus mentados conjuros de una vez. Gertrudis no trata de detener a René, quien se abalanza sobre la tarima subiéndose de un trancazo.

El padre Pío corre también, los invitados que no conocen la historia buscan desconcertados a su alrededor alguien que pueda explicarles lo que está sucediendo, pero la gente del pueblo tiene que lidiar no sólo con la amenaza mortal que les ha caído encima sino con lo que está pasando en la plataforma, donde René ha despojado de su guitarra a uno de los músicos y avanza iracundo y feroz con el instrumento alzado para descargarlo sobre Sofía, quien se encorva sobre sí misma. René está a punto de soltar el improvisado mazo cuando un ruido de retumbo y la trepidación de un fuerte temblor de tierra arranca gritos de los presentes y desata las tensiones de una estampida de hombres y mujeres que comienzan a correr hacia los portones buscando frenéticos cómo salir de la hacienda. El padre Pío pierde pie en las gradas que suben al estrado, cae al suelo y sólo atina a hundir la cara en el polvo y rezar a todos los santos que lo protejan. En segundos, el caos se ha desatado. La gente corre despavorida sin dirección, mujeres y hombres alternan gritos de miedo con indicaciones para salir de allí de inmediato; Gertrudis siente que la empujan para todos lados y no puede despegar los ojos de René, que ha dejado caer la guitarra y mira con ojos de loco el desbande de los invitados. Sofía ha desaparecido como tragada por la tierra. Las ristras de bujías que iluminan el patio se balancean de un lado al otro y en la casa, las persianas de vidrio tintinean bajo la vibración de la tierra. Patrocinio, quien escuchó horrorizada las palabras de Sofía y a quien el temblor le viene a confirmar sus más antiguas sospechas, está agarrada a una silla, arrodillada en la grava del patio gritando «Tan fuerte venís, más fuerte es mi Dios, las tres divinas personas me libren de vos». Crescencio trata de levantarla y ella lo jala para que se arrodille a la par de ella. El temblor ha sido intenso, uno de los periódicos y violentos estertores con que la tierra sacude a Nicaragua todos los años, pero la reacción en la fiesta ha correspondido a la de un cataclismo cósmico, que recordarían los presentes como un terremoto más maligno que el que azotó Managua en 1972.

El seísmo dura largos segundos, y cuando ya ha pasado y Gertrudis vuelve la mirada al patio donde minutos antes se desarrollaba su fiesta de bodas no ve nada más que sillas y mesas volteadas sobre el piso, manteles desperdigados, vasos y platos rotos, servilletas de papel cubriendo el suelo. René está sentado en una silla como sonámbulo, con la mirada fija en Patrocinio, que continúa haciendo las cruces debajo de un cocotero; el padre Pío se ha levantado por fin y se sacude la sotana con las manos, y los músicos regresan de la carretera a buscar sus instrumentos musicales. Un instante y la fiesta se ha disuelto, el jolgorio se ha trocado en desolación. ¡Maldita la Sofía y toda su descendencia! —se dice Gertrudis para sí—. Ésta no se la perdonaba. Ahora todos le iban a agarrar miedo menos ella. ¡Ella no iba a andar creyendo que el demonio se andaba preocupando por los asuntos de la Sofía! Sintiendo que le tiemblan las piernas de rabia y susto, va caminando hacia René y se va calmando diciéndose que al menos su marido se salvó de cometer un homicidio, un minuto más y su matrimonio se habría reducido a visitas conyugales en la cárcel.

En el camino de regreso a El Encanto, Sofía hace esfuerzos por reponerse de la tremenda confusión y poner orden a sus pensamientos. Todavía siente que se le aprieta el estómago cuando recuerda los ojos de loco de René con la guitarra en alto, antes de aquel milagroso temblor. Ella sólo se había inclinado para que el golpe le cayera en la espalda y no fuera a causarle daño a su hija. En aquel instante se había arrepentido de su temeridad y hasta había jurado no volver nunca más a desafiar a nadie en millas a la redonda. ¡Pero qué increíble había sido que temblara la tierra justo en aquel momento! ¡Hasta se le ponía la carne de gallina! ¿Sería la magia de Xintal o era la naturaleza protegiendo a su hija antes de nacer? ¡No iba a creer ella en el diablo, pero había sido providencial que temblara! Quienquiera que fuera responsable del temblor, ella se lo agradecía... Cómo había corrido la gente, qué desorden y alboroto se había armado. ¡En pocos minutos no había quedado nadie! Ella se montó en el *jeep* y ni la vieron los que salían despavoridos a montarse en sus carros o en sus caballos. Sixto está asustado. Había oído lo que dijera ella por el parlante y el temblor de tierra inmediatamente después le quitó cuantas dudas podría haber tenido de los poderes sobrenaturales de la patrona. La llevaría a la hacienda y nunca más se volvería a aparecer por allí. De reojo en el *jeep* la mira y se contiene las ganas de persignarse. Ella va en silencio, pero él ve cuando empieza a sonreír y hunde más fuerte el acelerador cuando ella comienza a reírse bajito y luego su risa va subiendo de tono haciéndose más alta mientras le dice: «Viste, Sixto, qué barbaridad cómo salió la gente despavorida, parecían ganado cimarrón... Ésta es hora que están convencidos de que soy una superbruja-bruja. Ya nadie se va a atrever a molestarme nunca más, nunca más», y sigue riendo con unas carcajadas que a él le hielan el alma.

A los pocos días, Sofía ya no ríe. Se despierta en las noches con pesadillas terribles donde demonios de cejas altas y puntudas con semblantes que tienen una semejanza distorsionada con René la acosan y tratan de arrebatarle a su hija recién nacida. «El demonio es mi padrino», sus propias palabras la persiguen despierta y dormida, lo mismo que el temor irracional a nuevos cataclismos, seísmos atronadores que derrumbarían El Encanto y la sepultarían bajo sus gruesas paredes de adobe. Su miedo se mezcla con el de los mozos y empleados de la hacienda, que se apartan cuando ella se acerca y rehúsan mirarla a los ojos; hasta la fiel Petrona anda callada y viéndola de reojo con sospecha y desconfianza. Sixto no ha regresado al trabajo desde la noche del temblor y cada día se producen nuevas renuncias de trabajadores que optan por marcharse cual si temieran el aire denso y opresivo que pesa sobre la finca. Fausto, después de reprocharle una vez más lo que él llama sus «impulsos irracionales», anuncia que no aguanta más la tensión que le produce la hostilidad de los vecinos, y que se irá unos días a Managua a «coger aire» y descansar de las malas miradas. Sofía, incapaz de reconocer frente a él sus temores, ha pretendido que su partida no le importa.

En las pulperías nadie quiere venderles nada, los dueños de las camionetas que transportan las flores han rehuido acercarse a la hacienda y el olor a rosas descompuestas flota en los corredores de la casa cuando sopla el viento.

Sofía sale a los campos y camina sin rumbo, perseguida por las imágenes de las pesadillas nocturnas y por la inquietud de haber empezado a sospechar de sí misma. Por más que busca explicaciones racionales al temblor y se dice que no se trata más que de una casualidad, no puede dejar que viejas supersticiones y la noción de una intervención sobrenatural diabólica se inmiscuyan en sus razonamientos, en los que danzan también temores ocultos a que designios de su raza, a los que ella se ha negado a dar crédito, se estén manifestando.

El temblor le parece una respuesta a la invocación al demonio con que trató de asustar a los del pueblo. No se le aparta de la mente la expresión de incredulidad y espanto de la pobre Gertrudis, y olas de arrepentimiento se le mezclan con el miedo antiguo de no saber quién es.

Engracia y doña Carmen son las únicas que la han visitado insistiendo en que tomara una mezcla de agua de poza con agua bendita, no fuera a ser que al demonio se le ocurriera metérsele en el cuerpo. Ella la toma sin rechistar y deja que doña Carmen riegue un líquido verde y espeso alrededor de la casa. En esos días de aislamiento, Sofía recuerda vívidamente aquel momento de su infancia en que bajó del mirador al Diriá para no encontrar nunca más a sus padres. Le cuesta resistir el miedo y la soledad. De nuevo, reniega de su madre y del fortuito destino que la dejó en el mundo con una identidad confusa, obligándola a vivir con una sangre mezclada que la tira de un lado al otro, sumiéndola en incontables y difusas contradicciones. Por las noches enciende todas las luces de la casa y le dan las horas de la madrugada vagando por los corredores o sentada en la cocina, donde la cercanía de Petrona, que duerme en el cuarto de servicio, y las largas y calladas conversaciones que tiene con el ser escondido en sus entrañas son su único consuelo. No se ha atrevido a apelar a los ritos nocturnos de tenderse bajo las estrellas, temerosa de provocar nuevos fenómenos. Anda ojerosa y sin apetito, y cuando el silencio de la casa se le hace insoportable, decide responder a las llamadas de Jerónimo, a quien había decidido no volver a ver.

—Dígale que no estoy, que me deje el recado y yo la llamaré más tarde.

Jerónimo retorna a sus papeles y la secretaria le transmite el mensaje a Sofía, quien vuelve a llamar una hora después.

—Dígale que no he vuelto. Y si vuelve a llamar le vuelve a decir que no estoy y venga después para dictarle una carta —instruye Jerónimo sin cambiar la expresión de su cara.

Han sido semanas difíciles para Jerónimo. Inicialmente se había sentido desconcertado cuando Sofía delegara en Fausto toda comunicación con él. El desconcierto se trocó luego en la certeza de que cuanto temiera con relación a Sofía estaba finalmente sucediendo; aquella mujer, incapaz de más sentimientos de los que su necesidad le dictaba, lo estaba tratando como vaso descartable, había bebido su energía, su naciente apego y afecto, y una vez saciada, dispensaba de él. Efectivamente él había estado al borde del enamoramiento, en «alto riesgo», como reconocía a solas consigo mismo; afortunadamente ella había establecido la distancia en el preciso momento en que él se acercaba al punto de no retorno, al estado en que Sofía se hubiera podido convertir en un vicio difícil de dejar y posiblemente le habría complicado la vida. Ahora sentía estar más allá del deseo que al principio lo atormentara e incluso podía darse el lujo de razonar sin apasionamiento y sin que los instintos le confundieran el juicio. Después de todo, lo que había sucedido era lo mejor; el amor era una adicción peligrosa de la que él había sabido cuidarse con éxito en su vida. Las pocas veces que experimentara el peligro de que se le nublara el entendimiento, había sabido vadear el precipicio con habilidad de acróbata experimentado. En ocasiones, sin embargo, sobre todo en los últimos años, había llegado a dudar de sus motivos y a reprocharse su falta de valor, diciéndose que se estaba negando una dimensión de la vida. Tenía una amiga muy querida que le repetía incesantemente que su problema era esa reticencia a soltar las amarras y navegar en los océanos amplios de las pasiones incontroladas que daban a la vida el matiz de aventura del cual él parecía evadirse una y otra vez. Hubo momentos en que sintió que con nadie mejor que con Sofía el soltar las amarras podría llevarlo al estado de gracia de la pasión romántica, al mundo de los impulsos irrefrenables, pero se detuvo a tiempo; ella lo detuvo a tiempo; ella se encargó de hacerle vislumbrar el dolor que podía esconderse detrás de las selvas sagradas. Ahora ya tenía cera en los oídos y estaba amarrado al mástil, como Ulises, listo a atravesar los conciertos de sirenas y a esperar una Penélope que realmente tejiera telas, noche a noche, con una tenacidad que hiciera que el viaje valiera la pena. Hasta había empezado a pensar que quizá Lucía, su esposa, era esa Penélope que él buscaba en otras mujeres. Sofía era un capítulo cerrado. No se encargaría ya ni de sus negocios. Pondría tierra por medio. Estaba decidido y él era hombre de decisiones tajantes.

La secretaria entra con su libreta de notas. Es una mujer joven y algo desgarbada con quien Jerónimo tiene una relación fraternal que funciona con lenguaje cifrado; ella sabe sus cosas, pero pretende ignorancia. Es una relación conveniente.

—Me va a redactar una carta para la señora Solano —dice Jerónimo—, donde quiero que le informe que debido a que mi bufete ha adquirido contratos de trabajo y compromisos con varias corporaciones en Managua que implican una demanda extraordinaria a las capacidades de esta oficina, muy a mi pesar, no podré seguir haciéndome cargo de los asuntos legales de sus propiedades. Solicítele que envíe al señor Fausto Ramos para proceder a entregarle los archivos y documentos que están en nuestro poder. Ya sabe, el lenguaje usual para estas cosas.

La secretaria asiente con la cabeza, se alegra para sus adentros de que Jerónimo cierre aquel caso que les había desordenado la rutina confortable de la oficina y sale.

La angustia de que el diablo fuera efectivamente su padrino y estuviera a punto de empezar a reclamar su influencia sobre ella se desvanece en una ola de rabia cuando Sofía, ya furiosa porque Jerónimo no contesta a sus llamadas telefónicas, recibe la carta escrita en lenguaje leguleyo y formal.

Petrona la ve abrir el sobre con cara de curiosidad y pasar de la sorpresa a la cólera sin transición.

—¡Qué se ha creído este estúpido! ¡Cree que me puede botar así por así! Mercenario que es y ha sido como le decía yo a Fausto: ¡ahora que se acabaron las comisiones jugosas, se zafa olímpicamente!

Petrona, que no entiende nada de lo que ella está diciendo, pero sabe que las cóleras no son buenas para una mujer en estado, le aconseja que se tranquilice, le va a buscar un vaso de agua pero ella le aparta con un gesto diciéndole que no es agua lo que necesita, que aquel hombre es un desvergonzado, hijo de mala madre, mal agradecido, atrevido, aprovechado; le endilga cuanto insulto almacena su vocabulario, mientras se pasea por el corredor gesticulando, maldiciendo, ante la muda Petrona, que no puede comprender la fuente de tanta furia desatada.

Por lo menos, Sofía ha vuelto a ser la misma y no el fantasma sonámbulo de poseída por el influjo del demonio.

Sofía se pasea por el corredor de la casa con la carta en la mano, sus chinelas de tacón de madera resuenan sobre los ladrillos de barro mientras sigue hablando enardecida insultando a Jerónimo, ventilando antiguos rencores que se encarnan en la imagen del abogado.

Con el vaso de agua en la mano, Petrona la observa y no puede evitar sentir pena ante el abandono que sitia a su patrona. Ella a menudo piensa que Sofía debía haber tenido una madre indómita. ¡Quién iba a saber en qué arranque de furia había dejado botada a la hija! Tal vez los gitanos eran así, como que tenían fuego en las venas, pero a la Sofía en este pueblo donde vino a parar, mal le estaba yendo con ese carácter. Quizá ahora que pariera se compondría.

—Abrime el agua de la pila que me voy a bañar —le ordena Sofía—. Ya no voy a agarrar más cólera. ¡Ni eso se merece este abogadillo de mierda!

CAPÍTULO XXXI

Le da por bañarse a cada hora. Su cuerpo emana copiosos sudores que la sofocan y enrojecen de rabia y desesperación. En el baño ha quebrado perfumes, vasijas y tiestos con plantas. Tiene irritado el cuerpo de frotarse con el paste, y se ha arrancado mechones de pelo en la desesperación de no saber contra quién dirigir la ira sorda que la ataca día y noche como enjambre de abejas enardecidas.

Su imaginación convierte a Jerónimo en el ser abominable bajo cuyo influjo su vida ha tomado rumbos inciertos; lo culpa de todas sus desgracias, le achaca la soledad y la creciente sensación de ser indeseable para cuantos la rodean; hay momentos en que mira su vientre protuberante y la deformidad de su cuerpo se le hace repugnante, la idea de albergar un engendro de aquel hombre la mortifica. Lo odia mientras trata de convencerse de que le es indiferente y de que nada que él haga puede dañarla o perturbar la relación que ella tendrá con su hija, quien se jura jamás sabrá de su paternidad. Trata de no pensar en él, pero su imagen le aparece en cualquier rincón agrandada por el despecho, hasta que, después de varias semanas, curiosas e insondables transformaciones van tomando el lugar de las furias; Sofía siente que la rabia da paso a una aplastante depresión que apenas la deja moverse, y en una neblina de opresión torna a pensar en sí misma y llora de pena por su vida condenada al abandono, llora el desamor de la madre y siente la soledad como el signo inequívoco de su vida del cual sólo Jerónimo pudo haberla exorcizado. Si antes jamás pensó sentir amor por él, ahora se piensa la amada abandonada por el amado; en ranuras abiertas por el desengaño se cuelan recuerdos de los días intensos con él teñidos del color acariciante con que la nostalgia suele dorar la memoria. En menos de un mes ha olvidado la fría manera en que decidió la seducción de Jerónimo y se ha convencido de que cuanto sucedió fue motivado por un amor que sólo su temor no le permitió reconocer. Ama a Jerónimo con desesperación y se arrepiente de no haberle sabido demostrar los íntimos estremecimientos que ahora está segura de haber experimentado.

—¡No tiene nombre, Fausto, lo que me hizo! ¡Pasan los días y no lo puedo creer! Estoy desesperada...

Fausto, quien después de sus cortas vacaciones ha tomado las riendas de la hacienda, porque ella no quiere saber nada de asuntos terrenales, escucha a Sofía contar, entre llantos y suspiros, la historia de su amor, desgarrado por la crueldad de Jerónimo.

—Pero vos no lo querías... —trata de interrumpirle en repetidas ocasiones, sin que Sofía le permita argumentar, y no cese de aludir a su ceguera; ni ella misma sabía cuánto lo amaba, le dice, «nadie sabe lo que tiene hasta que lo pierde», repite, y Fausto no puede más que callar y mirarla desconcertado, sin saber qué hacer para que ella recupere el sentido de la realidad. Sofía, pálida y demacrada, es la imagen de la desolación, y a medida que el tiempo transcurre, sus expresiones y tono toman el aire de triste reproche de la mujer que a cambio de todo recibe el monstruoso rechazo masculino.

—Vos conocés cómo son los hombres, Fausto, por eso no te gustan... Vos sabés lo que sufrí con René y ahora mirá a Jerónimo; me mandó esa carta, sigue sin contestar mis llamadas... ¡Y yo embarazada de él! Me voy a morir —dice, y se pone a llorar.

Fausto continúa incrédulo tratando de figurarse qué mecanismos estarían actuando en Sofía para crearle el espejismo de ser víctima y salvarla así de la visión descarnada de su propio egoísmo. Porque ella es egoísta, siempre lo ha sido. Es su manera de protegerse. Él muchas veces ha intentado hacerle ver que en la vida las demás personas no son peones que uno va descartando para llegar al final del tablero y apuntarse el jaque mate. Pero ella nunca le ha escuchado, considerándolo «voluble, ingenuo, demasiado femenino». Ahora él está convencido de que esta historia de amor no es más que la búsqueda desesperada de un rostro amable que la salve de ver el espejo distorsionado de su propia imagen, la respuesta salvadora que la salve del hechizo del abandono que la persigue desde niña y al que ella atribuye ahora el comportamiento de Jerónimo, como antes atribuyó la muerte silenciosa de la Eulalia y don Ramón. Sus fantasmas le impiden enfrentarse con la realidad de que quienes quieren un mundo sólo a su medida no tienen más destino que el quedarse sumidos en la soledad.

—¿Qué puedo hacer? ¿Qué crees vos que puedo hacer? —le pregunta ella mirándolo con los ojos humedecidos, inclinándose para tomarle la mano—. Vos siempre has creído que yo soy dura, Fausto, yo lo sé, pero no es así, por favor, créeme. ¡Mírame cómo estoy! ¡Ni comer puedo!

Fausto le toma la mano y se la estrecha fuerte. Él quiere a Sofía, la ha querido desde su adolescencia y le da pena saberla tan extrañada de sí misma, absolutamente incapaz de ver en su interior el juego mortal de su identidad confundida.

—Para mí que deberías tranquilizarte y sobreponerte —le dice—. Uno no puede obligar a nadie a que lo ame. Ya se te pasará. Dale ese amor a tu hijo. Pensá que por él debés alimentarte, no pasar los días en este estado de desesperación.

—Pero es que yo estoy segura que él me quiere, Fausto, todo esto es culpa mía; yo le hice creer que no me importaba... Debería ir a buscarlo, Fausto, explicarle, él tiene que entender, él me quiere. —Sofía se queda en silencio barajando esquemas de cómo recuperar a Jerónimo, como hace obsesivamente la mayor parte del día.

Fausto la mira. Sabe que ella tomará sus decisiones y nada que él diga podrá disuadirla.

El padre Pío ha terminado de oficiar la misa diaria de las seis de la mañana y va por la iglesia con la actitud del ama de casa que repasa sus dominios, revisando si hay velas gastadas que reponer, santos quisnetos cuyos trajes hay que acomodar. Ha dormido bien la noche anterior y su comunicación con Dios durante la misa fue como un buen acto de amor que lo dejara saciado y en paz. En pocas horas empezarán a llegar los niños a la catequesis, pero por el momento disfruta del estar solo y en estado de gracia. Tan absorto está en su mismo bienestar, tarareando salmos y glorias, que no oye los pasos. Sólo cuando se vuelve, la paz se le tronca en susto: Sofía, vestida de negro, mostrando señales inequívocas de su embarazo en la silueta, está arrodillada en una de las bancas del fondo.

El padre Pío tiene un momento de desconcierto, pero su hábito de párroco puede más que la sorpresa, y pensando que no puede desperdiciar la oportunidad de que esta hija pródiga regrese al redil, se encamina hacia ella.

—Buenos días, Sofía.

—Buenos días, padre Pío —saluda ella desde la banca.

—¿Hay algo que pueda hacer por vos, hija? Hace mucho que no te confiesas.

—Vine a arreglar mis negocios con Dios —le dice Sofía—. Yo sé que usted también cree que porque me dejaron los gitanos estoy poseída por el demonio, pero Él —indica con el dedo hacia el crucificado— sabe la verdad.

—Pero Dios estableció sus normas, Sofía. De nada te sirve rezar si estás en pecado y te negás la confesión.

—Usted es un hombre, padre Pío. Usted mismo siempre ha dicho que Él está dentro de nosotros. Lo único que le pido es que me deje estar en la iglesia, sola. Eso es lo que necesito.

—Es cierto que Él habita en el interior de cada cristiano, hija, pero para que estés segura de que no se te ha salido por intermedio de fuerzas que te han querido dañar y llevarte de su lado, déjame que yo haga mi oficio y te unja con los óleos.

Sofía se percata sin demora de que el padre quiere aprovechar su presencia para hacerle el rito del exorcismo. Lo mira fijo, a punto de levantarse furiosa e irse, pero en una racha de iluminación se le ocurre que puede ser beneficioso. Si no sucede nada cuando él impreque a los demonios para que abandonen su cuerpo, el padre Pío se encargará de contárselo a todos. Ella misma quedará tranquila y podrá olvidarse de los temores que a menudo la inquietan y que quizá estarán ahuyentando al propio Jerónimo.

Se queda pensativa unos minutos y luego con decisión le dice:

—Vaya a traer sus óleos, pues. Aquí lo espero.

El padre Pío, perdida toda la serenidad con que se movía antes por la iglesia, se encamina con paso nervioso al interior, pidiéndole a Dios que no vayan a suceder las escenas terribles de los exorcismos que sólo ha visto en películas; si Sofía tiene algún demonio, ruega que éste no se resista y salga pacíficamente de su cuerpo.

Ella se queda quieta en la banca, mirando la cara de tristeza con que los santos parecen suplicar a los fieles el arrepentimiento. En la calle, el sol estará empezando a calentar el pavimento, pero en la iglesia hace frío y Sofía se frota los brazos y empieza a sentir el cosquilleo de la aprensión y el nerviosismo en el cuerpo. Su razón rechaza la idea de los demonios y se preocupa más bien por las supersticiones de los demás que le están haciendo tan difícil la vida, pero las sombras de su mente se revuelven agitadas sembrándole interrogantes, proyectando en su imaginación gritos terribles del rebelde demonio aprisionado que el padre Pío enfurecerá con sus exhortos y que le hará mover la cabeza en redondo como la mujer en la película que arrojaba vómito verde por la boca. «Es locura», se dice, pero el ritmo de su corazón responde al miedo y se acelera produciéndole retumbos en los oídos.

El padre Pío rebusca en la sacristía los santos óleos. No tiene otros que los que usa para dar la extremaunción, pero igual que a la muerte se podrá espantar al demonio; toma el aspersor de agua bendita, la estola y el misal donde está escrito el rito del exorcismo, se persigna rogándole a Dios que le ilumine para salvar el alma que la misericordia divina le ha traído al templo, y sale haciendo la genuflexión al pasar por el medio de la nave.

Sofía se acerca bajo la indicación del padre Pío y los dos suben cerca del altar. El sacerdote se ha puesto una estola púrpura y tiene en sus manos un recipiente de agua bendita con un bastón corto que sirve para esparcirla. Pone el misal en la baranda de la iglesia y empieza a rezar las plegarias del exorcismo ante Sofía, que está de rodillas frente a él. Ella advierte el temblor de las manos del padre Pío, la forma en que levanta los ojos del misal de cuando en vez para asegurarse de que ella sigue en la misma posición, la cabeza baja mirando fijo el diseño de los ladrillos del templo. Transcurren lentos los minutos y el corazón de Sofía empieza a apaciguarse. No siente nada más que los leves movimientos del niño aleteando en sus entrañas; el único demonio que la persigue es la imagen de Jerónimo, que es la razón por la que llegó hasta la iglesia a tratar de arreglar sus negocios con Dios y calmar el desasosiego. El padre Pío también está más calmo y ya no le tiemblan las manos; el demonio hubiera gruñido sin duda desde la primera aspersión de agua bendita sobre el cuerpo de una poseída, pero Sofía sigue inmóvil, sin inmutarse. Termina el sacerdote de leer los exhortos y durante un buen rato la mira. Se quedan mirando los dos esperando temerosos. El silencio frío de la iglesia acrecienta el aire de tensión, pero pasan los minutos y ningún suceso interrumpe la quietud del tiempo que transcurre en el recinto sagrado. Finalmente, el padre Pío le dice a Sofía que bueno, menos mal que ningún demonio se había manifestado, levanta los brazos, la bendice y le dice que ahora sí puede ir en paz y rezar tranquila en la iglesia, mientras él va a atender a los niños que empiezan a llegar a la catequesis.

—Ya ve, padre, yo se lo dije; mi problema no es el demonio, sino un amor no correspondido que me está matando. —Sin esperar respuesta, Sofía, modosa, se persigna, camina hacia el fondo de la iglesia y se arrodilla en una banca con la cabeza inclinada como si acabara de comulgar.

El padre Pío no sabe qué pensar de lo que acaba de escuchar, ni cómo explicarse los tonos de camaleón de Sofía. Desde que la vio llegar no ha podido decidir si está arrepentida, convertida, desesperada o si cuanto ha visto es producto de su imaginación. La única Sofía que pudo reconocer fue la que insistió en tener línea directa con Dios cuando él le propuso la confesión, pero la pasividad con que aceptó los exhortos y con que ahora parece sumida en oraciones, así como la confesión intempestiva de amores no correspondidos, le son incomprensibles. Misteriosos son los caminos del Señor, piensa para sí en la sacristía mientras se quita los aperos ceremoniales.

—Le digo que el mismo padre Pío asegura que Sofía ya no está endemoniada —insiste Engracia ante Patrocinio, con quien se ha encontrado en la plaza donde cada mañana se instala el mercado de frutas y verduras del Diriá. Como siempre, Patrocinio no ha resistido la insidia de hacerle comentarios a Engracia sobre los pactos demoníacos de su antigua protegida.

—El padre Pío puede decir hasta misa, pero lo que yo vi con estos ojos que se van a comer los gusanos no me lo quita nadie. ¡Quién sabe qué hipnotismo le habrá hecho para que no le viera los demonios! ¡Yo ese cuento no me lo trago con miel de cien panales!

—Usted es demasiado buena, doña Engracia —argumenta otra mercadera—. Yo no sé si la Sofía estará poseída por el demonio. Pero que es bruja y de las malas ¡eso sí que ni usted lo puede negar! ¡Cómo se le va a olvidar que hasta hizo que temblara la tierra! Usted está peor que doña Gertrudis, que mandó a hacer un triduo de acción de gracias para agradecer el temblor porque si no ¡don René estaría ahorita en la cárcel por haber matado a la bruja esa!

—Ya ven, a lo mejor fue obra de Dios para protegerla —se envalentona Engracia—, desde chiquita le han tenido tema a la pobre Sofía, ¡como si ella tuviera la culpa de la mala madre que le tocó en suerte!

—A mí que ni se me acerque —dice Patrocinio—. Yo le pongo candelas a la Virgen a diario para rogarle que se la lleve de aquí... ¡Para colmo ahora dicen que anda penando un mal de amor! ¡Seguro que quiere dar a creer que fue un hombre el que la panzoneó y no el mismo diablo!

—Usted es una lengua viperina, Patrocinio —se enfurece Engracia—. ¡Por algo su cantina es la perdición de tanto hombre! ¡Usted es la que se debería ir de aquí para que se acabe tanto borracho! Hay que ver los escándalos que arman los hombres porque usted no se mide en darles guaro... ¡Después llegan a sus casas a maltratar a las pobres mujeres!

Engracia, furiosa, da la vuelta y se aleja con su canasta de compras del mercado, dejando a Patrocinio mal parada, porque la conciencia de la verdad detrás de esas últimas palabras no la deja reaccionar con la rapidez de costumbre. A Engracia cada día le cuesta más quedarse callada. Desde que el padre Pío le contó que la Sofía había llegado a la iglesia, ha tomado coraje para defenderla en las incontables discusiones que a raíz del temblor se arman en el pueblo. Aunque el furor de los comentarios ha ido disminuyendo, la reputación de Sofía y el temor no se alteran por mucho que se haya regado la noticia del exorcismo del padre Pío. Pocos son los que se atreven a acercarse a El Encanto y los que no se apartan o cambian de acera cuando ven aparecer a Sofía.

—Me tenés que ayudar, Xintal. Si ese hombre no me habla, me voy a volver loca. Lo llamo a diario y no me responde. Quiero ir a buscarlo, pero tengo miedo; necesito ir preparada. No sé qué voy a hacer si me rechaza.

Xintal no levanta la cabeza de la cocción que está preparando en la cocina. De reojo mira el frasco con el líquido azul brillante con el que ya una vez trató de librar a Sofía de las obsesiones y los tormentos. Sofía no para de moverse, camina de un lado al otro de la cocina agarrándose la barriga como si le doliera.

—¿Te está dando problemas la criatura que te veo que te agarras la barriga? —pregunta Xintal.

—Me patea todo el día —responde Sofía—. Xintal, por favor, ayúdame con Jerónimo.

—El destino es el destino y no se puede andar jugando con él.

—Pero vos sabés el destino —le impreca Sofía—. ¿Por qué no me lo decís?

—Está confuso. Sólo vos lo podés enderezar.

Sofía se sienta en una silla y extiende largas las piernas frente a ella, sin dejar de tocarse la barriga.

—Ese hombre es el diablo, Xintal; me hechizó. No puedo dejar de pensar en él. He ido a Managua y he rondado la oficina. Lo he visto de largo, pero no me atrevo a acercarme. No sé por qué me da tanto miedo. Todas las noches sueño que soy un sapo y que él anda buscando cómo aplastarme.

—Vos sabés que no sos un sapo.

—Sapo no soy, soy una rana. Soy una rana fea, asquerosa... ¡Ni mi madre me quiso y me va a querer otra gente!

Estoy maldita, Xintal. Eso es lo que pasa. Por eso nadie me quiere. ¡Hasta esta criatura se pasa el día pateándome!

«Está perdida de sí misma», piensa Xintal viendo las hojas de aire de sus maceteros moverse en la brisa, mientras se seca las manos en el delantal y viene a sentarse al lado de Sofía. Xintal ha visto repetirse en su vida los estragos del amor, y sin embargo sabe que no hay catástrofe más desoladora que cuando el espejo se rompe y uno ya no puede ver la propia imagen. Cuando uno muere para otro, empieza a morir para uno mismo y ésa es la peor de las muertes.

—Te voy a dar un remedio —dice Xintal, luego de un rato largo en que las dos mujeres han guardado silencio—. Vas a agarrar treinta y siete rosas y las vas a deshojar; los pétalos los vas a poner en agua hirviendo para que suelten y luego te vas a bañar lunes, miércoles y viernes a las nueve de la noche con esa agua. Mientras te bañas —y esto es lo más importante— vas a recordar algo agradable de tu vida; te vas a ver a vos misma feliz, riendo y hermosa, y te vas a aferrar a esa imagen todo el tiempo que dure el baño.

—¿Y Jerónimo?

—Deja a Jerónimo tranquilo, por el momento. No lo llamés, ni lo busqués.

¿Cómo iba a dejar de llamar a Jerónimo?, se pregunta Sofía bajando del Mombacho en el *jeep* que va dando tumbos con el nuevo chofer que Fausto contratara en Managua; ¿cómo iba a descansar hasta no decirle que ella lo quería, que no la dejara sola, que no la abandonara? Qué era eso de bañarse con agua de rosas y pensar en imágenes bonitas, si el problema era otro; no era ella, era Jerónimo; el orgullo de Jerónimo, que ni siquiera se dignaba levantar el teléfono, que la había cortado sin decirle nada, como si ella jamás hubiese existido... Quería que lo diera por muerto sin darle la oportunidad de despedirse. Él también la estaba tratando como mal nacida. ¡Le daban ganas de matarlo! A solas consigo misma, elabora encendidos discursos para enrostrárselos en la cara, pero las siete veces que llegara hasta Managua, decidida a meterse en la oficina y decirle lo que pensaba de él, un miedo acuciante y aterrador, una experiencia a la que nunca se había sentido expuesta, la paralizó y la hizo regresar. No se sentía capaz de soportar su rechazo. Jerónimo ni siquiera la había visto embarazada y embarazada ella no era la misma, se veía deforme. Sin duda él la miraría con disgusto. En todo caso, le tendría lástima, y ella tiene que estar segura que no la recibe por la magnanimidad que inspiran las embarazadas. Por eso necesita hablarle primero; ella le dirá que está embarazada y cuando él la vea no se sorprenderá; alguna emoción tendrá que producirle la idea de que va a ser padre.

Jerónimo hace días que ha reaccionado negándose a asumir paternidad alguna. De nada ha servido la cara compungida de Fausto jurándole que ahora sí la Sofía está enamorada. A él no hay quien lo convenza de volverse a poner en riesgo, mucho menos ahora que ella ha encontrado el arma para el crimen perfecto, el chantaje vestido de pañales con que en uno de sus arranques puede hacerle pedazos el precario equilibrio de su vida, el regreso a Penélope después de la odisea y las sirenas. Se ha cumplido el dicho de que «no hay mal que por bien no venga», y la búsqueda de refugio en su mujer le ha brindado réditos beneficiosos, avivando viejos recuerdos de felicidades amarilleadas por el tiempo y la rutina. Lucía y él no han estado tan abrazados y avenidos en años. Lo de Sofía satisfizo en él su sed de aventuras por tiempo indefinido, y, si antes le temió, imaginársela con el artificio poderoso que está urdiendo en sus entrañas no puede más que obligarlo a tomar extremas medidas tales como no aceptar, jamás, que él pueda ser el padre de aquella criatura concebida contra su voluntad y de la que Sofía le hubiera mantenido ignorante si ella no sintiera que él había dejado de serle accesible.

—¿No te das cuenta que es terquedad, no amor, lo que siente? —le había espetado a Fausto—. ¡Si yo no la hubiera rechazado, ella jamás habría decidido que me amaba! ¡Lo que esa mujer no puede aceptar es que las cosas no sucedan a su gusto y antojo!

Fausto, íntimamente convencido de que Jerónimo tiene una parte de razón, se ha enfurecido, sin embargo, ante su actitud cobarde de no reconocer al menos la paternidad de la criatura y de atreverse a decirle que quién sabe con quiénes más se acostó la Sofía, porque lo que es él tomó precauciones para que ella no quedara embarazada.

—Decile que ni se acerque por aquí, que no me obligue a sacarla a la fuerza de la oficina y que me deje de llamar por teléfono, que ya tiene histérica a mi pobre secretaria.

—Sos un cobarde, Jerónimo. Por lo menos debieras decirle las cosas vos mismo; ¡decile que el hijo no es tuyo, decíselo a ella a ver si tenés valor! Sólo tuviste valor para aprovecharte de ella, ¿verdad? ¡Sólo para eso!

—Hay que ver quién se aprovechó de quién, Fausto —responde Jerónimo, y se levanta a despedirlo con toda cortesía.

—Aúlla como una loba mal parida —le relata Petrona a Engracia y a doña Carmen—. Yo le estuve ayudando al pobre don Fausto a calmarla. Los dejé platicando tranquilos después de cenar y él me fue a despertar a media noche para que la contuviera de romper cosas y que no se hiciera daño. No sé qué cosas le habrá dicho él, ni qué inyección le puso al final para que se quedara dormida. Yo ya no sé qué hacer. Va para los tres meses que está en ese estado, adelgazando y vomitando. ¡Pobrecita! Siempre ha sido fuerte, pero ahora que está embarazada es como si se hubiera quebrado por dentro. ¡Mire que seguir con el cuento de que está enamorada de don Jerónimo cuando a mí me parece que nunca le dio tanta importancia! Las mandé a llamar porque no quiero estar sola cuando se despierte. Don Fausto dijo que iba a comprar más inyecciones de ésas y a consultar con un ginecólogo si no es malo ponérselas.

Doña Carmen y Engracia se hacen cargo de calmar el nerviosismo de Petrona y hasta el propio, poniendo a cocer hojas de eucalipto y limón para tomar un té que les caliente los escalofríos de las cosas extrañas que están pasando en El Encanto. El comportamiento de Sofía les es incomprensible y ya ni doña Carmen, tan segura de sus hierbas y sus cartas, sabe a qué atribuir tanto descalabro. Después de enterarse del nuevo ataque de Sofía la noche anterior, ha mandado razón a Samuel y Xintal para que no bien haya luna llena se reúnan. Los tres han discutido sobre la necesidad de hacer el más poderoso de cuanto rito existe, pero lo han venido postergando, confiados en los remedios caseros para los tormentos de la obsesión.

Doña Carmen, de puntillas, se asoma a la habitación en penumbras de Sofía y la ve durmiendo, moviéndose de un lado al otro en medio de malos sueños. Ella tiene su teoría de que nadie puede aguantar tanto desprecio seguido. Tanta mala vibración tenía que acabar afectando la mente del que la sufría. Ella recuerda bien a una pobre mujer que hacía años que terminó loca en el manicomio porque igual que a la Sofía, la acusaron de endemoniada. Para que la Sofía, con lo orgullosa que era, hubiera permitido que el padre Pío la exorcizara, tenía que haberse sentido sola y miserable. Mentira era que uno podía hacer en la vida lo que le diera la gana. A uno siempre le pasaban la cuenta y no todos los que se arriesgaban tenían fondos para pagarla. La Sofía podía ser muy paradita, pero mira que si uno se ponía a pensar le podía sacar la sarta de desgracias: la mamá la había dejado, el marido la había encerrado, nunca la habían aceptado como normal en el pueblo, el día que se decide a plantarse hasta tiembla la tierra y ahora se le mete que está enamorada ¡justo cuando el hombre ya no quiere saber más de ella después de panzonearla! También era cierto que poca gente había recibido tanta mimazón como la que le dieron don Ramón y la Eulalia, pero ni las monjas la habían querido educar... Ya a ella ni le gustaba leerle las cartas porque siempre le salía aquello de que iba a perder algo muy precioso para ella. Tal vez era este Jerónimo. Tal vez en realidad lo quería y habría que darle algo para el mal de amor, algo potente, que la curara de una vez.

—¿Quién está allí? —pregunta la voz de Sofía desde el cuarto. Entre las pesadillas ha visto la sombra de doña Carmen asomada a la puerta, y se sienta, asustada, en la cama.

—Soy yo, hija, la Carmen, no te preocupes —dice la mujer, y se acerca extendiendo la mano para tocarle la frente.

—¿Dónde está Fausto? ¿No sabe dónde está Fausto? Necesito que venga, necesito hablarle. No puedo creer las cosas que me dijo anoche. Tiene que ser mentira. Me dijo unas cosas horribles y yo me puse como loca. No puedo creer que sea cierto lo que me dijo. Seguro lo hizo para

protegerme, creyendo que eso me haría olvidar a Jerónimo. Nadie entiende que yo quiera a Jerónimo, doña Carmen, nadie me cree; ni él mismo.

—¿Y qué es lo que te dijo Fausto?

Sofía le relata la conversación en que Fausto, haciendo acopio de valentía, le contó lo que Jerónimo le dijera,
luego de días de debatirse entre verdades y mentiras pia-
dosas. Doña Carmen trata de no perder ni una sola de las
expresiones con que Sofía le va dando cuenta de la cobardía y falta de vergüenza de Jerónimo, para ver si descubre
los signos de los amores largo tiempo ocultos: el estertor
típico con que los enamorados clandestinos alivian sus
pulmones del opresivo secreto, pero Sofía habla pausada-
mente. No hay duda de que ella está sufriendo; su piel
aceituna, generalmente brillante, luce macilenta y ceniza;
sus ojos están abotargados del llanto y las visiones infla-
madas de las pesadillas, pero en su relato hay más lástima
hacia sí misma que lamento de lo perdido. Tal como ella
lo sospechara, Sofía está penando más por el descubrimiento de su propia soledad que por el hombre. Jerónimo
es la puerta a través de la cual se ha puesto en contacto
con la densidad negra de la nada. Viendo a Sofía, doña
Carmen piensa estar ante la presencia de un ciego tanteando aire vacío a su alrededor.

—Sólo el amor te puede sacar de ésta —le dice—,
pero no el amor de Jerónimo, sino el amor propio.

Sofía está demasiado cansada para responder. Siente
que el aire alrededor de ella se ha vuelto metálico y pesa
sobre sus brazos y su pecho. El deseo de venganza se le va
desvaneciendo como si el aire envenenado que le corroía
los intestinos hubiera ido saliendo confundido con los
gritos de la noche anterior y las palabras con que acaba de
hablarle a doña Carmen. Ahora tiene la sensación física

de haberse empequeñecido. En realidad no valía la pena preguntarle nada más a Fausto. ¿De qué serviría? No quiere pensar más en Jerónimo, no quiere pensar en nada. Se siente como una cosa amorfa, el envoltorio de un ser extraño que ya no sabe por qué habita en su interior, un ser que le está absorbiendo toda la energía. Quiere dormir sin soñar, no moverse, estarse quieta.

—Tráigame un té de tila, doña Carmen; algo que me haga dormir sin soñar. Necesito dormir, estoy agotada —dice, y se da vuelta en la cama hacia el lado más oscuro de la habitación.

CAPÍTULO XXXII

En lo alto del Mombacho el grito del mono congo suena como lamento de alma en pena. La luna llena recién ha aparecido en el horizonte atravesada por una nube. Desde el volcán se ve redonda e inmensa, propicia para los ritos. En la cabaña de Xintal, Samuel y doña Carmen terminan de cenar gallo pinto, queso y tortillas. Xintal mueve el café en el fuego y el aroma a canela con que ha mezclado el grano negro, secado y molido por ella misma, impregna el ambiente de efluvios benéficos. Es necesario ahuyentar el aire pesado de las tristezas de la Sofía que los ha convocado esta noche. Cada uno de ellos debe limpiarse de las penas ajenas que se les han adherido a la piel, para así poder verlas de largo y encontrarles remedio.

Ninguno tiene prisa. Todavía faltan algunas horas para que la luna suba al medio del cielo. Acomodados en taburetes en la cocina alrededor de la simple mesa de madera de pochote, sacan los puritos chilcagre y los fuman alzando torres evanescentes de humo. Xintal sirve el café en los pocillos y les cuenta del agua turbia de la poza de las adivinaciones, donde ha visto a Sofía acercarse a la mágica puerta del centro de la laguna de Apoyo; la puerta estaba en llamas, y eso significaba que ella tendría que arder antes de poder traspasar el umbral de la iniciación y llegar frente al espejo que al fin le devolvería su imagen.

—Lo mismo dice el Tarot —habla doña Carmen—: la carta de la Sofía es la torre en llamas; la purificación a través del fuego.

—Pero me dijiste que en la última tirada le salió el Universo —interviene Samuel—. Esa carta es positiva...

La carta del Universo es la trascendencia, el símbolo de la transmutación, el último de los arcanos mayores, la mejor de las cartas; anuncia el fin de la jornada, la llegada al centro del ser, el descubrimiento del espacio donde el aire interior puede danzar sin angustias regocijándose en su propia energía, protegido por los círculos de fuerza. Es la armonía de luz y oscuridad: la reconciliación de los polos en pugna que pueden desmembrar el cuerpo y el espíritu. Sí, dice doña Carmen, en la última tirada a Sofía le salió la carta del Universo, pero también salieron el Diablo, la Torre y el Ermitaño. Ellos tienen que convocar la columna de luz para que Sofía pueda salir de los campos oscuros y ver su propia imagen; tienen que llamar a la Madre Antigua para que Sofía pueda saber dónde está enterrado su ombligo y no se quede flotando sin dirección en el vacío de su propio desconcierto.

—La madre de la Sofía no era gitana —dice Xintal—. Para los gitanos, ella siempre fue una extraña y su hija nunca le perteneció. Yo la vi penando en un país de tierras arrasadas.

—Una mujer sin madre es como un alma en pena —dice Samuel.

—... Hasta que tiene una hija —dice doña Carmen—. Si es que rompe el hechizo y no la pierde.

—¿Y el amor de Jerónimo? —pregunta Samuel.

—¡Machala! ¡Machala! —dice Xintal—. Ése no es amor, es necesidad. Hay que invocar a la Madre Antigua y el amor de Jerónimo ya no será necesario.

—Tenemos que encontrarle madre a la Sofía.

—Tenemos que destrabarle el corazón.

—Tenemos que llamar otra vez a la Eulalia.

La noche es viva en el Mombacho, plena de ruidos y chirridos de árboles que se acomodan para dormir; es febrero y el viento se ha convertido en mar y rompe sus olas contra los platanales, los laureles y los elequemes florecidos. Hace fresco y doña Carmen se acomoda el suéter sobre los hombros y se levanta a ayudar a Xintal a preparar el agua, la sal, las candelas y las vasijas de lodo negro de San Juan de Oriente para el rito. Samuel corta tres floripones y los pone en el agua hirviendo. Los brujos se mueven en silencio porque ya se va acercando la hora de subir al lugar de poder donde oficiarán la ceremonia. Cuando el té de floripón está preparado, Samuel lo vierte en una vasija y le pone la tapa de barro. Terminan los preparativos y salen los tres de la vivienda de Xintal. Caminan despacio hacia el monte que, desde tiempos anteriores a la memoria, ha guardado el magnetismo que atrae la columna de luz todo el camino desde la laguna de Apoyo. El monte es un cono truncado; en su cima hay un círculo de árboles creciendo muy juntos uno al lado del otro. Los campesinos del lugar no se atreven a acercarse porque se dice que de ese sitio salen todas las serpientes que habitan en el Mombacho. Xintal, quien se ha encargado de propagar la leyenda, sabe que esto no es cierto y que lo único que encontrarán es una boa pacífica y haragana que vive en el tronco de un ceibo. Van subiendo y a su paso las pocoyas nocturnas levantan el vuelo. En la clara luz de la luna se adivinan los ojos amarillos de los búhos y los cárabos entonan su canto grave y lastimero. Caminan en fila india por el angosto sendero y, después de atravesar una colonia de coludos gigantes creciendo tupidos a la altura de sus cabezas, salen al claro la cima. En el lugar apenas si sopla viento porque la espesura de los árboles que rodean el círculo mágico rompe las corrientes y crea un espacio redondo de calma y silencio.

Xintal cruza el redondel cubierto de hierba salvaje y mira desde abajo a la enorme boa enrollada en el ceibo, dormida como siempre, haciendo seguramente la digestión de algún jaguar distraído. Samuel y doña Carmen ya han puesto en el suelo los elementos que usarán en el rito y en pocos momentos todos están en actividad. Con el lodo negro de San Juan de Oriente y la vara, Samuel traza un círculo negro que abarca la casi totalidad del claro; doña Carmen va regando sal sobre el círculo, al tiempo que Xintal lo riega de aguardiente de caña de azúcar. Una vez hecho esto, los tres se pintan las caras con el lodo negro, se pintan las cejas, los párpados y todo el rostro para que la luz no los deslumbre y los espíritus curiosos no les adivinen la identidad y lleguen después a invocarles favores. Una vez pintados, se toman de las manos y penetran al círculo negro y en el centro hacen otro círculo con las candelas de sebo serenado. Luego se sientan en el espacio detrás de las candelas y Samuel saca la vasija con el té de floripón y los tres van tomando grandes tragos hasta vaciarla y siguen sentados con las piernas cruzadas mientras sienten que el cuerpo se les va relajando, cierran los ojos y se ponen en contacto con la fuerza interior que les empieza a danzar en el vientre, en el estómago, en los pulmones, con la euforia de verse liberada y suelta para bailar. Se ponen de pie y comienzan a dar pasos suavecitos, pasos de danzas remotas, y con los ojos abiertos pueden ver los ojos de los árboles, que son muchos y verde profundo, y los saludan y les cantan. Bailan cada vez más rápido y la danza despierta a los pájaros azules que se enfilan y vuelan en círculo sobre el redondel que trazara Samuel con su vara, y pronto hay una algarabía de insectos y mariposas nocturnas, pocoyas y lechuzas sobre la luz de las candelas. La luna se ha colocado ya en el cielo sobre el círculo de velas, Xintal da el último paso de baile, se detienen los tres y ella entona el canto de llamada a la Madre Antigua:

—Bendícenos, madre, porque somos tus criaturas.

»Bendice nuestros ojos para que veamos la belleza invisible.

»Bendícenos la nariz para oler tus perfumes.

»Bendícenos la boca para que digamos las palabras mágicas.

»Bendícenos el pecho para que lata nuestro corazón en armonía con las plantas.

»Bendice nuestras piernas, bendice nuestros sexos creadores de la vida.

»Bendice nuestros pies para que bailen la alegría de la cosquilla.

»Bendice esta noche para que la luz venga hasta aquí y la que no tiene madre encuentre su ombligo.»

Samuel y doña Carmen unen sus brazos a los brazos en alto de Xintal y los tres juntan sus frentes formando un círculo dentro del círculo de las candelas, y piensan y piensan en el centro de la laguna y llaman a la columna de luz que se esconde en sus aguas.

Los hombres y mujeres insomnes de los pueblos vecinos sienten cómo los vence el sueño luego de tanto desearlo; se duermen profundamente; los que están dormidos caen en un hondo sopor donde dejan de soñar. Los perros y los gatos se quedan quietos, se echan y también se duermen.

La laguna se queda quieta, se detiene el viento, y del centro del agua surge magnífica la columna de luz. Primero es como si un faro hubiera encendido su ojo en la profundidad de la laguna lanzando un haz luminoso recto hacia el cielo, pero pronto las partículas de luz se mueven con fuerza centrífuga y forman un tornado luminoso que se levanta sobre el agua, sube al medio del cielo y empieza a moverse despacio, como si bailara, en dirección al Mombacho.

Xintal, Samuel y doña Carmen cantan suavecito sin moverse de posición y sin dejar de pensar con los ojos cerrados. Al poco rato sienten la presencia de la luz que los baña, y cuando abren los ojos la columna de luz se ha posado sobre ellos en medio del círculo de las candelas.

Tomados de las manos se sientan en el suelo, encorvan sus espaldas hasta que sus cabezas se tocan, para unir la energía de sus pensamientos y que sus peticiones puedan subir por la columna de luz hacia el vientre de la Madre Antigua.

—Te hemos llamado para hablarte de la mujer sin ombligo —dice Xintal sin abrir la boca.

—Su cuerpo está germinando pero no habrá cosecha si su cuerpo sigue flotando en el vacío —dice Samuel.

—Necesita una madre para poder encontrar su imagen en el espejo —dice doña Carmen.

—Necesita amor para que se le destrabe el corazón —dice Xintal.

La columna de luz se abre en la parte superior formando un cono iluminado en el centro del claro.

Doña Carmen, Xintal y Samuel sienten que la mente

se les abre y que cada uno puede sentir los pensamientos de los otros y hasta los pensamientos pequeños y claros de los pájaros y las mariposas. Los tres tienen la visión de Eulalia saliendo a través del lugar donde el cono de luz se inserta en la tierra y llegando a la cama donde Sofía duerme embrocada sobre sí misma en posición fetal, con el sueño pesado que la columna de luz ha hecho posarse sobre los habitantes de la zona esa noche. Eulalia entra a la habitación y toma a Sofía en sus brazos como si no pesara y fuera una niña pequeña, luego la lleva a una mecedora y empieza a mecerse con ella en los brazos al tiempo que canta canciones de cuna. Eulalia aprieta a Sofía contra su pecho, le acaricia la cabeza, le soba el pecho hasta que una luz apenas perceptible comienza a brotar entre las costillas de la muchacha y se va concentrando para formar un cordón de luz que va de su corazón a su ombligo. Xintal ve el corazón de Sofía convertirse en un pájaro de plumas multicolores y el cordón de luz volverse una serpiente que se enrolla alrededor del jaguar que le sale del ombligo. Samuel, por ser hombre, sólo presiente las visiones de las dos mujeres y tiene una sensación confusa que le hace mover los labios como cuando era niño y lactaba.

Eulalia mece y mece a Sofía y a su canto gutural se unen las voces de doña Carmen y Xintal, a quienes el vientre les empieza a doler con el recuerdo de los partos. Xintal sabe que la Madre Antigua las está preñando para que vuelvan a dar a luz a la Sofía y ésta pueda renacer con un nuevo corazón que sea la unión de serpiente, jaguar y pájaro.

Varias horas están los tres acompañando a Eulalia hasta que ella vuelve a poner a la Sofía en su cama y otra vez la ven aparecer en el cono de luz y desaparecer dentro de la tierra hacia la zona donde viven los espíritus que comunican a los vivos con los muertos. Al disolverse la visión de Eulalia, el cono de luz se cierra otra vez en un haz recto y los tres se ponen de pie, se abrazan y sienten bajo sus pies la fuerza de la luz que empieza a ascender, como el surtidor de una fuente, llevándolos a ellos en la cresta hacia arriba, hacia el agujero del cielo donde podrán asomarse al infinito y fundirse en el tiempo donde todo existe a la misma vez. Xintal es la primera en despertar. Se sienta y ve a su lado a Doña Carmen y a Samuel, dormidos junto a las velas consumidas y a las vasijas vacías donde hubo lodo y té de floripón. En la naciente luz del sol, el Mombacho recupera su perfil de volcán apagado y majestuoso. Ya no se escucha el aullido de los monos congos y apenas si algunos pájaros azules sobrevuelan el círculo mágico donde la noche anterior los tres se asomaron a la puerta del Universo y vieron a Eulalia salir de la tierra y mecer a Sofía hasta que ella pudo incorporar a su memoria el recuerdo de amores maternales. Sofía estará tranquila ahora, piensa Xintal. Su cuerpo se volverá capullo, y cuando el jaguar, la serpiente y el pájaro alcancen su madurez, podrá renacer y encontrar su centro.

CAPÍTULO XXXIII

Sofía despierta casi a mediodía. No quiere levantarse de la cama porque teme que el contacto con la realidad le disuelva la placidez con que durmió toda la noche. Por primera vez soñó con su madre. Vio claramente sus facciones similares a las de ella y sintió que la arrullaba y jugaban juntas en un campo inmenso, lleno de margaritas salvajes, anémonas del bosque y violetas. Al despertar todavía puede evocar aquella imagen que, durante tantos años, permaneció para ella borrosa e inaccesible. Se solaza en la cama evocando a voluntad retazos de su infancia. Cierra los ojos y contempla una y otra vez a la mujer que a menudo ha vislumbrado viéndose ella en el espejo, sólo para perderla sin remedio. Suavemente, llora, atónita de sus propios recuerdos que hacen más punzante la eterna pregunta del por qué el abandono incomprensible. ¿Qué llevaría a su madre a dejarla en el Diriá la noche remota y de memorias confusas en la que se quedó sola y huérfana? ¿Qué podría haber hecho ella siendo tan niña para merecer aquel rechazo? ¿Sería porque ni su madre ni ella eran totalmente gitanas? ¿Sería el padre quien produjo la catástrofe que aún la perseguía? En repetidas ocasiones,

Sofía le ha preguntado al Tarot, y lo extraño es que en cada lectura la carta de los amantes aparece en una u otra posición. Nunca ha podido entenderlo. ¿Qué tendrían que ver los amantes con su abandono?

Pasa un buen rato apenas sin moverse, con miedo de que cualquier movimiento haga que pierda la imagen de la madre, pero tiene la vejiga llena y si no se levanta mojará la cama como criatura, así que empieza a ensayar sentarse sin abrir los ojos. Los abre un instante, los vuelve a cerrar y la visión sigue estando allí sin diluirse como se diluyen los sueños. Saca las piernas de las sábanas, busca a tientas las chinelas y pone los pies en el suelo. Luego empieza a caminar hacia el baño tanteando el rumbo como ciega, pero a medio camino se dice que es ridículo lo que está haciendo, de todas maneras no se puede pasar así toda la vida, abre los ojos y llega a su destino; se sienta en el inodoro, vuelve a cerrar los ojos y cuando su mente, sin esfuerzo, le devuelve la imagen sin titubear, sabe que ya no la perderá, que aunque no pueda descifrar la incógnita de su vida finalmente ha recuperado el recuerdo de su madre.

Petrona apenas puede creerlo cuando la ve aparecer en la cocina diciéndole que le sirva de comer porque se está «muriendo de hambre».

Como en los viejos tiempos, Sofía se sienta en el taburete de tres patas junto a la mesa donde usualmente Petrona se acomoda para limpiar el arroz y hacer sus reflexiones, y se pone a platicar y a preguntar sobre el manejo de la casa cual si hubiera regresado de un viaje de varios meses.

—Parece que ya está mejor, ¿verdad? —le interrumpe la doméstica, y Sofía le dice que sí, se siente mucho mejor, durmió como una piedra, no ha sentido achaques, ni mareos, y por primera vez en meses tiene hambre.

—Tiene que ir al suave —le advierte Petrona—. No se vaya a atracar de comida que le puede hacer daño después de estar comiendo como pajarito. Le voy a hacer una buena sopa de verduras para empezar. Ahora tiene que reponerse porque si no ese niño le va a salir todo flaco.

—Flaca —corrige Sofía—. Ya te dije que va a ser mujer.

Fausto siente desde la puerta que algo ha cambiado en el ambiente interior de la casa. Como todos los días, a partir de las renuncias en masa de los trabajadores, le ha tocado levantarse muy de madrugada para disponer los oficios de los pocos que quedan y los que, pagando salarios de ministros, ha podido contratar en Managua. Ha tenido una buena mañana tras una noche de sueño profundo y reparador y está contento porque ha logrado reclutar cinco mozos más de los alrededores, a quienes parece que ya se les ha pasado el miedo de los días del temblor. Entra a la casa y su nariz lo lleva directo al comedor, de donde salen olores a comida sabrosa y caliente. Desde la postración de Sofía, Petrona no ha tenido ánimos de cocinar y a él le ha tocado comer platos sosos y desaboridos. Se sorprende al ver a Sofía sentada a la mesa, engullendo con cara de satisfacción un generoso platón de sopa.

—¡Dichosos, señora, los ojos que la ven! —exclama.

—Hola —responde Sofía, sonriendo como si nada extraordinario hubiera sucedido—. A buena hora venís para acompañarme.

Fausto se sienta, comentando sin quitarle los ojos de encima lo repuesta que se ve; por fin tiene brillo en la mirada, le dice, ya él estaba pensando que tendría que llevársela a Managua al hospital.

—Me compuse —responde ella por toda explicación—. Ya me siento bien. Dormí como bebé. Creo que nunca he dormido tan profundo. Fíjate que hasta soñé con la cara de mi madre y todavía la sigo viendo claramente.

—Lo importante es que se sienta mejor —opina Fausto sin querer ahondar en el tema, temiendo que la buena cara de la Sofía se disuelva como pompa de jabón. Para cambiar de conversación, le habla de la finca. Ella le hace un largo interrogatorio, y casi al terminar la sopa le menciona, mirándolo a los ojos sin parpadear, que ya es hora de que contraten un nuevo abogado.

—Búscate a un hombre mayor —le dice—. A lo mejor podemos recuperar a don Prudencio.

¿Cuándo dejará de sorprenderle Sofía?, se pregunta Fausto viéndola funcionar en los días siguientes en que ella vuelve a interesarse en la marcha de la hacienda: las pérdidas que sufrieron en el negocio de flores, la recuperación lenta de los rosales, los nuevos conectes que Fausto ha conseguido para las entregas diarias a las floristerías y la sacada del cacao para la exportación a Costa Rica. Ella parece haber recuperado energías por arte de magia, se le ve calma y sosegada como le corresponde estar a una mujer ya en avanzado estado de gravidez. La recuperación en su estado físico es evidente y de verse tan flaca como para que Fausto le dijera, bromeando, que parecía «la esposa de Popeye con lombrices» ha pasado a recuperar peso y él no tiene dudas de que en pocas semanas volverá a lucir hermosa y vital como en los primeros meses de su preñez. Ya no se lamenta de amores inventados, aunque las pocas veces que ha vuelto a mencionar a Jerónimo, Fausto no deja de sentir en su voz un tono de ironía y un solapado deseo de venganza que le preocupa porque le hace inducir que, contrario a lo que ella quiere dar a creer, el capítulo con el abogado aún no está concluido. Con el pueblo, pareciera estar en plan de enmiendas: ha

263

asistido a diario a la misa de cinco del padre Pío y le ha mandado a Gertrudis una canasta de rosas con una nota felicitándola por su boda como si el episodio de la fiesta jamás hubiera existido.

Fausto sospecha de doña Carmen, Xintal y Samuel. Ellos llegaron a visitarla, pero a él le pareció que más bien habían llegado a comprobar determinadas certezas. Al salir les oyó intercambiar frases extrañas que lo dejaron intrigado. «Ya tiene ombligo», había dicho Xintal. «Ahora hay que esperar que se le destrabe el corazón», había respondido doña Carmen.

La única pista que tiene son las confidencias de Sofía una noche en que le contó de la ternura que había sentido en el sueño donde vio a la madre. Pocas veces la había sentido Fausto tan vulnerable y dulce como cuando le habló, sentada en la mecedora del corredor, de la cara hermosa de su madre y cómo las dos jugaban y cómo aquélla le daba unos abrazos fuertes y la arrullaba y mecía hasta que ella se quedaba dormida. Ahora, le había dicho, podía evocarla sin ninguna dificultad, y sentía como si su madre no la hubiera dejado y estuviera a su lado, acompañándola.

—Lo que nunca voy a entender es por qué me dejó, Fausto. Mucho menos ahora que la recuerdo tan bien y la siento tan cerca... Parecía quererme mucho. Siempre decía que me quería mucho...

Era, en otra dimensión, lo mismo que le había pasado con Jerónimo, piensa Sofía. Jerónimo la quería y aun así la había dejado. Era como si ella tuviera algo, un olor, una emanación, un hechizo, que hacía que los que la amaban la dejaran. Sin embargo, desde que recuperó la imagen de su madre, se siente más fuerte. Quizá recuperando a Jerónimo podría romper el círculo de los abandonos; quizá ése era el círculo que tanto le mencionaban las brujas, el mismo que le anunciara la aparición de Eulalia o tal vez era simplemente un problema de él, de su cobardía, y no el resultado de una monstruosidad inherente a ella, a sus parentelas extrañas con gente errante y hasta con los demonios que Patrocinio afirmaba la habían amamantado. Ella no podía pasarse todo el tiempo pensando mal de sí misma. Le hacía daño. Se dice que no tendrá miedo la próxima vez que decida ir a Managua a buscar a Jerónimo; no le importará ni que la vea deforme.

Al paso de los días, está cada vez más tranquila, y la seguridad reconfortante de antiguos abrazos maternales le permite gozar la compañía de los demás y la perspectiva del nacimiento de su hijo.

—Está como café amargo aguado —le comenta Petrona a Fausto—. Hace unos días me preguntó cuándo había tomado mis últimas vacaciones... Hacía tiempo que no se preocupaba por mí...

Fausto observa con cautela la recuperación y la reciente mansedumbre de Sofía. Él también está aliviado al verla emprender largas caminatas vespertinas por las veredas de la hacienda, deteniéndose para hablar con los trabajadores nuevos, quienes no se explican la alharaca que les han contado existe alrededor de esta señora aparentemente amable y reposada, que ostenta además la respetable barriga de siete meses de embarazo. Lo que le preocupa a Fausto es que la calma sea pasajera, anuncio de nuevas y más violentas tormentas. Para él, el hecho de que ella haya soñado con su madre, a pesar de que Sofía lo ha mencionado varias veces otorgándole más trascendencia a medida que pasan los días, no explica su apaciguamiento. Le llama la atención la certeza que tiene de que la imagen que ha visto es la de su madre.

¿Cómo sabe que esa mujer que soñó era ella, considerando la textura engañosa de los sueños? Lo más extraño es que le ha dado por confundir los sueños con recuerdos, y ya ni él mismo sabe cuándo se refiere a los unos o a los otros.

Fausto sabe cómo afecta a los seres humanos la relación con la madre pero, a pesar de su aguda visión para penetrar los complicados enredos mentales de Sofía, esta vez se ha topado con sus propias defensas atrincheradas. Su madre es para él una imagen venerada y odiada al mismo tiempo. Muy en su fuero interno ha envidiado incluso a Sofía por no haber tenido que vérselas con una mujer como la madre de él, quien no lo dejaba casi ni respirar de tan pendiente que estaba de cada uno de sus movimientos. Lloró como nadie su muerte, pero como nadie también se sintió liberado de un peso descomunal. No puede entender por qué a Sofía le ha dado alegría y seguridad poder evocar a la suya cuando sabe perfectamente que esa mujer la abandonó sin jamás regresar a buscarla, siendo ella una criatura de apenas siete años. Por eso cruza los días temiendo el retorno —para él inevitable— de la obsesión con Jerónimo y la depresión furiosa de Sofía.

CAPÍTULO XXXIV

Un mes falta para la fecha del parto. Sofía se repone bajo los cuidados de Petrona y Engracia. Esta última llega todos los días a El Encanto y entretiene su vejez tejiendo incontables zapatitos de macramé. Las tres mujeres se han dedicado a los preparativos del nacimiento ayudadas por Fausto, quien ha diseñado y encargado en Managua los muebles del niño. Como es costumbre, se han hervido las seis docenas de pañales, y toda la ropa del recién nacido está limpia y guardada en nítidas bolsas plásticas.

Hay un aire de paz en El Encanto, un aire a féminas ocupadas en el antiguo oficio de reproducir la vida, un aire a lazos y mosquiteros de tul, pero Sofía llora a escondidas y no sabe si tiene dificultades para dormir porque el vientre agigantado le presiona los pulmones o por la terca congoja que no deja de despertarla de madrugada.

Sola en su habitación, sin compartirlo con nadie, da rienda suelta al desasosiego que le produce la idea obsesiva de que Jerónimo pueda rechazarla; llora abrazando su barriga, jurándole a su hija que ella jamás la abandonará, nunca la dejará sola, nunca cometerá crueldad semejante, y luego se levanta, se seca las lágrimas, se acomoda la bata de casa y las chinelas y sale al día a fingirle a los demás la placidez que no siente.

En medio de los preparativos, los oficios de la casa y la hacienda, Sofía hace y deshace en su imaginación planes para obligar a Jerónimo a que la reciba, construye conversaciones elaboradas que terminarían en actos de reconciliación, visualiza a Jerónimo con ella a la hora del parto y luego rechaza la idea, enfureciéndose por su debilidad, diciéndose que nada cambiará si la rechaza, no lo necesita; es un cobarde que no merece ni ver a la hija recién nacida, no se merece ni que la sombra del amor lo toque.

Fausto ha empezado a inquietarse. Petrona y Engracia aseguran que los ojos abotargados de Sofía se deben a los insomnios del último mes y a que las embarazadas se llenan de agua, pero él no se engaña; la siente contenida y ausente, como cada vez que se han desatado las grandes crisis. Lo que las demás interpretan como placidez para él son sólo augurios de tormenta, por eso ha hecho su misión el mantenerla vigilada. Aun a costa de descuidar tareas de la hacienda, regresa del campo a la casa varias veces al día con el pretexto de no poder con el resplandor de los soles de marzo. Sofía presiente la preocupación de Fausto y frente a él se esmera en aparecer más reposada, contenta, y con interés en cuanto sucede a su alrededor. Quiere desconcertarlo para que él no vaya a estropearle los planes que, al paso de los días, terminan por definirse.

Jerónimo recuerda a Sofía de vez en cuando porque los desafueros de una tardía irresponsabilidad juvenil no se olvidan fácilmente. Sin embargo, es el gran ganador. Después de años de inconformidad e insatisfacción ha aprendido a contar sus bendiciones y a sentir estimación por lo que antes le parecía tan sólo una tediosa rutina; por otra parte, en los negocios, ha recuperado la estabilidad sobre la cual se basó siempre su reputación. Su vida profesional, social y de familia le parecen ahora un himno a la armonía y a la paz de su espíritu, que sólo se altera en los sueños eróticos donde a menudo Sofía se entromete. Pero hasta eso es agradable, se dice a sí mismo; a nadie daña el recuerdo de pasadas lujurias. Lo único que no deja de preocuparle es el embarazo de Sofía; la idea de un hijo suyo vagando por el mundo, pero está decidido a no ver a la criatura ni una sola vez. Piensa que mientras los ojos no vean, el corazón no sentirá, y no habrá que temer momentáneos gestos o impulsos nobles de los que más tarde, sin duda, se arrepentirá.

Sobre su escritorio nítido de leguleyo de éxito hay ahora una foto sonriente de su esposa. Mientras firma escrituras y anota citas en su agenda, la mente de Jerónimo está lejos de imaginar la cercanía de Sofía, que está bajando del *jeep* frente a la oficina.

Esa mañana, ella no ha podido controlar más la necesidad perentoria de ver a Jerónimo. Ya van semanas en que la angustia la persigue todo el día. Se ha convencido de que confrontar a Jerónimo le aliviará al menos la rabia que constantemente le sube desde el fondo del cuerpo en una mezcla de dolor y furia en que la figura de él y la de su madre se acoplan como un centauro mítico que la amenazara con sus flechas.

Lo más desesperante es no poder definir sus sentimientos confusos. Del amor viaja hacia el odio sin más transición que la velocidad con que la sucesión de imágenes se proyectan en su mente; el idílico recuerdo inicial de su madre se apareja ahora con la imposibilidad física de explicarse su abandono; al rostro sonriente que la abraza entre las flores se le superpone la imagen de la mujer de entrañas vacías que no regresó jamás a saber qué suerte habría corrido la niña de sus abrazos. De la misma forma, no puede conciliar al Jerónimo de las risas y las acrobacias de atletas del amor, al duende desnudo en los escondites de los amantes fortuitos, mirándola de reojo con inconfundible ternura, con el que se ha negado al teléfono y ha sostenido frente a Fausto que el niño no es de él cuando fue ella la que sostuvo la historia falsa de las pastillas, en una especie de anverso de su comportamiento con René. No puede entender cómo es que Jerónimo ha podido darle la espalda, olvidarse de ella; de todos los juegos que inventó para seducirlo, de su piel que decía era tan suave, de las conversaciones en que explayaba su temor a los amores no correspondidos. Su vida entera se le hace un equívoco destino, torcido por el azar de abandonos inexplicables. ¿Quién será la mujer que su hija verá al nacer?, se pregunta; ¿hija de quién, mujer de quién, ciudadana de qué país?

En el *jeep* ha viajado acalorada, con las mejillas encendidas de una cólera que no encuentra cauce. Deja la hacienda con el pretexto de ir a visitar a Xintal, pero no bien en la carretera ordena al chofer enrumbarse hacia Managua. El calor del verano tropical hace reverberar el pavimento y tolvaneras de polvo amarillean la vegetación a los lados del camino. En el tráfico de la ciudad, el calor es más intenso. Al aproximarse al bufete de Jerónimo, va cubierta de sudor y le duelen las costillas de la piel tensa que se ha ensanchado para cubrirle el vientre que pareciera crecer un poco más cada día. Sólo el niño en su interior, protegido del calor y de los movimientos del vehículo, no deja de dar vigorosas señales de vida, moviéndose constantemente en su morada de agua y silencio.

Se estaciona el *jeep* frente a la oficina de Jerónimo y Sofía baja, ayudada por el chofer, y en la acera, antes de entrar, saca un pañuelo limpio y blanco, se seca el sudor y, junto a la puerta del coche, se arregla un poco el pelo. Luego, sin apresurar el paso, contoneando orgullosa la evidencia de su preñez, entra a la recepción del bufete y sonríe a la asombrada secretaria, quien apenas si tiene la presencia de ánimo de saludarla.

—Dígale al doctor que estoy aquí y que no me voy hasta que no lo vea —dice Sofía, sin dejar de forzarse a sonreír.

La mujer, ante la máquina de escribir, no reacciona. La mira, asiente con la cabeza y hace como que arreglara papeles en el escritorio, mientras piensa cómo podrá salvar al jefe de esta intromisión.

En ese momento, ignorante de lo que sucede en la antesala, Jerónimo se levanta de su escritorio y sale a dar instrucciones a la secretaria.

No bien abre la puerta, se queda detenido mirando una y otra vez a Sofía, quien aprovechando el efecto de la sorpresa, se adelanta hacia él, pasa a su lado y se introduce en su despacho.

—Vení que tenemos que hablar —le dice.

Jerónimo la sigue y cierra la puerta, atontado por lo inesperado de la visita y por el respeto ancestral que le inspira, a su pesar, la evidencia del hijo en el cuerpo de Sofía.

—Sentate —sigue ordenando ella mientras toma a su vez asiento en las sillas de cuero del despacho.

Jerónimo se sienta y trata de bucear en su interior la reacción apropiada. Ya hacía tiempo que se había convencido de que Sofía no aparecería más que en sueños por su vida. Se encuentra desarmado por aquella emboscada. No sabe qué hacer aparte de guardar silencio y mirarla. Está hipnotizado viéndole el vientre enorme.

—Vine a saber qué es lo que te pasó —dice Sofía—. No has contestado mis llamadas, le dijiste a Fausto que no eras el padre de la niña, insinuaste que podría ser de otro... Sos un cobarde. ¿No te da vergüenza actuar así con quien va a tener una hija tuya?

—¿Ya sabés, con seguridad, que va a ser una niña? —pregunta Jerónimo.

—Sí. Pero eso a vos no tiene por qué importarte... La vas a abandonar de todas formas.

—Mirá, Sofía —dice Jerónimo levantándose y yendo al escritorio a buscar un cigarrillo, nervioso—. Quedar embarazada fue tu decisión. Aquí entre vos y yo no nos estemos engañando; vos me aseguraste que estabas tomando las pastillas. Lo que sucedió entre nosotros fue sexual. No me vengás a reclamar ahora responsabilidades...

—¿Sexual? —casi grita Sofía, poniéndose también de pie, reclamando que él no recuerde las veces que le habló de amor; cómo podía creer que ella estuviera pensando sólo en acostarse con él, como si no existieran miles de hombres con quienes hubiera podido hacerlo. Ella lo había querido, le dice, lo quiere aún; lo que sucede es que él también está prejuiciado contra ella, la cree incapaz de amar, la odia porque es gitana, porque es rara.

—Estás equivocada —responde Jerónimo sentándose, tratando de hablar en tono bajo para evitar que los gritos y la discusión trasciendan a toda la oficina—. Sentate y hablemos esto con calma. No sé cómo sentirá otra gente, pero a mí me tiene sin cuidado que seas gitana. Lo que sí pienso, y vos deberías también pensarlo, es que sos egoísta; sí pienso que no sabés amar, que sólo te querés a vos misma. Ahora estás alterada, pero si reflexionas tenés que darte cuenta que vos planeaste todo esto y que yo no estaba en tus planes. La única razón por la que me buscás es porque yo te rechacé, porque no contesté tus llamadas... Estás encaprichada. Eso es lo que te pasa —dice bajando progresivamente el tono de la voz, hablando con tono resignado.

—Ahora me querés echar a mí toda la culpa —grita Sofía sin aceptar la silla que él le indica—. Egoísta sos vos, que no te importa que yo tenga esta criatura sola; ¡que no te importa que esta criatura nazca sin padre!

—Tener un hijo fue tu decisión —repite Jerónimo, recordándole una y otra vez que ella le había asegurado que no quedaría embarazada, que no se preocupara. Sus peores temores van tomando cuerpo en la expresión de Sofía, quien actúa como una amante de muchos y largos años que hubiera sido rechazada sin explicaciones, justo al quedar embarazada.

Ella grita y gesticula, reiterando que siempre lo quiso, y mientras lo dice va pensando que es cierto, que no le está mintiendo, lo que pasó fue que tuvo miedo, se dice, pero ahora se da cuenta, estando frente a Jerónimo, que es el único hombre que ha amado en su vida. Cómo entender, si no, la libertad con que se entregó a él, la locura de aquellos días de amores desenfrenados.

—Yo te he querido, Jerónimo —le dice sentándose frente a él, mirándolo a los ojos—. Tenés que creerme. Ya no pensés más en la niña. Acepto que fue una decisión mía; pero lo hice porque estaba enamorada de vos. Te lo juro —le dice, y se pone a llorar, tapándose la cara con las manos.

La mente de Jerónimo es un torbellino de desconciertos. Le parece estar frente a una redomada actriz que juega ahora a ganarse su compasión y su lástima; pero también siente que Sofía está afectada por oscuros motivos que posiblemente ni ella misma atisbe a comprender.

No será él, sin embargo, quien se encargará de desentra-
ñárselos. Lo único que desea es que ella se marche. Ni siquiera entiende cuál es el propósito que la tiene allí, frente a él, atacada en llanto, en aquella conversación irreal en
que ella ha distorsionado cuanto sucedió obedeciendo a
quién sabe qué fines.

—Sofía, yo tengo una esposa —le dice, en el tono de
quien habla con un niño—. Después de lo de nosotros,
ella se ha portado muy bien; por primera vez en años estamos teniendo una relación muy buena. Yo te tengo cariño pero no puedo dejarla; no puedo encargarme de ese
niño, o esa niña, como decís vos. No sé qué pretendés con
toda esta escena.

—Sos un cobarde —dice Sofía levantando la cara y
mirándolo entre las lágrimas—. No podés ni reconocer
que me querés. Ahora te has acomodado con tu mujercita
y vas a echar a perder la única oportunidad que vas a tener en tu vida de tener un amor de verdad...

Jerónimo levanta los hombros y, tratando de ser con-
ciliador, le dice que así es la vida; hay obligaciones que las
personas tienen que cumplir. Él tiene casi siete años de
casado y su mujer es una excelente persona. Además, lo
de ellos dos nunca tuvo futuro, ni antes, ni ahora. Menos
mal que no se enamoró de ella, piensa para sí, menos mal
que tuvo el suficiente sentido común para darse cuenta
de que era un juego sumamente peligroso. Errada está
Sofía creyendo que él la ve a ella como una «oportunidad» para el amor verdadero; pero mejor no insiste, no
vaya a ser que ella se encolerice más.

—Esa mujer nunca te va a dar un hijo. Mirá, mirá —exclama Sofía, levantándose y pegándose el vestido a la barriga para que él vea la dimensión de su embarazo—. Yo
sí llevo una hija tuya aquí; tenés mucha más responsabili-

dad conmigo. ¡No podés abandonar a esta muchachita! ¡No podés abandonarla!

—No seas dramática —dice imperativo Jerónimo—. Esa niña es tu exclusiva responsabilidad. Vos sola decidiste tenerla. Nada me dijiste siquiera del embarazo hasta que no se te ocurrió inventar que estabas enamorada de mí meses después. Acordate que fuiste vos quien empezó a negárseme en el teléfono...

—No es cierto —se levanta Sofía—. Nadie me decía que vos me llamabas por teléfono. Al principio me dio miedo que reaccionaras mal. Tenía miedo de esto que está pasando. Por eso no te llamé, ni te lo dije. Pensé que podría salir adelante sola, pero luego me empezaste a hacer falta, me di cuenta de que te quería...

Jerónimo siente crecerle la incredulidad y la exasperación ante las mentiras que sin interrupción salen de la boca de Sofía. Se levanta, la toma de los hombros y le dice que si no se da cuenta de que ella no quiere a nadie.

—A nadie querés. ¿No te das cuenta? Ni siquiera a tu hija querés. La estás usando. Estás enferma. Despertate y pensá por una vez en tu vida, no te estés engañando y no me estés faltando al respeto, mintiéndome ¡como si yo fuera estúpido! —le grita Jerónimo zarandeándola, ya sin recordar siquiera la oficina y el personal afuera.

Sofía se queda quieta. Una extrañeza vaga e incómoda empieza a extendérsele en el cuerpo al tiempo que sigue viendo a Jerónimo gesticular frente a ella hablándole sin detenerse y sin que ella ya pueda oírle. Es feo, Jerónimo, piensa, todo desleído y pálido con ese bigote absurdo y aquel cuerpo delgado y lampiño. Cómo pudo haber pensado ella que él reaccionaría como hombre, si era un monigote, un cínico cobijado de aventurero que sólo ansiaba la comodidad de una mujer sufrida que le aguantara sus correrías de galán de cine. No se merecía ser el padre de su hija, ni que ella sintiera este dolor que se le metía entre las costillas porque aquel ser la hubiera poseído, hubiera tocado su cuerpo desnudo, hubiera entrado en ella hasta fecundarla. Pobre Jerónimo, pobrecito, porque ella tendría que abandonarlo, dejarlo en su bufete de abogado, abandonado a su suerte de profesional intachable. Si ella no sabía quién era, él tampoco lo sabía. La amaba y se resistía como un idiota; era incapaz de darse cuenta de lo que había significado para ella llegar hasta allí, decirle lo que su corazón sentía. Ella que era tan orgullosa le había abierto la puerta a las verdaderas posibilidades de ser otra cosa y él la estaba rechazando, gritándole con el control totalmente perdido, con el miedo aflorándole en cada palabra. Algún día se arrepentiría; algún día, cuando su hija naciera, ella se la mostraría y él sentiría profundamente haberla abandonado porque la niña sería linda, tendría algunos de sus rasgos, pero fuertes, fortalecidos con la sangre de ella que no era desleída, ni rala como la de él.

—Ya me voy —dice de pronto Sofía, interrumpiendo la perorata de Jerónimo, quien ha estado tratando desesperadamente de hacerla razonar, temiendo que la locura de ella pueda alterar la armonía que ha construido en los últimos meses. Quita las manos de él de sus hombros, se acomoda el pelo con las manos, y con el mismo ímpetu con que entró, con el vientre y la frente alzados, sale de la oficina y pasa al lado de la secretaria pálida que finge escribir.

Sólo cuando va a medio camino entre Managua y la hacienda, recapitulando cuanto dijo, Sofía se pone a llorar de humillación y soledad, sin que le importe la mirada de soslayo del chofer.

CAPÍTULO XXXV

—Ya está por parir la gitana. ¡Sálvenos Jesucristo que no le vaya a salir un chavalo con cachos y cola!

Patrocinio habla con la dueña de la pulpería cercana a su cantina, mientras espera que ella le despache y pese las libras de arroz y azúcar que ha ido a comprar.

—¿Y ya supo que la Gertrudis está embarazada? Es raro, ¿verdad? Total que René no era machorro, ni la Sofía tampoco. Parece que ni la sangre se les podía mezclar a esos dos.

—Qué se le iba a poder mezclar al pobre René, si él es bueno y esa mujer es mala. El Señor le hizo el milagro de no fecundarla. ¡Quién sabe qué clase de hijo hubieran tenido! Yo ya le encomendé un triduo a la Santísima Trinidad para que nos salve del Anticristo. A mí no se me quita la idea de que esa mujer va a ser la desgracia del Diriá.

—Ay, doña Patrocinio, usted siempre con ese cuento. A mí la Sofía ha terminado dándome pesar. Nadie la quiere y creo que ella tampoco quiere a nadie. A lo mejor cuando le nazca el hijo se apacigua y se vuelve normal. Toda pálida la vi el otro día en la iglesia.

—Ustedes tienen la memoria demasiado corta. A mí

el miedo que pasé el día que hizo que temblara la tierra no se me va a olvidar nunca.

—Dicen que doña Carmen y la Xintal la van a partear...

—No le digo... Esa criatura va a nacer entre brujas...

—Como un montón de gente. Doña Carmen ha parteado a casi todo el Diriá y Catarina.

Están divididas las opiniones en el pueblo. El embarazo solitario de Sofía y sus constantes apariciones por la iglesia han terminado por persuadir a más de alguna de que su suerte no es distinta a la de muchas mujeres a las que los hombres abandonan no bien salen preñadas.

Como este destino es común a muchas, a la postre han empezado a tenerla lástima y a verla como una más de ellas. Patrocinio y otras, por su parte, esperan el nacimiento con malos augurios y pronósticos y se encargan de que no se borre la memoria del temblor de tierra, ni el comentado escándalo con el abogado. Les da furia comprobar cómo la preñez de Sofía ha servido como atenuante para todos sus delitos. El colmo era que hasta la Gertrudis, ahora que ella misma estaba embarazada, la defendía y hablaba del mandamiento del amor al prójimo con beatitud de santa, recriminándolas de que le mantuvieran semejante rencor a la «pobre» Sofía. Incluso René, redimido de su mala fama de «machorro», se había mostrado proclive al perdón y a la clemencia y se solazaba en ser compasivo, ahora que su ex mujer había caído en una desgracia tan común y conocida que la ponía en plano de igualdad con el resto de las mortales.

En la misa del padre Pío, Engracia no dejaba el lado de Sofía. El sacerdote leía pasajes del nacimiento de Jesús que no tenían nada que ver con el tiempo de la Cuaresma. Consciente de las preocupaciones de sus feligreses, hacía intentos por disipar el mal efecto de las peroratas de Patrocinio, esforzándose para que aquel nacimiento no fuera visto como un augurio apocalíptico sino más bien como una bendición del Señor. Al menos a su manera de ver, la Sofía grande y embarazada que se persigna piadosa en los oficios divinos nada tiene que ver con la impetuosa rebelde de hace algunos meses; para él, ya su rebaño está en paz y los hijos pródigos han vuelto al redil.

En el pueblo, nadie, ni siquiera Fausto, se da cuenta de la visita de Sofía a Managua. Rompiendo todas las leyes establecidas, el chofer se abstiene de hacer comentarios porque en su trabajo anterior se acostumbró a la discreción, haciendo de cómplice de sus patrones para tapar el mutuo adulterio de la pareja.

Con la destreza que aprendió en el embarazo de separarse de la realidad y mirar hacia adentro, Sofía examina sus pensamientos y se abstrae del mundo que espera expectante el nacimiento de su hijo. Fausto es el único a quien le incomoda el silencio que la rodea, las mujeres lo consideran indicio de la cercanía del parto y tanto Engracia como Petrona procuran moverse con sigilo por la casa para no disturbar el último período de intimidad que tendrán la madre y la hija, antes de mirarse de frente el día del parto, cuando quedarán separadas para siempre la una de la otra.

¿De dónde vendrá el abandono?, piensa Sofía, ¿de qué sustancia estará hecho? Aun en el Paraíso Terrenal, donde todo era perfecto y feliz, Dios abandonó a Adán y Eva; los dejó desnudos y solitarios, los sacó del vientre acogedor del jardín, les puso trampas para que mordieran la manzana. Y luego Caín mató a Abel. A Moisés lo habían dejado abandonado sus padres en el río Nilo, supuestamente para salvarlo de la muerte. Unos a otros se abandonaban los seres humanos, por amor, por odio, por cobardía o exceso de valor. Los hombres se iban a la guerra y dejaban a las mujeres o se enamoraban de otras; las mujeres dejaban a los hombres macilentos y se iban detrás de los fuertes.

Sofía se repite los nombres de los seres que piensa haber amado. Revive la infancia plácida de El Encanto y recuerda la cómplice pero distante relación de Eulalia y don Ramón, quienes fueron sus padres sin jamás vivir bajo el mismo techo o perder las diferencias de cuna que los separaban. Nunca los entendió, tan distantes entre sí y a la vez pendientes el uno del otro. Nunca me preocupó, piensa. Jamás los vio a ellos en su propia luz. Siempre los observó con relación a ella e hizo cuanto estuvo a su alcance por mantenerlos bajo el aire de sus coqueteos de niña, dóciles a ella, enamorados de sus travesuras, atentos a su más caprichoso deseo. Pero los amó, se dice. ¿No fue acaso por ellos que se mantuvo con René tanto tiempo? ¿No fue acaso por no herirlos que esperó que a los dos se los llevara la sorda y muda indiferencia de la muerte? Sí, los quiso, se repite, a pesar de la cantidad de trucos que usó para desconcertarlos y para que nunca pudieran conocer los íntimos pensamientos de ella; pero ese comportamiento era común a los hijos. Ni aun ahora, cuando su propia hija respiraba a través del agua de sus entrañas, ella la conocía. Ni siquiera su propia madre la conoció. ¿Qué de raro tenía entonces que ellos no hubieran podido desentrañar los ardides que usó para que la sacaran del colegio en Granada, por ejemplo; o para nunca reconocer la humillación y la rabia de su matrimonio con René?

La mamá Eulalia y el papá Ramón la abandonaron también, a su manera, muriéndose de repente. Pero en su vida había seres estables como Fausto, Xintal y doña Carmen y, sin embargo, nada le aseguraba a ella que algún día no se irían. Sólo su hija era un amor seguro. Ella se encargaría de eso. Las dos serían inseparables y ella le daría a la niña todo, todo, para que fuera feliz y no quisiera nunca dejarla, ni aun cuando se casara y tuviera sus propios hijos. A falta de encontrar seguridades contra el abandono, ella había creado su propio amuleto, su infalible compañía. No importaba que la niña no tuviera padre, con que tuviera madre era suficiente, incluso mejor; con un padre como Jerónimo —contra quien siente un furioso rencor que le hace rechazar la idea de poder volver a amar nunca a un hombre— no se ganaba nada.

—Ponete a calentar agua —dispone doña Carmen en la cocina, y Petrona saca el perol comprado especial para la ocasión, nuevecito para hervir el agua con que se parteará a la Sofía, y lo pone al fuego—. Ponete a hacer café también que esta noche va a ser larga.

—Ay, doña Carmen, qué nervios tengo de este parto —dice Petrona—. ¿Cómo lo ve usted, cree que todo va a salir bien?

—No tiene por qué salir mal —responde la mujer—. La Sofía es fuerte, joven y por lo que yo veo las caderas se le van a abrir sin dificultad. No tenés por qué ponerte nerviosa. Con que se ponga nerviosa ella es suficiente.

—¿Y Xintal?

—Ya viene en camino —dice doña Carmen, y sale de la cocina.

En el corredor, Sofía camina de un extremo al otro, agarrándose el vientre. A las cinco, mientras estaba regando las plantas, sintió que se rompían las aguas y supo que era el momento. Mandó a llamar a doña Carmen y Xintal, abrió las ventanas de su cuarto, se cambió los pantalones mojados por un cotón de manta blanca y se puso sus chinelas de hule para estar cómoda. Sentada en el corredor, un poco pálida y ojerosa, la encontró Fausto.

—Hoy va a nacer mi hija —le dijo Sofía no bien lo vio entrar.

Fausto nunca había visto un parto y la perspectiva de ser partícipe del acontecimiento le producía una fascinación que no dejaba de tener ribetes de temor. Él había insistido con Sofía en que, cuando llegara la hora, sería mejor trasladarla a un hospital, pero ella quería que el niño naciera en la casa, bajo el cuidado de sus amigas que, según ella, «sabían más de eso que cualquier doctor». Ahora Fausto está en el corredor, sentado al lado de una botella de ron, viendo a Sofía pasearse de un lado al otro y llevando en una libreta el recuento de las contracciones que ella va anunciando. Doña Carmen, entre tanto, anda de la cocina a la habitación, donde dispone una mesa al lado de la cama para poner las tijeras que cortarán el cordón, los algodones, toallas y las hojas de ruda que detienen los sangrados perniciosos. Desde el corredor, Fausto observa los movimientos de las mujeres. Cada una de ellas parece saber exactamente qué hacer. Aparte de Petrona, cuyos nervios puede adivinar por el sonido de los cacharros que se deja oír desde la cocina, Sofía y doña Carmen actúan con tranquila concentración. Sólo para él cuanto está sucediendo parece misterioso y lejano. No le queda más oficio que pretender dominar el tiempo y la ciencia exacta de la estadística matemática al anotar cuidadosamente los minutos entre las contracciones que Sofía le va indicando, diciendo mientras su cara adquiere un gesto de profunda concentración: «Viene otra.»

La noche de abril es calurosa y las chicharras cantan alto emitiendo sus llamados de acoplamiento ininterrumpidamente. La luna está llena y las hojas de las plantas del patio interior brillan movidas apenas por brisas repentinas que dan paso a largos espacios de quietud en que hasta el tiempo pareciera detenerse.

Las contracciones que Sofía siente no son aún fuertes, ni muy seguidas, pero, en la inmovilidad del aire nocturno, ella puede experimentar el delicado mecanismo de su cuerpo entonándose para la ceremonia de la vida. El vientre ensaya su elasticidad y se endurece para estimular el descenso de la criatura. «Pobrecita», piensa Sofía, imaginando la incipiente consciencia de la niña sobresaltada ante los empujones que empiezan a desalojarla del huevo protector que durante nueve meses le ha dado albergue seguro, calor y alimento. Ella le habla a la hija, tratando de calmarla, imaginándola asustada, pero cuando llegan las contracciones y sobre todo el dolor que empieza a sentir en la parte baja de la espalda, cual si dos tenazas gigantescas le estuvieran abriendo los huesos, la olvida y trata de consolarse a sí misma, respirando hondo como le indicara doña Carmen.

—No dejés de caminar —le dice ella, cuando sale al corredor y la ve detenida, mirando fijo el jardín interior y sobándose con la mano la rabadilla—. Si sos valiente y te mantenés caminando, el parto va a ser más rápido y más fácil. Acordate que apenas estás empezando. ¿Cómo van las contracciones? —pregunta volviéndose hacia Fausto.

—Cada diez u ocho minutos, y duran un minuto aproximadamente.

—Falta bastante —dice doña Carmen mirando a Sofía, que ha vuelto a retomar las idas y venidas en el corredor—. Con suerte, estará naciendo en la madrugada, así que no se desesperen.

—Me está doliendo cada vez más la rabadilla —informa Sofía.

—Así es, mi hija. Se te tienen que abrir los huesos para que pase la cabeza de la criatura. Es normal. No te aflijás.

Doña Carmen se mece en la silla, tomándose con parsimonia una taza de café que ha traído de la cocina.

—Yo sospechaba que hoy te iba a tocar —dice—. Desde anoche que vi la luna, pensé que hoy nacía esa niña. Ya ves, cuando llegó el chofer a traerme, tenía todo listo.

—¿Usted cree que no es necesario llevarla al hospital? —insiste Fausto, a pesar de la mirada de reproche de Sofía.

—¡Cómo va a ser necesario! —argumenta doña Carmen, lanzándose a elogiar los beneficios de que los niños nazcan sin tanto aparataje; cómo se le ocurre estar pensando en hospitales cuando el parto es una cosa natural y el cuerpo es tan sabio que ni la madre ni nadie hacen más que acompañar el mecanismo de la naturaleza que es el que toma control de la situación. Si la Sofía fuera una flaquita esmirriada y se viera que podría necesitar una cesárea, ella misma lo habría sugerido—. Pero mirá esta mujer, Fausto —añade señalando a la parturienta—. Cómo se te ocurre que va a tener problemas... Y para la criatura es mucho mejor nacer en la casa. Son niños más felices que esos pobres que lo primero que ven cuando salen al mundo es un poco de gente enmascarada y aquellas luces enormes. No te estés preocupando tanto que ninguna de nosotras es irresponsable. Si hubiera necesidad —cosa que no creo— va a sobrar el tiempo para llevarla al hospital.

Sofía apenas escucha lo que están hablando. Experimenta la sensación de estar lejos de allí, en un mundo propio donde sus pensamientos se confunden con los de la hija que se mueve en su interior, seguramente incómoda por el ajetreo. Tiene miedo de que el dolor alcance niveles intolerables. Le duele el vientre igual que cuando ha tenido menstruaciones fuertes y, sin embargo, doña Carmen dice que aún falta mucho. Respira hondo y sigue caminando.

Xintal llega al poco rato, y en la cocina organizan para los acompañantes una cena ligera de tortillas, queso y frijoles. Sofía los escucha desde el corredor y se alegra de que estén allí, preparados para acompañarla y asistirla.

A las once de la noche, Sofía anuncia que no puede seguir en pie. Tiene que acostarse. Son muy fuertes los dolores y las contracciones se suceden cada dos minutos.

—Siento que ya viene —dice, arrugando la cara—. Siento el peso bien abajo.

Despacio, apoyada en Fausto, camina hasta la habitación. El hombre hace rato que no habla. No puede controlar el nudo que tiene en el estómago de estar viendo la cara de Sofía contraída en los rictus de dolor. La mujer no se ha quejado ni una vez. Solamente emite un extraño sonido gutural al aspirar y expirar fuerte cuando le vienen las contracciones. Sin embargo, es evidente que sufre. Cuando Fausto la toca, la siente fría y sudada. En ese momento se alegra de no ser mujer. Por mucho que envidie la facultad femenina de dar vida, imagina cuán doloroso puede ser el proceso de expulsar un cuerpo tan grande por un canal tan reducido. El esfínter se le contrae de sólo pensarlo.

Doña Carmen y Xintal siguen tan tranquilas como al principio. De vez en cuando, una de ellas se acerca a Sofía y le acaricia la frente o le aprieta la mano, pero se comportan con la clarividencia de conocer y haber vivido aquello; cierto aire de superioridad frente a la novata, que a Fausto le molesta, pero que parece tranquilizarla a ella.

Cuando la acuestan en la cama, las mujeres sacan a

Fausto del cuarto porque doña Carmen tiene que hacerle un «tacto». Al poco rato, sale de la habitación Petrona a traer la palangana del agua hervida y le dice que el nacimiento no tardará mucho. «Ya se le ve la cabecita», le dice, mientras él la escucha horrorizado y va a la mesa a servirse otro trago de ron.

Sofía lleva ratos de estarse conteniendo las ganas de gritar. El dolor es profundo y sin treguas; es como si el cuerpo se le hubiera vuelto loco y se destrozara a sí mismo; los huesos abriéndose y forzándose para expeler aquella cosa grande, enorme, que parece no terminar nunca de salir de en medio de sus piernas. Siente ganas de defecar, de orinar. Xintal, doña Carmen y Petrona están inclinadas frente a sus piernas abiertas y de vez en cuando la mano de no sabe cuál de ellas la hurga por dentro, causándole más dolor. Entre dientes, pide que no la toquen, pero Xintal le dice que están ayudando a que la cabeza del niño dé el giro necesario para pasar por la parte más estrecha. «No te aflijas», le dicen las dos; «empujá», le dicen. Petrona se acerca a ella en la cabecera y le pasa una toalla para que la muerda o la agarre porque Sofía no encuentra dónde poner las manos. Da manotazos como si quisiera deshacerse de las comadronas, sacarlas del cuarto y decirles que la dejen en paz, pero ni tiene fuerzas porque el dolor no le permite ni inclinarse. Cuando doña Carmen le dice que empuje, siente que el cuerpo entero le está pidiendo expulsar de una vez aquella cosa que le está rompiendo las entrañas. Su hija que tanto ha soñado la está destrozando, piensa; la está desgarrando para nacer, sin importarle lo que le pase a ella; cada una queriendo sobrevivir a la otra. Le dan ganas de llorar porque los seres humanos tengan que nacer doliendo, abriendo los cuerpos de sus madres. El dolor es espantoso, Sofía está sudando y moviendo la cabeza en la almohada, desesperada. Tiene el pelo mojado de sudor y ha logrado por fin agarrar una de las manos de Petrona y la aprieta sin importarle si le clava las uñas o no, y desde un lugar negro donde empieza a perderse oye a Xintal decir «Ya viene, ya viene», y siente la cosa aquella salirle por fin de las entrañas, siente la sensación de que un pescado le está saliendo por entre las piernas, una cosa sucia y asquerosa, y quiere cerrar las piernas no bien siente que el pez está fuera de ella. Cierra los ojos, quisiera cerrarse toda cuando doña Carmen dice: «Aquí está la muchachita, linda y sanita», y Sofía escucha el grito de su hija romper el concierto de las chicharras, el silencio de la noche, y entonces ella no se aguanta y grita con todas sus fuerzas, grita todos los gritos que se ha contenido, grita con toda la desesperación y la alegría de que haya por fin terminado aquella tortura, aquel sufrimiento absurdo y malvado, grita y se pone a llorar porque ve, alumbrada por la luz de la habitación, la niña que doña Carmen le pone sobre la barriga, su hija, y abraza a aquel ser que aún está unido a ella por el ombligo, la abraza con un impulso feroz que se va poco a poco transformando en dulzura a medida que calibra el peso del cuerpecito caliente, de las manecitas que se mueven, y siente la vida de su hija e inclina la cabeza para ver la cara pequeña y arrugada con los ojos cerrados, la espalda, las nalgas diminutas.

Xintal, doña Carmen y Petrona callan. Fausto, que ha corrido asustado por el grito de Sofía, se queda en la puerta contemplando la escena, incapaz de hablar. Nunca ha visto la cara de ella lucir con esa placidez. Nadie diría que acaba de pasar por un pequeño infierno, nadie pensaría que fue la misma que gritó de esa manera tan desgarradora.

—Ahora voy a cortar el cordón —dice doña Carmen—, porque no tarda en salir la placenta.

—Espere un momento —dice Sofía, y levanta a la niñita, se inclina y pone su mejilla junto a la de su hija, en una especie de acto de despedida.

Doña Carmen toma a la recién nacida, le da vuelta y con un movimiento rápido corta el cordón y lo anuda. Xintal cierra los ojos. Para ella ése es uno de los momentos más dramáticos de la existencia; es el instante preciso en que empieza la soledad jamás redimida del ser humano.

Xintal se hace cargo con Petrona de lavar a la niña, bajo la mirada atenta de Fausto, mientras doña Carmen recibe la placenta que expele Sofía, ya sin dolor. Y termina de limpiar a la madre.

Cuando la niña ya está vestida, Xintal se la presenta a Sofía. La pone en sus brazos y le dice:

—La niña es tauro. Nunca entenderá nada por la fuerza y si a la fuerza se le quiere imponer la vida, reaccionará cerrándose como una concha del mar. Cuanto querrás enseñarle, se lo deberás enseñar con amor. Necesitará mucho afecto o se tornará callada, temperamental, y podrá hasta llegar a ser cruel. Siempre le deberás hablar con gentileza y lógica porque ella podrá entenderte. Tendrá amor por las cosas bellas y sensibilidad para apreciarlas. Conocerá el mundo a través de los sentidos y amará los colores suaves. Buscará la armonía de la música y podrá ser feliz y hacerte feliz en la medida en que el amor sea tu lenguaje. Se empecinará en lograr hacer las cosas a su modo y será testaruda desde muy temprano, pero, te repito, nunca se resistirá al cariño.

Las mujeres y Fausto rodean la cama y se asoman junto con Sofía a la cara redonda y roja de la bebita, diciendo lo linda que es, lo mucho que se parece a la madre. Ella mira a su hija y sonríe sin poder contener la felicidad que ha sustituido al dolor casi repentinamente, invadiéndola de una modorra de satisfacción y ensueño.

CAPÍTULO XXXVI

Sofía sueña con grandes cocinas donde mujeres que se asemejan a Xintal mueven peroles humeantes a la orilla del mar, y un hombre que dice ser Esteban la lleva a mirar un volcán verde cubierto de musgo que se alza sobre un lago estático azul intenso. En el sueño, ella sabe que está en el principio del mundo y que las aguas aún no han sido tocadas. Es un tiempo de cataclismos y los colores son primigenios y de una vehemencia como ella jamás ha visto en su vida. La noción de estar al borde de un misterio insondable la despierta y, en el corto camino del sopor a la vigilia, los acontecimientos de la noche anterior afloran efervescentes hasta los ojos que abre de un golpe, sabiendo que le devolverán a su hija acostada en la cama junto a ella.

La niña tiene los ojos abiertos y parece haberla estado mirando durante largo rato. Sofía piensa que su mirada es extrañamente sabia, como de alguien que ha intuido una persona largo tiempo y la está viendo finalmente. «Es mía», piensa.

«Es mía y ella lo sabe», se dice, viéndola a su vez, sonriendo para romper su propia inhibición ante la intimidad jamás experimentada que siente tener con aquella criatura que apenas está conociendo.

—Hola, muchachita —le dice, y le pasa el dedo índice suavemente por la cara, tocando la piel delicada, blanca, de la niña—. Hola, Flavia —le dice, y empieza a revisarle los puños cerrados para mirar los cinco pequeños dedos perfectos, abre la sábana en que está envuelta y examina las piernas, los pies, el sexo, las tetillas. Le da vuelta y le mira las nalgas—. Sos perfecta, mujercita. ¡Sos perfecta! —exclama—, y te parecés a mí nada más que blanca. Lástima que sacaste la piel de tu papá, pero esos ojos son como los míos y la nariz... Bueno, todavía no se sabe, pero creo que es como la mía, igual que la boca... Flavia, saliste a tu mamá —dice, mientras la vuelve a vestir, inclinada sobre la cama, mientras la niña mantiene abiertos los ojos y parece haber perdido interés en ella y mira a su alrededor, moviendo sus manos y sus piernas.

Sofía se la acomoda en los brazos, tratando de controlar la inseguridad que le produce la flojera de los huesos de la recién nacida. La niña, no bien se siente cerca de sus pechos, trata de mover la cabeza hacia el pezón cercano ante la admiración de la madre, a quien los pechos le duelen de grandes que se le han puesto de un día al otro.

—Mirá, Flavia, qué enormes que están, y vos ya sabés de qué se trata, ¿verdad? No tenés nada de tonta —dice, y se abre la cotona, se saca un pecho y lo pone cerca de la boca de la criatura, como ha visto hacer a otras mujeres. La niña busca con su carita y con la ayuda de Sofía encuentra la tetilla y se aferra a ella, iniciando la succión con gran entusiasmo ante los ojos incrédulos y maravillados de la madre.

—¿Ya está mamando? —exclama doña Carmen, entrando a la habitación, recién bañada y vestida, con una gran sonrisa—. ¡No pierden el tiempo ustedes dos! ¡Yo que creí que las iba a encontrar durmiendo todavía!

—Ella solita me agarró, doña Carmen. No me explico cómo siendo tan pequeñita ya sabe lo que hay que hacer. Me parece que va a ser lo mismo que yo, audaz y aventada —dice Sofía, respondiendo feliz.

Al poco rato, entran también Petrona, Xintal y un amodorrado Fausto en pijama. Todos quieren ver a la criatura y saber cómo está la Sofía, cosa que ni preguntan porque es obvio que los dolores de parto ya son recuerdos viejos que no vale la pena traer a la memoria. Ella, sin embargo, se siente adolorida, tal como si su cuerpo entero hubiera sido estrujado por un gigantesco trapiche. Cuando se levanta al baño, se da cuenta de lo dolorida que tiene la espalda, pero ya pronto se sentirá mejor, piensa, y valió la pena, se dice, máxime que será la única vez que tiene un hijo. No es una experiencia que quisiera volver a repetir, a pesar de que se le hace increíblemente mágico que ese ser moviéndose en su cama haya salido de su interior.

En pocas horas, la noticia del nacimiento de la niña se conoce en el Diriá. Engracia, quien no había querido estar en el nacimiento por temor de no poder con los sobresaltos que le agotaban el corazón, se viste rápido para acompañar al chofer de El Encanto que, por encargo de Sofía, llega a buscarla. En el mercado, en las pulperías y hasta en las cantinas, no se habla más que del esperado acontecimiento.

—Dicen que es linda la muchachita. Nada de cachos y cola tiene —informa Verónica a Patrocinio desde muy temprano.

—Habrá que ver cuando crezca —responde aquélla—, y hay que lograr que el padre Pío, cuando la bautice, si es que la bautizan, le revise la parte de arriba de la cabeza, a ver si no tiene los tres seis, que son el signo del Anticristo.

—Ya dejate de vainas, Patrocinio —interviene Julián—. Para empezar, el Anticristo va a ser hombre. Ahora tenés que esperar a ver si la Sofía tiene otro hijo; creo que no podés, desde ahora, estar señalando a esta pobre inocente, sólo porque nunca te has podido tragar a la mamá.

Teresa, la mujer del mandador de El Encanto, ha ido respondiendo preguntas en su recorrido por el mercado y las ventas, contando lo bien que había estado el parto sin ningún contratiempo serio, lo contenta que se veía la Sofía, quien ya andaba caminando; que la niña se llamaría Flavia porque quién sabe dónde había leído la mamá el nombre, y le había parecido que sonaba imponente y apropiado para el destino brillante que, como todas las madres, avizoraba para su criatura.

El padre Pío se había arrodillado frente al altar para darle gracias a Dios por esta nueva vida traída a su parroquia y había considerado prudente encenderle una candela a la Virgen, haciendo votos por la salud y felicidad de la que pronto sería una cristiana bautizada en el Espíritu Santo.

Gertrudis, quien tiene sólo un mes de embarazo, recibe la noticia con la amabilidad generosa con que ha perdonado las ofensas de su amiga, y con René, a la hora del almuerzo, comparte la detallada información que circula por el pueblo, anunciándole en tono de consulta que tiene intenciones de saldar de una vez por todas las rencillas con Sofía e ir a visitarla y a conocer a la recién nacida.

—Vos deberías ir conmigo —le dice—. Ya es hora de que aprendamos en este país a ser civilizados y no andar guardando rencores eternos.

—Si vos querés ir, andá —le contesta René—. Yo no

ando en plan de canonización como vos que, dentro de poco, vas a ser la santa del Diriá.

Los días que siguen se le hacen a Sofía los más felices de su vida.

El tiempo se le hace corto para cargar y abrazar a su hija. Disfruta inmensamente amamantándola, a pesar de los mordiscos que siente en el vientre cuando la niña se le pega a los pezones grandes y oscuros, dolidos por la bajada de la leche.

La niña abre los ojos y mira todo con lo que la madre asegura es una señal de curiosidad inteligente. Llora fuerte a la hora de las comidas, haciendo que a Sofía se le moje la ropa con la leche que empieza a derramarse de sus pechos, como por milagro, no bien la niña gime. Fausto anda ufano e inventa cualquier pretexto para regresar del campo a la casa hacienda y asomarse a ver a su «sobrina». Parado detrás de la silla mirando a Sofía amamantar a la niña, lo encuentra el padre Pío, quien ha esperado el tiempo prudencial para hacerse presente a reclamar a la nueva cristiana para el agua del bautismo.

—Buenas tardes les dé Dios, mis hijos —dice, y se acerca a saludarlos y a mirar de cerca a Flavia, hecha un montoncito envuelto en una sábana rosada en los brazos de su madre—. A ver la niña..., ¡Qué linda está! —exclama el sacerdote.

—¿Verdad que es lo mejor que ha visto, padre Pío? —sonríe Sofía.

—Lo único que le falta es bautizarla, mi hija. Yo te aconsejaría que lo hicieras cuanto antes.

—A mí me dijeron que es mejor esperar a que tengan uso de razón para que ella decida —responde Sofía.

Ésas eran ideas de curas revoltosos, explica el padre Pío. Era de sobra sabida la importancia de garantizar a los infantes la entrada al Cielo, y no dejarlos abandonados a la posibilidad de un limbo anodino, si algo les sucedía en lo que iban creciendo.

—Es que no tengo ánimos para organizar celebraciones, padre —dice Sofía—. En todo caso, si usted insiste, la llevo el próximo domingo a la iglesia y allí la bautizamos sin mucha ceremonia.

El padre Pío se extraña de que Sofía, tan dada a la organización de eventos memorables y multitudinarios, opte por bautizar a su hija en la intimidad. Él se había imaginado que ella echaría la casa por la ventana, pero quizá la maternidad la cambiaría y la tornaría más reposada, piensa, cosa que no le vendría nada mal.

—Como vos querrás, hija. Lo importante es que la niña se bautice. Lo de la fiesta y la celebración es cosa de cada quién. Para mí es suficiente con que lo celebren los ángeles.

Queda así acordado el bautismo de Flavia para el siguiente domingo.

Muy puntual se presenta Sofía a la iglesia con Fausto y Engracia, quienes serán los padrinos. Muchos de los feligreses que han asistido a la misa de once se quedan vagando por la iglesia fingiendo que rezan, encienden candelas votivas o esperan confesarse, sólo para ver a la Sofía con su hija frente a la pila del bautismo y comprobar que no sucede nada sobrenatural cuando el padre Pío le echa agua en la cabecita, bautizándola en el nombre del Padre, del Hijo y del Espíritu Santo.

Muy cerca de la pila bautismal, Gertrudis no pierde detalle de la ceremonia. Con la cabeza entre las manos, pretende estar concentrada en profundas oraciones. En realidad, está tomando valor para dar el paso que ha meditado con frecuencia en los últimos tiempos, de acercarse a Sofía y saldar las viejas disputas. Sabe que la amiga está tan consciente como ella de su presencia. Vio cómo, al entrar con la bebita en los brazos, Sofía había mirado en su dirección, luego había pretendido no verla, cosa en la que las dos se habían vuelto expertas.

Se ve bien Sofía, piensa Gertrudis, hermosa y elegante, como si la maternidad le hubiera afinado un poco todo su aspecto, la hubiese estilizado, sin poderla despojar, sin embargo, de ese aire de yegua indómita que la rodeaba como un halo y se evidenciaba en la forma decidida e impetuosa en que movía los brazos, agitaba el pelo, cargaba a la recién nacida con una seguridad que Gertrudis imaginaba ella sólo podría adquirir después de parir una media docena de criaturas.

Desde su lugar en la banca, Gertrudis escucha la ceremonia del bautismo. Oye las voces de Fausto y Engracia responder a las amonestaciones del sacerdote cuando les pregunta si renuncian a Satanás, a sus pompas y sus obras y les habla sobre sus obligaciones como padrinos de la nueva cristiana. Escucha que la llaman Flavia y que Sofía insiste que no tendrá ningún otro nombre; nada de Flavia María o Flavia Eulalia o Flavia Mercedes. Se llamará Flavia a secas, dice la madre, y el padre Pío la llama Flavia cuando echa el agua sobre su cabeza. La niña deja ir un alarido potente de criatura sana, de buenos pulmones, y Engracia se la pasa luego a la madre para que la consuele y haga que se calle.

La ceremonia del bautismo termina. Gertrudis debe decidirse rápido antes de que Sofía y los demás salgan a la calle, donde los espera el *jeep* para llevarlos de regreso a la hacienda. Se pone de pie, se acomoda los pliegues del vestido y se acerca a Sofía, quien la ve llegar y sonríe haciendo más fácil su determinación.

—Te felicito, Sofía —le dice—. Parece mentira que ya seas mamá cuando hace tan poco jugábamos a muñecas juntas.

—Pues a vos tampoco te falta mucho —le responde ella.

—Dejame ver a la niña.

Sofía, sin dudarlo, le pasa a la niña, se la pone en los brazos.

—Es linda. Se parece a vos.

—Me alegro que te hayás acercado, Gertrudis. Ahora que ya crecimos, tal vez podamos volver a ser amigas —le dice Sofía.

Gertrudis sale caminando con el grupo que observa silencioso la reconciliación de las amigas. El padre Pío siente la presencia del Espíritu Santo volando por la iglesia y en su corazón verbaliza una oración sin palabras pidiendo que la concordia se imponga en el Diriá y que no vuelvan a suceder más acontecimientos lamentables que separen a su grey.

Gertrudis va hasta el *jeep* con Sofía, cargando a la recién nacida, y luego se la pasa a la madre y le da un beso en la mejilla.

—A ver cuándo me llegas a ver —dice Sofía.

—Una tarde de éstas llego —responde Gertrudis.

CAPÍTULO XXXVII

La niña se convierte en el centro de la vida de El Encanto, alterando sin esfuerzo la vida en la casona, que pronto se llena de aparatos comprados en los almacenes de Managua. En el corredor ponen el corralito de color amarillo brillante, en el que cuelgan campanas y objetos de tonos encendidos que Flavia celebra moviendo los bracitos.

Petrona se ha adjudicado el oficio de niñera y ha planteado a Sofía, con mucha seriedad, la necesidad de que Teresa asuma las funciones de la cocina para que ella pueda dedicar tiempo a ayudarle a cuidar a la criatura. Sofía ha aceptado la idea, pero Petrona se ve limitada a tareas tediosas como lavar las docenas de pañales que ensucia Flavia, porque la madre no deja que nadie la sustituya en el baño, la alimentación y los arrullos de la niña. Su hija tendrá la madre que ella no tuvo, se repite Sofía, no dejará que manos ajenas le enseñen el mundo, la vistan y la cuiden.

Gertrudis, tal como había prometido, llega una tarde de visita a El Encanto. No se queda mucho rato porque no le sobra qué decir. La conversación se centra en las experiencias que comparan ambas sobre sus mutuos embarazos. No se habla de los padres de las respectivas criaturas, pero a ninguna de las dos se le hace extraño, ya que eso es lo que suele suceder cuando las mujeres hablan de sus hijos.

«Nunca volveremos a ser amigas como antes —dice Sofía a Flavia cuando despide a Gertrudis en la puerta—, pero al menos no seremos enemigas.»

—Ya va siendo hora de que le dediqués tiempo a otras cosas —afirma enfático Fausto, ocho meses después, mientras almuerza con Sofía—, vas a ahogar a esa muchachita de tanto estar pendiente de ella. Eso es malo. Es igual que lo que me hizo mi madre a mí. Los niños se asfixian. Dejala con la Petrona y volvete a interesar por las cosas de la finca. Les va a hacer bien a las dos.

Sofía reacciona como picada de alacrán, diciéndole que qué sabe él de criar niños, su hija es de ella y no la trajo al mundo para que otra persona la criara.

—A nadie le hacés caso —insiste Fausto—. Ya te lo dijeron doña Carmen y Xintal, que si seguís mimando a esa muchachita de esa forma, después no la vas a poder controlar. Ya ves, es tan chiquita pero hay que ver lo testaruda que se pone.

Sofía se levanta de la silla en el comedor donde están terminando de almorzar y se mete en su cuarto sin responderle, obviamente indignada.

Encuentra a Flavia sentada en la cuna, jugando con el biberón vacío.

La niña está gorda y saludable. Tiene los ojos y la boca de su madre y una nariz pequeña que Sofía aún no ha podido determinar de dónde viene e imagina que puede ser legado de algún ancestro de Jerónimo. El pelo de la niña es castaño y lleno de rizos y su piel es blanca, demasiado blanca a su parecer. Para ella, como para la mayoría de las madres, no hay una niña más linda en el mundo. A menudo se queda largos ratos viéndola embobada, y no hay nada que le guste más que cargarla en brazos, aunque últimamente, a medida que Flavia crece, el peso se le hace difícil de soportar por mucho rato. Sin embargo, la niña insiste en estar en brazos y arma increíbles escenas de llanto cuando no se acata su deseo. En efecto, es testaruda hasta para vestirse. Hay mañanas en que Sofía no puede lograr que despegue los bracitos del cuerpo para meterle una camisa y la tiene que dejar andar sólo en pañales. Duerme cuando quiere, come cuando quiere, pero a ella lo que le interesa es que la niña sea feliz y no forzarla a vivir bajo esquemas rígidos que le hagan experimentar desde tan temprano las limitaciones absurdas de la existencia.

La felicidad de Flavia se ha convertido en su más insistente obsesión y todo le parece poco para complacerla. Ya habrá tiempo para enseñarle, piensa. Habrá tiempo para todo.

—No me gusta esa pegazón que tiene la Sofía con su hija —le comenta Xintal a doña Carmen. Las dos están moliendo hierbas en el rancho del Mombacho para ayudar a combatir una epidemia de quebrazón de cuerpo que está atacando duro en el pueblo.

—Yo no sé —dice doña Carmen—. No me acuerdo cómo fue con mis hijos, pero creo que con el primero siempre sucede eso. Por eso tienen tantos problemas después los pobrecitos.

—Es que es más que eso —le dice Xintal—. A mí no me parece sano. No es que esté cuidando demasiado a la niña; es que todo lo demás se le ha olvidado. El mundo se detuvo para ella cuando nació la Flavia. La Sofía es una mujer joven, pero ni los hombres, ni siquiera la finca, le interesan ya. Yo no puedo hablar con ella de nada que no sea cuando hizo tal o cual gracia la criatura. Más que la dedicación, lo que no me gusta es que parece que la estuviera educando para que la niña dependa totalmente de ella.

Las mujeres hacen silencio. Es octubre y una brisa suave refresca la vegetación haciendo un sonido acuático y cavernoso al caer sobre las hojas de los árboles.

—Lo peor es que el destino le va a jugar una mala pasada —habla por fin doña Carmen—. Se me erizan los pelos cada vez que pienso en lo que auguran las cartas desde hace años.

—Hay que reconocer que nos han fallado los ritos con la Sofía —dice Xintal, y cierra los ojos haciendo de nuevo silencio. En su recuerdo retrocede hasta la noche en que convocaron a la columna de luz y devolvieron a Sofía la memoria de su madre. Piensa en la visión confusa que ella miró cuando en el surtidor de luz pudieron asomarse a lo infinito del tiempo. En algún momento, el jaguar, la serpiente y el pájaro estaban dispuestos a encontrar el centro de la muchacha, y en una ceremonia de fuego que estaría a punto de consumirla le devolverían la imagen del espejo que permanecía quebrada, para que ella pudiera reconciliar los abandonos y las obsesiones de su corazón. Pero el destino era titilante y voluble como el brillo de las estrellas. Ella pensó que el nacimiento de la hija era el relámpago que destrabaría el corazón de Sofía y que vislumbraron aquella noche en el tiempo lineal del agujero del viento, pero aquel corazón no daba señales de fluir hacia fuera. Hasta la hija estaba siendo modelada para rotar alrededor de la madre y ser poseída por la necesidad feroz que ella tenía de ponerle límites a su propia soledad.

—Está embrujada por el hechizo del abandono —dice Xintal en voz alta—, y mientras más trata de romperlo, más se enreda en él. Construye telarañas cuando necesitaría alas de gorrión.

—A lo mejor todo nos falla con ella —dice doña Carmen—. Y ni los presagios resultan ciertos.

—Ya veremos —dice Xintal—. Ojalá fuera así y se asentaran las aguas, pero la poza de los reflejos está constantemente cambiando, como si el destino no hubiera decidido aún cómo terminará esta historia.

Ocupadas en sus oficios, siguen conversando en medio de espacios de recogimiento en los que cada cual conjetura respuestas al voluble sino de Sofía o trata de recordar, desde su larga experiencia, otros casos que podrían arrojar luces sobre los signos inexplicables que rodean a la dueña de El Encanto. Cerca de las cinco de la tarde, ven aparecer a Samuel subiendo a pie por el camino, apoyándose en una vara que usa como báculo. El hechicero viene vestido con pantalón caqui y camisa blanca, impecable, a pesar del esfuerzo que le debe haber significado el recorrido desde su rancho.

—Buenas tardes —saluda, y las mujeres se levantan a preparar un café para animar la conversación vespertina que, inevitablemente y a pesar de los rodeos, vuelve a centrarse sobre la Sofía y su hija—. No sé qué le deparará el destino a la madre —dice Samuel—, pero algo deberíamos hacer para proteger a la criatura. Tal vez la solución es la niña y no la madre. Dentro de pocos días será el fin del invierno. Hay que decir a Sofía que es preciso agradecer los dones que la niña ha recibido y prepararla para su primer verano y todos los veranos de su vida, para que sepa cómo mantener húmedo el corazón para los tiempos de sequías y penurias.

—Tiene razón Samuel —dice Xintal, excitada ante la perspectiva—. Le haremos la ceremonia del rocío y la del rutu-chicoy para guardar el poder mágico de su pelo y sus uñas antes del destete.

—¡Cómo no se nos había ocurrido! —exclama doña Carmen—. ¡Nos quedamos aleladas con tanto signo confuso y no pensamos que la niña puede ser la clave de todo esto! Para más a Samuel se le ocurrió.

Samuel sonríe y dice que no olviden que en los brujos los alientos femeninos y masculinos conviven sin conflicto.

—Yo también tengo mis instintos maternales —sentencia el hechicero, mientras termina de fumar su puro chilcagre y el sol se hunde en la espesa vegetación del Mombacho.

CAPÍTULO XXXVIII

Sofía camina por el corredor de la casa, nerviosa. De tanto en tanto se detiene a mirar a Flavia, quien duerme chupándose el dedo dentro de su corralito, completamente desnuda. Hace apenas media hora que doña Carmen, Xintal y Samuel llegaron a verla para decirle que era necesario hacerle a la niña la ceremonia del rocío y del rutu-chicoy. Era muy importante, habían dicho. Se hacía con todos los niños a quienes era difícil predecirles el futuro, para protegerlos de los augurios lúgubres.

Ellos le habían predicho el carácter de Flavia no bien nació, había replicado ella, a lo que Xintal respondió que el día del nacimiento sólo le explicaron el signo astral de la criatura y que eso no era suficiente.

La noción de que se les hacía difícil a sus amigas predecir el futuro de Flavia la había hecho entrar en pánico. Que algo le pudiera pasar a su hija era inmanejable para ella, le temblaban las piernas y tenía náuseas de sólo pensarlo, pero tampoco le tranquilizaba la perspectiva de la mencionada «ceremonia», máxime que ella no podría asistir.

—Nos llevaríamos a Flavia por dos o tres horas —había dicho Xintal—. Estará segura con nosotros. Espero que de eso no te quepa duda.

Ni un día en los ocho meses que tenía Flavia de vida Sofía la había dejado sola. La llevaba a dondequiera que iba y sólo para ir al baño la encomendaba a la mirada atenta de Petrona. Era cierto que no pensaba que Xintal, doña Carmen o Samuel pudieran hacerle algún daño, pero una cosa era dejarse hacer ella ceremonias y conjuros, seguir determinados ritos mágicos y otra era que los hicieran a su hija. La gente hablaba muchas cosas a las que ella jamás había dado crédito, pero ¿qué tal y si tenían razón? Supuestamente los niños pequeños eran presa favorita para las ceremonias diabólicas. ¿Y si sus amigos la traicionaban? ¿Quién le podía asegurar a ella que no sucedería? Le daba vergüenza pensar así, se decía Sofía, caminando de un lado al otro. No quería especular con ese tipo de pensamientos, pero no podía evitarlo. Era injusto que pensara mal de personas que a través de toda su vida siempre la habían protegido, pero ella había hecho cuanto decidió hacer por su propia voluntad. No era lo mismo tomar una niña de ocho meses, llevársela al Mombacho y untarle quién sabe qué hierbas o aguas. Y ¿qué tal si la metían en la poza famosa de las aguas tibias y quedaba muda como el niño que le llevaba agua todos los días a Xintal? ¿Qué tal si les salía mal la ceremonia y le pasaba algo a su hija?

No podía quitarse de la mente la cara de Samuel cuando le repitió que hacer la ceremonia era «esencial». ¿Y si tenían razón y ella le iba a negar, por miedo, una protección «esencial» a Flavia? No se perdonaría nunca si algo salía mal más tarde. Se acusaría para siempre de no haber permitido que sus amigos invocaran los espíritus protectores para su hija.

—¿Qué le pasa, doña Sofía? —pregunta Petrona, que cruza por el corredor con un bulto de pañales recién lavados—. La veo muy inquieta.

—Dejá esos pañales y sentate, Petrona —le ordena Sofía—. Necesito que me des un consejo.

De un solo tirón, le cuenta lo que le han llegado a decir doña Carmen, Xintal y Samuel.

—¿Qué harías vos si fuera tu hija, Petrona? ¿Qué harías vos?

Petrona se queda en silencio mirándola. Es verdad que a ella también le daría su miedo, piensa; pero esas personas nunca le han hecho mal a Sofía. Al contrario; cuando todo el pueblo se volteó en contra, estuvieron a su lado. A ella le consta cómo la han querido. Cuando habla, no puede contener la indignación y manifestar el resentimiento que ha venido acumulando ante la desconfianza manifiesta de su patrona.

—¿Usted no cree en nadie, verdad, doña Sofía? Ni a mí me deja que le toque casi a la muchachita, aunque primero caería muerta yo que ver que algo malo le fuera a pasar a esa criatura. No sea tan desconfiada, que no es bueno. Si ellos se lo dicen debe ser por algo.

—¿Y si se equivocan y no les salen bien las cosas? Ellos son humanos también, no es como que son ángeles o algo por el estilo...

Por qué tenía que pensar que se iban a equivocar, argumenta Petrona. Siempre estaba con esa inquietud de que nadie podía hacer las cosas mejor que ella. Por eso, y que le perdonara el atrevimiento, no se despegaba de la niña. Era verdad que las madres eran, por naturaleza, temerosas cuando se trataba de sus hijos, pero a ella se le pasaba la mano.

Sofía se queda callada y con la mirada perdida. Petrona se da cuenta de que la conversación ha terminado, se levanta, toma de nuevo los pañales y sigue su camino, sin que ella haga nada por detenerla. Se queda otra vez sola en el corredor, meciéndose nerviosa en la butaca de balancines.

Dos días pasa Sofía irascible y agitada, sin que nadie más que Petrona sepa la razón de su angustia. Se ha convencido de que no debe acceder a la petición de sus amigas, quienes, sin dudar de su consentimiento, han anunciado que llegarán a recoger a Flavia al día siguiente previo al amanecer, ya que la niña debe estar con ellas en el lugar de poder antes de que el sol emerja en el horizonte. «No puedo —se repite a solas la madre una y otra vez—. Lo siento, pero no puedo.»

—¿Se puede saber qué es lo que te pasa? —pregunta Fausto el anochecer de la víspera del día señalado, después que Sofía ha puesto a Flavia a dormir y sale al corredor fumando un cigarrillo—. Tenés dos días de estar fumando como chimenea y eso es malo si estás dando el pecho. Algo te pasa a vos.

Sofía había pensado no decirle nada a Fausto, pero a tan corto plazo de tener que tomar la decisión definitiva, y sabiendo ya la opinión de Petrona, no le queda nadie más a quien recurrir.

—Xintal y doña Carmen me pidieron que les prestara a Flavia para hacerle una ceremonia de «protección». Me da pena demostrarles desconfianza, pero la verdad es que no me gusta la idea. Me da miedo.

—¿Y qué es lo que quieren?

—Venir a llevar a Flavia a las cuatro de la madrugada; llevársela por dos o tres horas y volvérmela a traer después. No quieren que yo vaya.

Fausto se levanta obviamente disgustado. Él creía que

se trataba de un asunto más serio, dice. ¿Que acaso ella no ha creído siempre en esas ceremonias? A qué venía ahora que se pusiera tan nerviosa. Cómo podía desconfiar de doña Carmen y Xintal, que habían sido como madres para ella. Esas mujeres eran más del tipo de las hadas madrinas de los cuentos que de la estirpe de las brujas; eran brujas «blancas» incapaces de hacerle daño a nadie. Ella debía saberlo. Si algo se podía objetar, en todo caso, era la hora, por el riesgo de que Flavia se resfriara, pero si la abrigaba bien no habría problema. No creía él que Sofía se atreviera a hacerles el agravio de desconfiar de ellas, dice, sentándose de nuevo en la mecedora.

—¡Y por eso has andado tan alterada! Ya me extrañaba a mí que no hubieran inventado ceremonias de ésas desde que nació la Flavia.

—Pero no sé ni dónde la van a llevar y esa niña no sabe estar sin mí —responde Sofía débilmente.

—Bien le va a hacer estar sin vos aunque sea un rato —dice Fausto.

Sofía no duerme. A las tres y media de la mañana oye llegar a doña Carmen y Samuel. Para esa hora, sabe que no tendrá más alternativa que acceder y darles a la criatura. Es ingrato, incluso, de su parte, haber tenido temores, se vuelve a repetir como ha estado haciéndolo desde que habló con Fausto. Flavia estará bien, no le pasará nada malo. Se levanta de la cama y se envuelve en un rebozo para protegerse del frío de la madrugada. Está oscura la noche, pero ella ha dejado encendidas las luces del corredor. Flavia duerme en su cama, vestida con un mameluco abrigado. Sofía la toma en sus brazos, la envuelve en dos colchas y se la pega al pecho. En una bolsa aparte pone un biberón con agua, otro con leche, varios pañales y la chupeta.

Cuando sale de la habitación, ya doña Carmen y Samuel están esperándola.

—Aquí están las llaves del *jeep* y en esta bolsa hay leche y agua por si llora —les indica Sofía—. Por favor, no tarden más de dos horas que me vuelvo loca.

Doña Carmen insiste en que no se preocupe, Flavia estará perfectamente con ellos, que son como sus abuelos. La niña no se despierta cuando pasa a los brazos de doña Carmen; sigue durmiendo plácidamente ajena a los temores de la madre.

—Cuidado si se resfría —dice finalmente Sofía.

Después que el *jeep* parte dejando un leve vapor de polvo, Sofía regresa a la casa, apaga las luces y se acuesta en la cama. Son las cuatro de la mañana y le tiembla el cuerpo poseído por corrientes polares que el miedo sopla atravesándole el espinazo. Su cama se le hace inmensa sin Flavia, y el silencio de la noche sin la pequeña respiración de su hija es para ella el aliento de la más profunda desolación. Se siente incompleta, amputada, inmensamente sola. No pasan ni cinco minutos antes de que se arrepienta y empiece a maldecirse por haber arriesgado su hija a magias desconocidas, pero ya no tiene control de la situación. No le queda más que desesperarse y ponerse a llorar; llorar como lo haría si la hubiera perdido, compadeciéndose a sí misma hasta que reacciona y piensa que jamás, jamás perderá a su hija.

Xintal está esperando a Samuel y doña Carmen en el círculo de árboles cerca de su casa, el lugar de poder donde hace mucho tiempo hicieron la ceremonia en que devolvieron a Sofía los recuerdos de su madre.

Falta poco para que el sol aparezca. La claridad de su cercanía empieza a amarillear el borde negro de la noche.

Doña Carmen y Samuel avanzan despacio. La mujer

lleva a la niña apretada contra su pecho cálido y abundante, protegiéndola de las ramas de los coludos gigantes que ocultan el claro. Samuel porta un candil con el que alumbra el camino y bajo el brazo carga la colcha donde pondrán a la niña. Al salir al claro ven a Xintal, quien ya ha puesto la vasija de barro con el agua para la ceremonia en el centro y tiene también a su lado las tijeras y el cuchillo para el rutu-chicoy.

La madrugada es sonora en el Mombacho. El lúgubre canto de las aves nocturnas da paso al zanate clarinero, al chichiltote y a los guardabarrancos, que cantan alto y hermoso. Las sombras se van deshilachando en el líquido rosado de la luz solar. Las dos mujeres y el hombre están vestidos de cotonas blancas y sus caras tienen la expresión dulce de los sabios que se enfrentan a la desvalida infancia.

Doña Carmen pone a Flavia en el suelo sobre una colcha doblada en cuatro que simboliza también los cuatro ritos del agua que están a punto de practicar. Al perder el calor del pecho de mujer, Flavia parece despertar, pero Xintal la pone boca abajo y le palmea la espalda para que el contacto con la tierra la tranquilice y le devuelva los latidos primigenios del vientre materno. El rito del rocío empieza no bien la corona del sol rompe con sus primeros rayos. Xintal se moja la mano con el agua del cántaro —traída desde la poza de los reflejos profundos, tibia, para que la niña no se asuste— y toca la espalda de Flavia mientras dice: «Ve aquí que vas a vivir sobre tierra; siéntela para que crezcas y reverdezcas; recíbela.» Luego, da vuelta a la niña y pone su mano húmeda sobre el pecho de la criatura para que «así se limpie y purifique tu corazón, de tal manera que nunca pierda el rumbo del agua y sepa encontrar el camino de su sed». Mientras Flavia, ya despierta y extrañada empieza a llorar, Xintal rocía agua sobre su cabeza y dice: «Recibe y toma agua de la señora dueña de la vida para que entre en tu cuerpo y allí viva esta agua celestial azul clara.» Hecho esto, ayudada por doña Carmen, desnuda a la niña y lava todo su cuerpo recitando invocaciones para proteger cada parte de Flavia y alejar las maldiciones y las trampas fortuitas de destinos desconocidos.

La visten de nuevo y Xintal la toma en sus brazos y la levanta hacia el sol cuatro veces, mientras la niña llora a toda capacidad de sus pulmones.

—Flavia, que tu corazón no se pierda en los pantanos de las confusiones.

»Flavia, que tu frente siga las luces que están en los árboles y en las estrellas.

»Flavia, que el sol abra tus ojos y te enseñe los colores de las bellezas ocultas.

»Flavia, que el destino no se tuerza y seas capaz de romper los círculos del tiempo y los abandonos que persiguen a tu madre.

Xintal baja los brazos y aprieta a la niña contra su corazón. Cierra los ojos y en profundo trance escucha ruidos de feria mezclados con el llanto y ve un hombre que no sabe por qué se le hace familiar, sonriendo en el distorsionado líquido de sus imágenes mentales. Abre los ojos y mira a doña Carmen y Samuel que la interrogan con los ojos.

—No veo claro de qué se trata.

Llega el turno de Samuel, quien realiza la ceremonia del rutu-chicoy. Con el cuchillo afilado corta un poco del cabello de la niña y luego con las tijeras corta sus uñas, poniéndolas en un lienzo blanco donde atan también los instrumentos, para luego entregar todo a Sofía, quien deberá conservarlos como amuleto porque desde ese instante han adquirido poderes mágicos.

Las ceremonias han concluido. Doña Carmen toma a Flavia, quien llora estrepitosamente, y saca de la bolsa que Sofía preparó el biberón con el que, en poco tiempo, logra que la niña se apacigüe olvidada de todo en la placidez de alimentarse.

—Miren qué ojos de criatura —dice—. Los tres miran a la niñita e igual que la madre cuando la vio por primera vez, se asombran de lo pensativa y sabia que parece mientras mama ávidamente, sin dejar de contemplarlos, con el aire de quien aún ignora la existencia del miedo.

Sofía hace un enorme esfuerzo por no llorar cuando doña Carmen la vuelve a poner en sus brazos, pero no puede evitar que la mujer sienta su angustia.

—Menos mal que esta niña es mágica —le dice doña Carmen—. Si no, esa angustia que llevás adentro las acabaría a las dos.

A diferencia de Sofía, el parto de Gertrudis, que tiene lugar unos días después, es laborioso. Luego de prolongados dolores la tienen que llevar al hospital de Masaya y hacerle cesárea, pero al final el niño que nace es robusto, sano, y no hay hombre más feliz que René en todo el Diriá.

—Vieran qué muchachote —dice, a pocos días, celebrando copiosamente en la cantina de Patrocinio—. ¡Ocho libras pesó! Por eso la pobre mamá no podía con semejante muchacho.

La concurrencia celebra divertida todas las historias y anécdotas del nacimiento. Fernando cuenta que René se fumó cuatro paquetes de cigarrillos en lo que duró la cesárea y puso frenéticas a todas las enfermeras del hospital, interceptándolas en los pasillos para saber hasta los mínimos detalles del nacimiento, cual si cada enfermera que transitaba por allí hubiera estado presente en el parto de Renecito.

Patrocinio celebra aquel nacimiento con aire de revancha personal; al final se había demostrado que René, uno de sus mejores clientes, era un macho de pelo en pecho y que la gitana no había podido arruinarle la vida. Cada cual había terminado como se merecía: René felizmente casado con una mujer que sí valía la pena y la Sofía con una hija sin padre, que, aunque era linda, ya daba que hablar por lo caprichosa que la estaba malcriando la madre, quien, además, se había encerrado con ella en El Encanto y apenas si les habían visto la cara a las dos en el pueblo.

El nacimiento del hijo de René y Gertrudis desplaza la atención de las habladurías. Se comenta sobre la fiesta del bautizo que están organizando los recién estrenados padres y que se augura borrará de la memoria la fiesta monumental que organizara la Sofía hacía tres años y de la que la gente aún recordaba los despliegues de luces de colores que habían alumbrado como nunca la noche del Diriá.

—Me alegro por la Gertrudis —dice Sofía, en quien la crianza de Flavia ha adormecido los afanes competitivos—. Ojalá tenga su fiesta y se divierta.

—Dicen que esta vez sí te va a invitar —le comenta Engracia.

—Pero no voy a ir —responde Sofía—. Que sea feliz sin malos recuerdos. No quisiera volver a poner el pie en esa casa en mi vida. No sea que se me avive la nostalgia de los escándalos —añade con expresión maliciosa.

El bautizo constituye, en efecto, un gran acontecimiento. Desde su casa, Sofía oye la zarabanda de la pólvora y la orquesta de pueblo, y sigue jugando con Flavia, que es lo único que le interesa en la vida.

CAPÍTULO XXXIX

Poco más de dos años transcurren para Sofía con la celeridad con que crece su hija. Pierde cuenta de los meses, pero recuerda con exactitud el momento en que la niña se dio la vuelta en la cuna por primera vez, los tormentos de las encías dolorosas del primer diente, el esfuerzo monumental de Flavia para sentarse y quedarse con las manitas alzadas buscando el precario equilibrio que la primera infancia les niega a los seres humanos. Se maravilla de la espiral de vida que su hija desanuda cada día, siguiendo un programa antiguo, exacto e infalible. Memorable es para ella el día en que despierta y la ve de pie en la cuna, sostenida con las manos de la baranda, de la cual parecía aferrarse con la testarudez que le anunciaran los astros. Goza aún más cuando Flavia, con un empeño que sólo el cansancio de la noche detiene, trata de dar sus primeros pasos y los da, por fin, yendo de su madre hacia Petrona, hasta que poco tiempo después se alza, habla y anda, buscando una independencia que desespera a la madre, quien añora el tiempo en que Flavia no podía caminar y ella la andaba a horcajadas sobre la cintura en un morralito que dio a hacer especial para andarla consigo y poder retomar las labores de la finca que la reclamaban, porque Fausto se daba sus largas escapadas de la hacienda ya que, después de búsquedas infructuosas, había encontrado un amante estable que diseñaba zapatos de «alta moda» para las tiendas elegantes en Managua.

La independencia se torna en el juguete favorito de Flavia. A medida que las piernas se le afianzan sobre el suelo, no vacila en alejarse de los adultos e incursionar en el mundo del patio interior, que es para ella un vasto escenario de hojas pintas, flores rojas y selvas espectaculares. Sofía desespera queriendo conservarla bajo su vigilancia, evitando que la curiosidad de la niña le cause percances con los que ella tiene pesadillas por las noches.

—Déjala que descubra el mundo —le dice Xintal, viéndola angustiarse por las mínimas excursiones de la niña—. La has tenido en un envoltorio de gusano de seda más de dos años. Ya es mariposa. Es tiempo de que le enseñés el mundo a tu hija y no te limités a enseñarle el miedo.

No le queda más a Sofía que rendirse ante la evidencia de que la curiosidad de Flavia es irrefrenable. Ya ella misma está cansada de perseguirla por todas partes y, por fin, ha accedido a delegar en Petrona la supervisión de la criatura algunas horas, consciente de que corre el peligro de volverse loca o de que la espalda se le encorve para siempre, por andar en cuclillas evitando que Flavia meta los dedos en los enchufes o se haga daño con objetos que toma de cualquier parte. Además, a medida que la niña adquiere su propio mundo, Sofía tiene momentos de lucidez en que se da cuenta de que pronto la vida establecerá límites a su compulsiva maternidad. Sin atreverse a reconocerlo, experimenta resentimientos infantiles y celos cuando Flavia se le suelta de los brazos distraída por el paso de un gato o el color verde y la movilidad de serpiente con que se contonea la manguera que usa Petrona para regar el jardín.

Ya es hora de que ella se preocupe por su propia vida detenida en un paréntesis en que nada sino la niña alcanza, se dice un día de tantos. Flavia podrá descubrir mundos con ella, si ella, a su vez, sale de la crisálida de su sacrosanta maternidad.

—Bueno, Flavia —le anuncia, hablándole como adulta, igual que lo ha hecho desde que la niña era una bebé—. Vamos a darle gusto a la sangre gitana; vamos a salir juntas a ver el mundo.

El primer mundo que visitan es el del volcán. En un caballo manso, que hace dar a Flavia alegres gritos de excitación, la madre y la hija recorren de nuevo el camino hacia la casa de Xintal, por las mismas veredas que una noche de tormenta muy lejana Sofía anduviera para escaparse de la casa de René. La niña señala perros, burros, y hace saludos efusivos a las gentes con las que se cruzan en el camino.

Cuando inician la subida del Mombacho, ambas callan sobrecogidas por la experiencia mítica de adentrarse en aquel mundo vegetal, enorme y de tonos verdes deslumbrantes. Es temprano en la mañana y los pájaros azules revolotean alrededor del caballo, cantando tonadas alegres y de buenos augurios. Sofía sube más allá de la casa de Xintal porque, al igual que hacía su papá Ramón con ella, quiere enseñarle a Flavia el espectáculo insólito de los monos congos, viajando en manadas sobre las ramas de los árboles. Pronto los avistan siguiéndoles el rumbo por el sonido estruendoso de sus gritos. Flavia se acurruca contra la madre, asustada, y Sofía ríe calladito, rememorando su propia inicial reacción ante aquellas criaturas que parecían tan humanas y a la vez distantes y salvajes.

—Mirá la mamá con su monito, Flavia —señala Sofía, y la niña mira con ojos abiertos, reconociendo algo familiar que la conforta y hace que pierda el asombro temeroso del principio.

Desde los árboles, los monos se asoman y hacen ruidos de alboroto. La jinete no se acerca mucho para evitar que los animales las ensucien, como suelen hacer, orinando y defecando encima de los curiosos en venganza a la intromisión de su privacidad.

Después, Sofía da vuelta al caballo y en la ruta de descenso hacia la casa de Xintal, le muestra a Flavia las flores de los arbustos de malvas y aceradillas, las de las hierbas de San Juan que amarillean el borde del camino, las silenes rojas con sus altos tallos, los árboles de genízaro y laurel, los ceibos majestuosos. Flavia repite con su idioma a medio inventar las palabras que su madre pronuncia, bebiéndose el aire del volcán con la boca abierta de su gran sonrisa, que se parece a la alegría de Xintal cuando las ve aparecer por su casa.

La exitosa incursión al Mombacho le abre el apetito a Sofía de nuevos paseos con su hija. En los días que siguen, la lleva al mirador de Catarina, donde Flavia conoce la manera acuosa que tiene la tierra de asomarse a ver el cielo desde su entraña más profunda; va con ella al parque de Diriomo a ver jugar pelota a niños larguiruchos de pantalones cortos y abundantes energías; la introduce en los patios donde mujeres gordas baten las panas donde se cocinan las cajetas de leche, de manjar, de zapoyol y se colorea el coco de rosado para alegrar el aspecto de las bateas de los dulces famosos de esa localidad.

El domingo, viste a Flavia de pantalones y camisa de vaquera menuda para llevarla a un transeúnte y descascarado parque de diversiones instalado cerca del mercado de San Juan de Oriente. Aquella instalación pueblerina, que remeda la ilusión de mejores tiempos, le parece a la niña el mundo más fantástico que hasta ahora ha conocido. De la mano de la madre, Flavia monta una diminuta rueda de Chicago desvencijada, entra a una carpa donde un malabarista aprendiz tira bolos sin concierto en el aire, come golosa el espumoso algodón de azúcar de la carreta de madera del vendedor ambulante; pero lo que la pone fuera de sí, de manera que hasta le tiemblan las manecitas por la exaltación, son los viejos caballos de un tiovivo destartalado, en el que Sofía debe montarse con ella una y otra vez.

Esa noche, mientras Flavia duerme y sueña con aparatos de juego que la inventiva mecánica de los hombres aún no ha inventado, Sofía se desliza en el cansancio, acariciándole el pelo, meciéndose en el dolor de huesos, que se le hace dulce y satisfactorio, de andar cargando a la niña de aquí para allá en el polvoso y pobre predio desmontado donde la «feria» de pueblo había tenido lugar. En algún periódico había leído de la próxima visita de un verdadero parque de diversiones —grandioso, decía el anuncio— que andaba recorriendo todo Centroamérica y que se instalaría en pocos días en la plaza más grande de Managua. Sonriendo callada, imagina el gozo que tendría su hija viendo artefactos realmente coloridos, y en buen estado, montando carritos, elefantes voladores... En fin, ni ella misma sabía cuánta cosa bonita y divertida podría ver Flavia en un genuino parque de diversiones, porque las únicas imágenes que a ella se le ocurrían, no habiendo estado nunca en ninguno, eran las que vio en la televisión en una ocasión en que se presentó un documental sobre Disneylandia.

Al día siguiente averiguaría, se dice, y arreglaría las cosas para ir el primer domingo en que se instalará el parque, a divertirse en grande con Flavia.

CAPÍTULO XL

El domingo, después del almuerzo, Fausto las despide en la puerta de la hacienda. Sofía y Flavia, acompañadas por Danubio, quien aún insiste en ser el chofer de los fines de semana, salen en el *jeep* bien trajeadas rumbo a Managua, donde ese día se inaugura el parque de diversiones «más moderno y grande de Centroamérica».

La tarde de noviembre es fresca y despejada. La estación lluviosa está finalizando, pero el paisaje aún guarda los tonos verdes del invierno tropical. Sentada en el regazo de la madre, Flavia va contenta mirándolo todo y balbuceando con sus medias palabras una conversación de pájaro.

Antes de enrumbarse a la ciudad, entran al Diriá porque Sofía quiere que Flavia vea el pueblo en domingo, las gentes agrupadas en el exterior de las casas y en el parque, con su ropa de día de fiesta, las paredes encaladas y blancas relumbrando el sol, el redondel de las peleas de gallos donde empiezan a agruparse los hombres para los enfrentamientos de la tarde. «Allá va la Lastenia Pacheco, la bruja más mala que se conoce», le dice a Flavia mostrándole una vieja erecta y regordeta con cara malévola que camina sola a la orilla de los aleros. En la plaza frente a la iglesia, se instalan tenderetes con ventas de remedios caseros y filtros mágicos que los turistas y los creyentes de millas a la redonda vienen a comprar, conociendo la fama del pueblo y su alta densidad de brujos por habitante.

—Ya sólo la fama nos queda —dice Danubio—. Ahora hasta la magia es negocio.

Salen de nuevo a la carretera y en una hora están en Managua y se encaminan al estacionamiento de la plaza, que está ya atiborrado de vehículos y donde dejan a Danubio, que prefiere echarse una siesta en el *jeep* y luego quedarse bajo los chilamates, platicando con los choferes que se distraen contándose historias de los patrones y dándoles brillo a los automóviles.

El «Play Land Park» como reza, en inglés, el rótulo multicolor que cual arco del triunfo da acceso al mundo de los juegos mecánicos, es, efectivamente, enorme y con reminiscencias de los que Sofía recuerda haber visto en la televisión. Lo circundan altas torres extrañas con globos azules, verdes, amarillos y rojos, y desde fuera se pueden ver los complicados aparatos, algunos de los cuales alcanzan grandes proporciones, como es el caso de la montaña rusa, que, según decían, era la más alta que jamás se había visto en aquellas latitudes. Aglomeraciones de vendedoras de fritangas, helados y todo tipo de comidas callejeras bordean la calle que da acceso a la entrada del recinto de diversiones al que se dirigen grupos de padres de familia, parejas, y oleadas de niños excitados por el colorido y la música que sale de los estómagos metálicos de las máquinas y de un parlante central, donde de rato en rato se anuncian nuevas atracciones. Flavia balbucea su admiración mientras camina del brazo de la madre, que se acerca a la fila larga, donde esperan pagar la entrada decenas de personas, para ingresar al redondel de ensueños enmarcado por los pilares coloridos. Sofía mira a su hija, anticipando su deslumbramiento, y se pone en la cola que avanza rápida, porque quienes manejan el parque de diversiones son japoneses asentados en Costa Rica que, con su ancestral industriosidad, saben la poca tolerancia de los niños a las prolongadas esperas.

En poco tiempo, entregan el boleto en la caseta de ingreso y penetran al recinto. Inicialmente, Sofía duda porque no sabe qué aparato elegir para que Flavia tenga la primera experiencia del vértigo y la risa de las máquinas. Mira para todos lados tratando de entender aquellos artefactos construidos como inmensos juguetes, capaces de producir sensaciones, en su mayoría, demasiado intensas para una niña tan pequeña. Empieza a caminar hasta que divisa, a cierta distancia, un tiovivo de caballos recién pintados y se decide inmediatamente por este pasatiempo inocuo que sabe producirá la inmediata fascinación de Flavia. Camina con dificultad porque, por ser el primer día y, además, domingo, hay gran cantidad de gente que circula por el lugar. Con Flavia en los brazos, se abre paso con determinación en el mar humano que vaga sin rumbo de aparato en aparato, explorándolo todo con ojos desacostumbrados a un concepto de diversión así de sofisticada y resplandeciente. En el camino hacia el tiovivo, madre e hija atraviesan pistas donde carros movidos por baterías y repletos de niños chocan en un redondel metálico; pasan al lado de una rueda de Chicago realmente gigantesca, donde casetitas individuales rotan al tiempo que la rueda completa su círculo; ven en una plazoleta, entre los mecanos, a un hombre expeliendo fuego por la boca; se saturan los oídos de una música nostálgica de organillo, que sale de un complicado aparato sobre el que baila un mono vestido de rojo, con sombrero y todo. Hace calor y Sofía siente cuerpos ir y venir, rozándola al pasar a su lado. A Flavia, la aglomeración parece no molestarla. Lucha con la madre hasta lograr que ella la baje al suelo y Sofía, tomándola de la mano, se ve convertida de conductora en conducida, porque la niña la jala de un lugar a otro, incapaz de saciar su curiosidad infantil exacerbada por la cantidad de estímulos que se exhiben impúdicamente. Llegar al tiovivo le parece a la madre una hazaña de grandes porciones, pero cuando lo logran, al contrario de lo que sucedió en el parquecito destartalado donde Flavia insistió en dar repetidas vueltas en la calesa, la niña se conforma con tres rondas y da tirones a la madre, indicándole con su lenguaje complicado que quiere ir más allá y mirar de cerca unas conchas rojas que giran veloces conteniendo niños que ríen en carcajadas por las cosquillas de los altos y bajos de la máquina.

Sofía retrasa cuanto puede el afán de la niña. Largo rato la instala frente al mono que hace piruetas sobre el organillo; luego la convence de que vayan a mirar al tragafuegos mientras ambas comen un alto y espumoso algodón de azúcar. Más tarde, andando de aquí para allá, se confunden entre la multitud de hombres y mujeres de camisetas, *blue jeans* o trajes domingueros que arrean niños ávidos e indomables. La gente se apretuja por todos lados y Sofía piensa que, sólo en concentraciones políticas, en los mejores tiempos de la Revolución, ha visto antes tanta gente reunida. Personas de todos los estratos sociales se mezclan en aquel hervidero que homogeneiza niños lustrabotas con otros de mejores recursos. Indistintamente, se pueden ver hombres con aspecto de ejecutivos y las camisetas deportivas que le gustan a Fausto, al lado de otros que podrían ser camioneros o choferes de taxi. A todos los iguala el aire de padres de familia, conduciendo esposas de la mano y regañando niños exigentes que demandan helados o nuevos turnos al tiro al blanco, donde pueden ganar osos o pelotas. Sofía levanta los ojos y escucha los gritos de los que van en la montaña rusa, donde las parejas enamoradas aprovechan las caídas vertiginosas para fundirse en abrazos sin remilgos; el parque parece el escenario de una gran fiesta de invitados anónimos y ella disfruta del espectáculo y se alegra de haber tenido la idea de romper su prolongado retiro maternal. Lástima que Samuel hubiese envejecido tanto en los últimos años porque también hubiera podido romper con él su largo celibato.

Sofía cede, por fin, al entusiasmo de la criatura, que quiere montar las conchas giratorias y, luego de esperar turno, se introducen en el asiento tapizado, bajando la barra que las deja seguras en su interior.

Al ritmo de una música pachanguera, las conchas inician su movimiento fluido y pronto las dos ríen sometidas a las cosquillas artificiales que les producen en el estómago los vaivenes del juego.

Sofía trata de divertirse y de apartar de su mente la preocupación de que algo pueda fallar. «Me he vuelto una miedosa», se dice mientras contempla desde el interior rojo de la concha las caras de los curiosos que se ríen de sus risas o de sus expresiones de susto. Con el brazo sostiene a Flavia, quien ajena a cualquier temor goza de lo lindo emitiendo carcajadas divertidas, que acaban por contagiar a la madre.

El parque de diversiones se ve inmenso cuando, en las subidas, la visión permite contemplar la perspectiva del conjunto. Hay no menos de diez aparatos grandes, entre los que se cuentan la montaña rusa, la rueda de Chicago, una torre metálica sobre la cual descienden en espiral carritos a toda velocidad; el «martillo», dando vueltas sobre un eje y un círculo enorme que gira fijando a sus paredes a quienes lo ocupan, por el principio de la fuerza centrífuga. En los corredores entre las máquinas, se ven toldos donde se anuncian atracciones menos elaboradas; payasos, equilibristas, magos de turbante. Le da vértigo a Sofía aquel despliegue de gentes, colores y texturas, pero Flavia agita sus brazos y parlotea señalándolo todo con su dedo extendido.

De pronto, cuando las conchas empiezan a aminorar la vertiginosidad de sus movimientos, como indicación de que la ronda se acerca a su fin, y las caras de la gente se muestran más cercanas y reconocibles, Sofía se sobresalta porque está segura de haber distinguido claramente, cerca de un puesto vecino donde se venden refrescos y hamburguesas, la figura de Jerónimo. La adrenalina le aumenta de súbito los latidos del corazón. De un golpe, se le vienen a la memoria las últimas palabras que ella le dijo cuando le prometió enseñarle a su hija algún día y enrostrarle el producto de un amor que él jamás pudo calibrar, confundiéndolo con el desenfreno frívolo de pasiones sexuales. El recuerdo de su vivencia con el hombre se le aglomera en la cabeza, causándole una sensación de urgencia y nerviosismo. Espera ansiosa que el aparato se vuelva a situar en el mismo ángulo donde cree haber visto a Jerónimo para confirmar que es efectivamente él. Lo mira otra vez, efímeramente, y en un instante concibe la misión de perseguirlo allí mismo y mostrarle la perfección de Flavia. ¿Qué mejor lugar que aquél —irreal y fantástico— para sorprenderlo con la realidad de la vida, que ella, y no él, había podido engendrar a pesar de su mezquindad? Las conchas entran en los vaivenes de un paroxismo final. Flavia grita de excitación, pero ya para Sofía su gozo ha dejado de ser importante, la niña, en sí misma, ha dejado de contar para convertirse en un medio de mostrarle a Jerónimo lo profundo de su despecho de mujer abandonada y la fecundidad generosa que él despreció. Su mente hace cálculos y mide palabras a pronunciar, mientras su interés se concentra en no perder a Jerónimo de vista y en que aquel maldito juego se detenga de una vez para poder bajarse y llegar hasta donde él, aparentemente solo, termina con parsimonia de tomarse el refresco sin sospechar el maremoto de despecho que se incuba en su cercanía.

El juego, finalmente, se detiene. La música calla y los ocupantes de las conchas levantan las barras, se acomodan los vestidos y se aprestan a bajar de la plataforma. Sofía trata de levantar en brazos a Flavia, pero ésta después de decir que no con su cabecita, indicando que quiere repetir la experiencia del juego que tanto la ha divertido, se resiste a los brazos de la madre y grita cuando ve la determinación de ella de no someterse a su capricho. Sofía, desesperándose por instantes, usa diversos métodos de convencimiento perdiendo rápidamente la paciencia, hasta que logra que Flavia acepte bajarse del juego, sin acceder a ser cargada en brazos e insistiendo en caminar hasta la salida.

Sofía arrastra prácticamente a la niña remolona, porque acaba de ver que Jerónimo está pagando y se dispone a alejarse del expendio donde ella podría llegar rápidamente si no fuera por la resistencia de la muchachita y por aquella gente lenta y despaciosa que baja ordenadamente del juego mecánico y a la que ella empieza a empujar para adelantarse a la salida, tironeando el brazo de la pequeña, que no entiende la súbita prisa de su madre, y que, con la testarudez astral que le predijeron las brujas, se niega a dejarse cargar plantándose en el suelo y pataleando cada vez que la madre lo intenta. Sofía se tiene que resignar a tironearla del brazo, jalándola tras de sí en medio de la multitud ajena a su urgencia, entre la que se va abriendo paso empujando con los codos para no perder a Jerónimo, quien empieza a caminar alejándose.

Dos años de no pensar en Jerónimo más que cuando lo reconoce como inevitable en algunos gestos o facciones de Flavia, o cuando se le aparece en sueños complicados, se disuelven para Sofía en un frenesí de ímpetus perseguidores.

Encontrarlo y mostrarle a la hija parece haberse convertido en una misión inapelable que debe cumplir contra viento y marea. Atropellando gente, introduciéndose en medio de parejas que protestan contra su impetuosidad, Sofía avanza, mientras Flavia rebelde obstaculiza como puede su marcha, resentida por la salvaje determinación de la madre que la lleva casi a rastras detrás de ella.

En algún momento de la marcha forzada, la niña ve a través de un grupo de vendedores de globos a un payaso seductor que, cargando un conejito gordo y blanco, va llamando a los niños para que asistan a su función, tocando una flauta. La cara del payaso es dulce y Flavia quiere seguirlo. Da tirones a la mano de la madre para que la lleve a verlo de cerca, pero es inútil. Su mamá la quiere llevar lejos de allí y ella nunca podrá mirar de cerca al payaso que la ha subyugado. Puede más su fascinación que el miedo que le da soltarse de la mano adulta. Un instante después, la aglomeración de gente es más apretada y a Flavia se le facilitan las cosas. Se suelta de la mano de Sofía y, con toda la determinación de sus piernecitas fuertes y regordetas, se vuelve a buscar al payaso y su conejito, guiándose por los sonidos agudos que escucha salir del largo pito que él lleva en su boca.

Si en los dos años desde que nació Flavia Sofía no se ha desatendido de ella más que por cortos y escasos momentos, en aquel lapso de tiempo en que persigue a Jerónimo, su atención se desvía de manera total hacia la caza del hombre, cuya cabeza apenas si atisba a ver a través de la aglomeración humana de familias afanadas en su gozo dominguero. Aproximándose más y más, siente que casi le pisa los talones y que está logrando avanzar rápido cual si le hubieran puesto alas en los pies y ningún obstáculo le impidiera ya acercársele a corta distancia. La noción sorprendente de su propia ligereza es lo que repentinamente la retorna a la realidad. Se queda instantáneamente detenida en medio de su carrera, mirándose, como si no le pertenecieran, las dos manos; sus dos manos libres indicándole como monstruos acusadores que Flavia no está con ella, que avanza rápido porque Flavia ya no la sigue.

Como si la hubiera picado el más venenoso escorpión y su ponzoña la estuviera lentamente aniquilando, Sofía se queda envarada un instante, y segundos después reacciona y vuelve los ojos en dirección contraria, olvidando a Jerónimo para siempre. Encorvándose un poco para adecuarse a la estatura de la niña y poder verla en medio de las piernas de la gente, empieza a llamarla con la voz suave de la más absoluta incredulidad. «Flavia, Flavia, Flavia», dice, haciendo sonidos como de quien llamara un perrito. «Flavia, mi muchachita», repite, mientras va devolviendo sus pasos hacia la dirección de las conchas rojas. No quiere dejar que el pánico la posea y trata desesperadamente de convencerse de que no puede haber pasado mucho rato desde que la niña se le soltó de las manos. Estará por allí, paradita, llorando seguramente al sentirse sola, la encontrará sin duda en un momento. «Flavia, Flavia», llama, y se detiene a preguntarle a una pareja que si no han visto una niña con un vestidito verde a cuadros con un lazo blanco y zapatos blancos; una niña clara de ojos grandes y pelo rizado; una niña linda como de dos años, un poco gordita. La pareja no ha visto nada. Sofía sigue su camino, continúa llamándola y se detiene frente a una carpa donde se anuncia la mujer serpiente y entra y mira a los que contemplan la caja con la mujer de cuerpo de serpiente y cabeza monstruosa de ama de casa, exhibida arriba de una mesa, pero Flavia no está allí. Sale y sigue preguntando a cuanta persona se topa en el camino que vuelve a recorrer una y otra vez. Ya no sabe a quién preguntar. Su desesperación crece vertiginosamente saliéndose de cauce y alborotando todos los demonios del infierno, del miedo, del terror más abismal y angustioso. «¡Mi hija!», grita de pronto sin poder contenerse, con la cara descompuesta por la angustia. Señora, se me perdió mi hija. ¿No ha visto una muchachita vestida de verde con blanco, medio gordita? La gente la queda viendo con expresión de lástima, pero sin intención de ver estropeado su paseo dominical por el descuido de aquella madre. Pobrecita la mujer, pero a quién se le ocurre dejar sola a una niña en aquel tumulto de gente, piensan, y se apartan. «Búsquela en el puesto de la Cruz Roja. Allí llevan a los niños perdidos», le dice un hombre. «¿Dónde es, dónde es el puesto de la Cruz Roja?», pregunta Sofía; pero no, no la va a ir a buscar al puesto de la Cruz Roja, piensa, porque si se aparta de allí, Flavia no podrá verla. Flavia debe estar por allí, cerca de las conchas, en el trecho entre las conchas y la tienda de la mujer serpiente, que fue el camino donde ella avanzó tratando de alcanzar a Jerónimo. Sofía recorre aquel espacio una vez y otra, incapaz ya de articu-

lar acciones coherentes, su imaginación rápidamente po-
blándose de las peores posibilidades: Flavia robada, Flavia yéndose detrás de alguien que le ofreciera llevarla a
comer algodón de azúcar, a los caballitos; Flavia en medio
del parque de diversiones arrebatada por alguien que la
vio sola y hace negocios vendiendo niños robados; Flavia
perdida para siempre, creciendo en quién sabe qué familia desconocida, incapaz de decir dónde vive, apenas sabiendo pronunciar a media lengua su propio nombre y el
de su madre. Flavia creciendo con el rencor de que la hubieran abandonado, cobrándole a cuantos se le acerquen
aquel descuido, rebelándose contra aquel designio sin siquiera percatarse; desde niña sintiéndose extraña, especial, distinta a las otras niñas que sí tienen madre y padre
y una familia que las cuida y en la que nadie ha tenido que
decidir una adopción forzada. Aunque después esa familia la quiera y se esfuerce, ella nunca aceptará sin resque-
mores esa generosidad. La probará constantemente,
como probará a quienes le manifiesten cariño o amor. No
creerá en el amor, y cuando crea encontrarlo lo desprecia-
rá y ella misma se encargará de construir el rechazo sólo
para caer en la más absoluta desesperación porque, de
nuevo, será abandonada. Abandonada una y otra vez.
«Mi hija, pobre, mi hija», piensa. Éste era el círculo de
tiempo que le anunciaran las brujas, que le advirtió Eulalia desde tiempos inmemoriales, saliendo de su propia
muerte para decírselo aquella noche en el rancho de
Samuel. El destino se repetía, daba vueltas y ella era su
madre viviendo de nuevo la pérdida de la hija, el maldito
hechizo aquel de todos los presagios. Estaba viviendo el
enredo de su origen, el misterio insondable de su abandono. Imagina la desesperación descomunal de su madre,
buscándola también igual que busca ella ahora a su hija,

peleando con la gente, insultándola, gritándoles que cómo es posible que no hayan visto a su niña vestida de verde con blanco, medio gordita, con ojos grandes y rizos castaños. Sofía ya no sabe qué hacer. Tiene el polvo de sus propios pasos enlodado en la cara. No sabe cuántas veces ha recorrido el mismo espacio, pero es claro que la niña no está allí; no es cierto que la esté esperando sin moverse de lugar como era lo más sabio; una niña tan pequeña no sabría hacer eso, pero sí sabría ponerse a llorar, piensa, y llamar a la mamá cuando sintiera que está sola. Debería ir a la Cruz Roja, se dice, y a codazos se abre paso a la caseta donde se anuncia Información y allí le indican que sí, los niños perdidos generalmente se depositan en el puesto de la Cruz Roja, aquella carpa blanca que se ve a lo lejos en medio de los artefactos mecánicos que de pronto se han convertido en monstruos ofensivos y chillones, desgañitando sus gargantas de hierro en músicas estridentes que no le permiten oír el llanto de su hija que debe estar llorando seguramente, desesperada como ella, que es una estúpida, cómo se le ocurrió irse detrás de Jerónimo, qué perdía ella con Jerónimo si nunca lo había querido, lo único que había querido era que no la abandonara para así poder romper los conjuros y encontrar a alguien que no la dejara sola, perdida en la vida, sin saber de dónde venía. Ahora se daba cuenta de que su madre no la había abandonado jamás. Ella se había pasado la vida amargada, queriendo vengarse de esa pobre mujer, y su madre debió haber sufrido tanto como ella, que camina a toda prisa hacia el toldo blanco rezándole a todos los santos del Cielo que Flavia esté allí, sentadita en una silla con cara de desolación, con su vestido verde con blanco y sus zapatos blancos y sus calcetines de florecitas; cómo se le iluminaría la carita cuando la viera entrar, cuando la viera

331

aparecer. Correría hacia ella con sus bracitos alzados y ella la abrazaría, ay, Dios mío, que esté allí, que encuentre a Flavia, se dice, acercándose, entrando a la carpa donde una mujer vestida de enfermera atiende a un señor de edad que se ve pálido y donde no hay nadie más.

La enfermera le dice que sí, allí llevan a los niños perdidos, pero nadie ha llevado a la niña de su descripción, si quiere puede sentarse y esperar, faltan pocas horas para que anochezca y si alguien la encuentra, la llevará con seguridad. También debería ir a preguntar a Información sobre el sistema de parlantes que hay en el parque, le indica, pueden anunciar por los parlantes que se perdió la niña, ella puede decir cómo andaba vestida su hija, decir su nombre y pedir que la lleven allí. Sofía sale deprisa a recorrer de regreso el camino hacia la caseta de Información, pensando cómo es posible que el hombre que le dijo lo de la Cruz Roja no le hubiera indicado lo de los parlantes. Nadie se preocupa por nadie; nadie se compadece de nadie. Cómo puede ella haberse descuidado así, no haber sentido cuando Flavia se le soltó de la mano. Por qué demonios se habría dejado ir detrás de Jerónimo cediendo a quién sabe qué impulsos obsesivos, arriesgando a su hija por una estúpida idea de revancha, como si ella mejor que nadie no supiera que Jerónimo tenía razón; ella lo había seducido premeditadamente, usándolo como semental como bien le dijera Fausto, para luego pretender que la resarciera del abandono de su pobre madre, la pobrecita que seguramente seguía buscándola en quién sabe qué mundos de Dios, igual que ella buscaría a Flavia toda su vida si era necesario, sólo que tendría más suerte que su madre porque su madre andaba con los gitanos que no tienen lugar fijo, ni patria, ni lugar donde regresar. Ella sí tenía lugar fijo y ahora había más medios modernos, pondría anuncios, pagaría lo que fuera. Por algo tenía plata, organizaría la búsqueda más grande jamás vista, ofrecería toda su fortuna para que quienquiera tuviera a su hija, se la devolviera.

—¿Por qué no me dijo que podía llamar por los altoparlantes a mi hija? —le reclama furiosa al hombre de la caseta de Información—. Necesito que lo haga ahora mismo, en este instante. Necesito que me preste el micrófono y llamarla.

El hombre reacciona ofendido. Usando el poder de su posición detrás del mostrador, le dice que no tiene por qué hablarle así, ella le preguntó por la Cruz Roja y él le contestó. No le dijo que pusiera el anuncio por el parlante. Sofía respira hondo para no pegarle o mentarle a todas las malas madres que seguramente lo habrían parido. Trata de calmarse para que él haga lo que le pide y no se ponga a discutir si hizo bien o mal perdiendo el tiempo, antes de que caiga el sol y venga la oscuridad.

En momentos que se le hacen interminables a Sofía, el hombre toma los datos y empieza a leer por el parlante el anuncio con una voz sin emociones:

«Se ha perdido una niña de un poco más de dos años de edad. Anda con un vestido verde con cuadros blancos, lleva zapatos blancos y calcetines con flores, es gordita, blanca y tiene ojos y pelo café. Responde al nombre de Flavia. Se llama Flavia Solano. Su madre, Sofía Solano, está en la caseta de Información esperándola. Si alguien la ha encontrado, favor de traerla a la caseta de Información.»

—Repítalo, por favor —pide Sofía. El hombre lo repite tres veces y luego le dice que no puede hacerlo más, que la música debe seguir, que tenga paciencia y espere. Sofía se muerde las uñas, impotente porque sabe que el hombre tiene razón. No le queda más que esperar. Tiene que aprender a ser paciente. Pasan los minutos y nadie aparece con la niña de la mano a pesar de que ella multiplica sus ojos para mirar en todas las direcciones y da vueltas alrededor de la caseta, viendo a ver si Flavia viene por algún lado.

—Présteme el micrófono —le demanda al hombre—. Préstemelo, por favor.

El hombre no quiere, pero se le hace evidente que la desesperación de ella es tan grande que es capaz de cualquier cosa, hasta de golpearlo, si no lo hace. Sofía toma el micrófono y repite el mensaje que ella misma escribiera. Después le habla a Flavia, diciéndole que dondequiera que esté, ella la va a encontrar, que no se aflija, que se agarre de alguien y le diga que la lleve a donde dice «Información» porque allí está su mamá esperándola. Luego se dirige a quien sea que haya encontrado a la niña, ofreciéndole el oro y el moro, rogándole que le devuelva a su hija; hasta que el hombre le quita el micrófono porque el gerente del parque de diversiones ha llegado y lo está amonestando por permitir que esa mujer se haya largado semejante discurso. «Ya estuvo bien, señora —dice el gerente, vestido de camisa floreada—, tenga paciencia. Nosotros tenemos que poner la música.» Sofía intenta quitarles el micrófono, empieza a gritar que son unos impíos, ingratos, sin corazón.

—Sólo le pido que tenga paciencia, señora —repite el gerente—. Espere un rato. Si alguien tiene a su hija, seguro aparecerá, pero tiene que darle tiempo de llegar hasta aquí. ¿Por qué no espera dentro de la caseta?

Sofía finalmente se apacigua y acepta la silla que el encargado de la «Información» le brinda. Por la mente se le cruzan mil y una ideas sobre lo que puede hacer: llamar a Danubio, mandar por Fausto, ir a la policía. Las descarta sintiendo que es allí donde debe quedarse. Debe esperar con paciencia como dijo el japonés con su peculiar manera de arrastrar las erres. Sólo que es tan difícil tener paciencia. Le duele todo el cuerpo y sus pensamientos saltan de una cosa a la otra sin tregua. No puede creer que esto le esté sucediendo a ella, a ella precisamente. Los rostros de Eulalia, doña Carmen, Xintal y Samuel, las predicciones de las cartas, los discursos de Xintal sobre lo difícil que se le hacía últimamente entender los presagios danzan en su memoria. Recuerda cuando doña Carmen le leyó el Tarot y le dijo que algo precioso se le soltaría de las manos, recuerda la noche en que Eulalia salió de la espiral del tiempo para advertirle sobre los círculos. Ahora entiende todo tan claro: estaba repitiendo el círculo de su madre. El destino que, según Xintal, parecía en su caso tener dos lecturas, como si un azar imponderable pudiera variarlo en un instante, había tomado el curso más nefasto y cruel. De la torre en llamas que aparecía en el Tarot, estaba saltando ella desolada después de la catástrofe. De nada habían servido las ceremonias, ni siquiera la que supuestamente le hicieron a Flavia para protegerla. Sofía hunde la cabeza en las manos y se pone a llorar desconsoladamente.

—No llore —le dice el hombre de la caseta—. No es la primera vez que pasa esto, y los niños, casi siempre, aparecen.

Sofía agradece el gesto. Se seca las lágrimas y trata de recomponerse. Si sigue llorando no podrá parar nunca.

—¿Se pierden muchos niños? —pregunta.

—¡Uhhhh! —exclama el hombre—, montones. Usted sabe, los niños son traviesos, y en aglomeraciones como éstas, un minuto que se distraigan los padres es todo lo que se hace falta.

—Pero ¿los encuentran?

—Casi siempre.

—Pero no siempre.

—Bueno, a veces hay que llamar a la policía porque los niños se salen del parque, pero yo sólo me entero de los que se pierden y encuentran aquí.

Su niña es mágica, piensa Sofía. Eso había dicho doña Carmen. No se podía perder así nomás. Ella tendría que romper el hechizo. Flavia tenía que hacerlo. Tenía que aparecer, no salirse del parque. Curioso que hubiera sucedido esto precisamente allí. Flavia perdiéndose igual que ella después de una feria de gitanos en el Diriá. Pobre, su madre, piensa, su madre saliendo en la noche y ella detrás siguiéndola en la niebla confusa de un recuerdo difuso e incomprensible. ¿Cómo habría sucedido realmente?, se pregunta, al tiempo que siente una lástima profunda nacerle en el estómago casi como una sensación física. Está agotada, el cuerpo desmadejado. De un golpe ha perdido no sólo a su hija sino el rencor por su madre desaparecida en los confusos laberintos de la vida. El nudo de fuerza destructiva y ciega que durante años le estrujó a ella las entrañas y el corazón se le deshace desalojando su energía a través de todos sus poros, dejándola como cera derretida quemándose con aquel dolor vaciándole las entrañas y, extrañamente, llenándola al mismo tiempo. Era extraño sentirse de repente sin rencor, liviana a pesar de la angustia. Paradójico que Flavia hubiera tenido que perderse para que ella pudiera verse tan claro, como si se observara de lejos. Cruel que Flavia hubiera tenido que perderse para que ella se reconciliara con sus rencores y pudiera encontrarse. Pero no es éste el momento para sentir la oleada de dulzura pegajosa que se le revuelve por dentro mezclando la compasión propia con la que le inspira su madre. Todavía tiene que ser fuerte, muy fuerte. Tiene que encontrar a Flavia, se dice, y se agacha para ajustarse los zapatos, pensando que ya ha pasado suficiente tiempo. Debe levantarse e ir a buscar a la policía, el crepúsculo empieza a oscurecer el cielo.

—¿Sofía Solano? —La voz masculina, vagamente familiar, arranca a Sofía con sobresalto de sus resoluciones. Levanta la cabeza y ve un hombre de expresión amable mirándola. Lo ve un instante porque el hombre tiene a Flavia cargada en los brazos.

—¡Flavia! —grita Sofía—, ¡Flavia! ¡Apareciste, mi muchachita! Yo sabía que tenías que aparecer, que vos me ibas a encontrar, mi amorcito, mi niñita linda —exclama en una confusa verborrea de términos cariñosos, tomando a la niña que el hombre le pasa a través del mostrador. Sofía llora y ríe. Abraza a Flavia y la vuelve a abrazar, mientras el empleado de la Información le dice que mire, ya ve, apareció la muchachita, ya se lo dije que no había que desesperarse tanto, y sonríe al que llevó a la niña, quien contempla la escena del encuentro de la madre y la hija, con una expresión rara, piensa el empleado, como si fuera amigo de ellas y él mismo no pudiera creer haber encontrado a la criatura que ahora se abraza a la mamá, sonriendo. Sofía pregunta a la niña si está bien, si su muchachita está bien, y Flavia mueve la cabecita y dice que sí; está contenta de ver a su mamá y también le toca la cara con sus manecitas, mientras que su media lengua le cuenta del payaso y el conejito y el «teñor» que le regaló algodón de azúcar y le dio coca-cola.

Sofía reacciona recordando que la persona que llevó a la niña está allí, mirándola con una sonrisa que parece decir algo más, como si esperara algo.

—Mil gracias —le dice, atinando a dar la vuelta por la

puerta de madera de la caseta, saliendo a agradecer a aquel hombre que tiene la cara más amable que ella jamás ha visto, dándole gracias al Cielo que su hija se hubiera encontrado con una persona decente como parecía ser él—. Mil gracias —le repite acercándose y extendiéndole la mano y luego, pensándolo mejor, aproximándose para darle un abrazo con el brazo que le queda libre de sostener a la niña pegada contra ella—. No sabe cuánto le agradezco. No sabe el mal momento que he pasado —dice, secándose las lágrimas con el ruedo del vestido de Flavia—. La niña se me soltó de la mano —dice—, y entre tanta gente... Fue una estupidez mía —sigue hablando Sofía, repitiéndose hasta la incoherencia—. ¿Dónde la encontró? —atina a preguntar, por fin.

El hombre ha seguido sonriendo, sin decir nada, escuchándola como si oírla hablar le produjera inmenso placer.

—La niña me encontró a mí —dice finalmente—. Yo andaba caminando por allí y de pronto la vi con cara de perdida y se me acercó y me pidió que le ayudara a buscar a su mamá. Iba para la Cruz Roja cuando escuché tu voz por el parlante, Sofía, y la reconocí de tantas y tantas noches que deseé volverla a oír después de que nunca más quisiste hablar conmigo por teléfono.

El empleado, mudo testigo de aquel extraño intercambio, no entiende nada. No entiende la expresión de la mujer, que ha ido levantando la cara que tenía hundida en el pelo de la niña a medida que el hombre habla, y lo queda viendo atónita, deslumbrada.

—¿Esteban? —pregunta Sofía.

Y el hombre asiente con la cabeza.

EPÍLOGO

En el Mombacho, en la poza de las aguas transparentes de donde está a punto de alejarse, Xintal intuye un movimiento de aguas precedido por un golpe de brisa. Se vuelve, animada por lo liviano que de repente siente el corazón, y ve cómo el agua se deshace en anillos concéntricos y se queda quieta mostrando el reflejo de Sofía aligerado de sombras.

Xintal introduce una mano en el agua, pero ya el reflejo no se bifurca como antes; el destino de la muchacha se ve limpio y claro; el jaguar, la serpiente y el pájaro convergen en su centro.

A través del agua, Xintal tiene la visión del tiempo rompiendo el círculo y liberando a la mujer de los designios torcidos de la madre; vislumbra la disolución del rencor y el hechizo del abandono, y sabe que la ceremonia del rocío surtió efecto: Flavia encontró el agujero abierto en la fatalidad y condujo a su madre a través de la membrana espesa del infortunio. Sofía había llegado al fin de su búsqueda, podría mirar su imagen en el espejo, reconciliarse con la oscuridad de su origen, romper las profecías y empezar a vivir su propia vida.

La vieja sonríe su sonrisa antigua y comienza a caminar despacio hacia su casa mientras el sol rojo del atardecer enciende las llamas vegetales del volcán.

 **Planeta**

España
Av. Diagonal, 662-664
08034 Barcelona (España)
Tel.: (34) 93 492 80 00
Fax: (34) 93 492 85 65
Mail: info@planetaint.com
www.planeta.es

Paseo Recoletos, 4, 3.ª planta
28001 Madrid (España)
Tel.: (34) 91 423 03 00
Fax: (34) 91 423 03 25
Mail: info@planetaint.com
www.planeta.es

Argentina
Av. Independencia, 1682
1100 C.A.B.A.
Argentina
Tel.: (5411) 4124 91 00
Fax: (5411) 4124 91 90
Mail: info@eplaneta.com.ar
www.editorialplaneta.com.ar

Brasil
Av. Francisco Matarazzo,
1500, 3.º andar, Conj. 32
Edificio New York
05001-100 São Paulo (Brasil)
Tel.: (5511) 3087 88 88
Fax: (5511) 3087 88 90
Mail: ventas@editoraplaneta.com.br
www.editoraplaneta.com.br

Chile
Av. 11 de septiembre, 2353, piso 16
Torre San Ramón, Providencia
Santiago (Chile)
Tel.: Gerencia (562) 652 29 43
Fax: (562) 652 29 12
www.planeta.cl

Colombia
Calle 73, 7-60, pisos 7 al 11
Bogotá, D.C. (Colombia)
Tel.: (571) 607 99 97
Fax: (571) 607 99 76
Mail: info@planeta.com.co
www.editorialplaneta.com.co

Ecuador
Whymper, N27166,
y Francisco de Orellana
Quito (Ecuador)
Tel.: (5932) 290 89 99
Fax: (5932) 250 72 34
Mail: planeta@acces.net.ec

México
Masarik 111, piso 2.º
Colonia Chapultepec Morales
Delegación Miguel Hidalgo 11560
México, D.F. (México)
Tel.: (52) 55 3000 62 00
Fax: (52) 55 5002 91 54
Mail: info@planeta.com.mx
www.editorialplaneta.com.mx
www.planeta.com.mx

Perú
Av. Santa Cruz, 244
San Isidro, Lima (Perú)
Tel.: (511) 440 98 98
Fax: (511) 422 46 50
Mail: rrosales@eplaneta.com.pe

Portugal
Planeta Manuscrito
Rua do Loreto, 16-1.º Frte.
1200-242 Lisboa (Portugal)
Tel.: (351) 21 370 43061
Fax: (351) 21 370 43061

Uruguay
Cuareim, 1647
11100 Montevideo (Uruguay)
Tel.: (5982) 901 40 26
Fax: (5982) 902 25 50
Mail: info@planeta.com.uy
www.editorialplaneta.com.uy

Venezuela
Final Av. Libertador con calle Alameda,
Edificio Exa, piso 3.º, of. 301
El Rosal Chacao, Caracas (Venezuela)
Tel.: (58212) 952 35 33
Fax: (58212) 953 05 29
Mail: info@planeta.com.ve
www.editorialplaneta.com.ve

Grupo **Planeta**   Planeta es un sello editorial del Grupo Planeta